名家名著经典作品选集

欧·亨利

短篇小说

[美] 欧·亨利 ◎ 著
陈 伟 ◎ 译
张志伟 ◎ 主编

黑龙江美术出版社·哈尔滨

图书在版编目（CIP）数据

欧·亨利短篇小说 /（美）欧·亨利著；陈伟译
. -- 哈尔滨：黑龙江美术出版社，2025.02
（名家名著经典作品选集 / 张志伟主编）
ISBN 978-7-5755-0146-0

Ⅰ.①欧… Ⅱ.①欧… ②陈… Ⅲ.①短篇小说—小说集—美国—近代 Ⅳ.①I712.44

中国国家版本馆CIP数据核字（2024）第072670号

MINGJIA MINGZHU JINGDIAN ZUOPIN XUANJI OU HENGLI DUANPIAN XIAOSHUO

名家名著经典作品选集　欧·亨利短篇小说

出 品 人：乔　靓
　　　著：（美）欧·亨利
　　　译：陈　伟
主　　编：张志伟
责任编辑：颜云飞
责任校对：于　澜
出版发行：黑龙江美术出版社
地　　址：哈尔滨市道里区安定街225号
邮政编码：150016
发行电话：0451-84270524
经　　销：全国新华书店
印　　刷：三河市同力彩印有限公司
开　　本：710mm×1000mm　1/16
印　　张：12
版　　次：2025年2月第1版
印　　次：2025年2月第1次印刷
书　　号：ISBN 978-7-5755-0146-0
定　　价：60.00元

本书如发现印装质量问题，请直接与印刷厂联系调换。

欧·亨利简介

欧·亨利（1862—1910）是世界著名的短篇小说家，他被誉为"美国的莫泊桑"，他的作品有"美国生活的百科全书"之誉。欧·亨利原名威廉·雪德尼·波特，生于北卡罗来纳州小城格林斯波罗，他幼年丧母，家境贫寒，从小由祖母抚养。少年时期曾在药店里当学徒，并从事过多种职业，这一时期他的生活极不安定，但却为日后写作积累了不少生活素材。

1895年，欧·亨利到休斯敦的幽默刊物《滚石》当美术编辑。后来因为在银行工作时账目出现问题，1898年他以贪污银行公款罪被判5年徒刑，关在俄亥俄州哥伦布城监狱里。在狱中，他忍受了极大的精神折磨，幸亏监狱医务室需要一个药剂员，他得以重操旧业。1899年他以欧·亨利为笔名，写了一篇小说《口哨狄克的圣诞礼物》投给了《麦克吕尔》杂志，在圣诞节前夕刊登了出来。欧·亨利随之声誉鹊起。1901年7月，他由于在狱中表现良好，被提前释放。3年半前他是贪污犯波特，出来时则成了小说家欧·亨利。

出狱后欧·亨利定居纽约。从1904年起，他每年都要出版一两本短篇小说集，较著名的有《白菜与皇帝》（1904年）、《四百万》（1906年）、《剪亮的灯盏》（1907年）、《西部的心》（1907年）、《城市之声》（1908年）、《善良的骗子》（1908年）、《命运之路》（1909年）、《选择》（1909年）、《毫不通融》（1910年）、《乱七八糟》（1911年）、《滚石集》（1913年）、《流浪儿》（1917年）等。1910年，欧·亨利因肝硬化在纽约逝世，年仅48岁。欧·亨利一生创作了大约三百篇短篇小说。

小人物是欧·亨利的短篇小说的主要描写对象，其中饱含了深厚的人道主义精神。欧·亨利长期生活在社会底层，深谙下层人民的苦难生活，同时也切身感受过统治阶级制订的法律对穷人是如何无情。因此，在他笔下，穷人有着纯洁美好的心灵，仁慈善良的品格，真挚深沉的爱情。但是他们却命运多舛，往往被社会无情地吞噬。这种不公平的现象与繁华鼎盛的社会景象相映照，显得格外刺目，字里行间都隐含着作家的愤愤不平。描写强盗与骗子题材，是欧·亨利写作的一大特色。他往往把强盗、骗子和资本家写成三位一体，以此揭露和批判这个豺狼世界。从这类题材的小说中，可以看到欧·亨利对统治这个社会的富人的态度。他认为普通的骗子和强盗比起那些暴发户，只是小巫见大巫，那些百万富翁的发财致富之道，比一般的骗子和强盗要恶毒得多。资本主义的发展过程充满了血腥味，资本家的每个毛孔都散发着铜臭，从这个角度来看，欧·亨利的揭露是相当准确而生动的。

  欧·亨利式的幽默是他的短篇小说的另一大特色之一。文中充满了各种各样的幽默，往往使读者笑中含泪，且沉重不失活泼。欧·亨利还以擅长结尾闻名于世，他总以出人意料的结局收煞全篇，欧·亨利的不少短篇之所以是完美的小艺术品，巧妙的情节安排和结尾起了相当大的作用。欧·亨利的短篇小说在思想内容上虽不及世界一流作家对社会的黑暗面能作出深刻的揭露，但是，在艺术表现上，他倒是别树一帜，很有成就，由此奠定了他在世界短篇小说史上的地位。

目 录
Contents >>>

麦琪的礼物 1
警察和赞美诗 5
都市报道 9
托宾的掌纹 22
婚姻学的真谛 27
二十年后 31
最后一片叶 34
供应家具的房间 38
财神与爱神 43
苹果之谜 48
公主与美洲狮 60
失算 64
没说完的故事 72
好汉的妙计 77
重新做人 85
幽默家自白 91
人生的波澜 97
心理分析与摩天大楼 101
看病 106
战睡神 115
失语症患者逍遥记 118
一笔通知放款 126

剪狼毛 130

决斗 134

各有所长的结局 138

绿色门 145

经验与狗 150

几位侦探 157

十月与六月 162

幽境过客 164

麦迪逊广场的天方夜谭 167

"真凶" 172

伯爵和婚礼的客人 176

无缘 181

多情女的面包 184

麦琪的礼物

一块八毛七分钱，全在这儿了。其中有六毛钱还是铜子儿凑起来的。这些铜子儿是每次一个、两个向杂货铺、菜店和肉店老板那儿死乞白赖地硬扣下来的；人家虽然没有明说，自己总觉得这种掂斤播两的交易未免太吝啬，当时脸都臊红了。德拉数了三遍。数来数去还是一块八毛七分钱，而第二天就是圣诞节了。

除了倒在那张破旧的小榻上号哭之外，显然没有别的办法。德拉就那样做了。这使一种精神上的感慨油然而生，认为人生是由啜泣、抽噎和微笑组成的，而抽噎占了其中绝大部分。

这个家庭的主妇渐渐从第一阶段退到第二阶段，我们不妨抽空儿来看看这个家吧。一套带家具的公寓，房租每星期八块钱。虽不能说是绝对难以形容，其实跟贫民窟也相去不远。

下面门廊里有一个信箱，但是永远不会有信件投进去；还有一个电钮，除非神仙下凡才能把铃按响。那里还贴着一张名片，上面印有"詹姆斯·迪林汉·扬先生"几个字。

"迪林汉"这个名号是主人先前每星期挣三十块钱的时候，一时高兴，加在姓名之间的。现在收入缩减到二十块钱，"迪林汉"几个字看来就有些模糊，仿佛它们正在郑重考虑，是不是缩成一个质朴而谦逊的"迪"字为好。但是每逢詹姆斯·迪林汉·扬先生回家上楼，走进房间的时候，詹姆斯·迪林汉·扬太太——就是刚才已经介绍给各位的德拉——总是管他叫作"吉姆"，总是热烈地拥抱他。那当然是很好的。

德拉哭了之后，在脸颊上扑了些粉。她站在窗子跟前，呆呆地瞅着外面灰蒙蒙的后院里，一只灰猫正在灰色的篱笆上行走。明天就是圣诞节了，她只有一块八毛七分钱来给吉姆买一件礼物。好几个月来，她省吃俭用，能攒起来的都攒了，可结果只有这一点儿。一星期二十块钱的收入是不经用的。支出总比她预算的要多。总是这样的。只有一块八毛七分钱来给吉姆买礼物。她的吉姆。为了买一件好东西送给他，德拉自得其乐地筹划了好些日子。要买一件精致、珍奇而真有价值的东西——戴在吉姆身上是它的荣光，它总得有些相称才成呀。

房里两扇窗子中间有一面壁镜。诸位也许见过房租八块钱的公寓里的壁镜。一个非常瘦小灵活的人，从一连串的窄条镜子的映象里，也许可以对自己的容貌得到一个大致不差的概念。德拉全凭身材苗条，才精通了那种技艺。

她突然从窗口转过身,站到壁镜面前。她的眼睛晶莹明亮,可是她的脸在二十秒钟之内却失色了。她迅速地把头发解开,让它披落下来。

且说,詹姆斯·迪林汉·扬夫妇有两样东西特别引为自豪,一样是吉姆三代祖传的金表,另一样是德拉的头发。如果示巴女王①住在天井对面的公寓里,德拉总有一天会把她的头发悬在窗外去晾干,使那位女王的珠宝和礼物相形见绌。如果所罗门王②当了看门人,把他所有的财富都堆在地下室里,吉姆每次经过那儿时准会掏出他的金表看看,好让所罗门王忌得吹胡子瞪眼睛。

这当儿,德拉美丽的头发披散在身上,像一股褐色的小瀑布,奔泻闪亮。头发一直垂到膝盖底下,仿佛给她铺成了一件衣裳。她又神经质地赶快把头发梳好。她踌躇了一会儿,静静地站着,有一两滴泪水溅落在破旧的红地毯上。

她穿上褐色的旧外套,戴上褐色的旧帽子。她眼睛里还留着晶莹的泪光,裙子一摆,就飘然走出房门,下楼跑到街上。

她走到一块招牌前停住了,招牌上面写着:"莎弗朗妮夫人——经营各种头发用品"。德拉跑上一段楼梯,气喘吁吁地让自己定下神来。那位夫人身躯肥大,肤色白得过分,一副冷冰冰的模样,同"莎弗朗妮"③这个名字不大相称。

"你要买我的头发吗?"德拉问道。

"我买头发,"夫人说。"脱掉帽子,让我看看头发的模样。"

那股褐色的小瀑布泻了下来。

"二十块钱。"夫人用行家的手法抓起头发说。

"赶快把钱给我。"德拉说。

噢,此后的两个钟头仿佛长了玫瑰色翅膀似的飞掠过去。诸位不必理会这种杂凑的比喻。总之,德拉正为了送吉姆的礼物在店铺里搜索。

德拉终于把它找到了。它准是专为吉姆,而不是为别人制造的。她把所有店铺都兜底翻过,各家都没有像这样的东西。那是一条白金表链,式样简单朴素,只是以货色来显示它的价值,不凭什么装潢来炫耀———切好东西都应该是这样的。它甚至配得上那只金表。她一看到就认为非给吉姆买下不可。它简直像他的为人。文静而有价值——这句话拿来形容表链和吉姆本人都恰到好处。店里以二十一块钱的价格卖给了她,她剩下八毛七分钱,匆匆赶回家去。吉姆有了那条

---

① 示巴女王:示巴古国在阿拉伯西南,即今之也门。《旧约·列王纪上》载示巴女王带了许多香料、宝石和黄金去觐见所罗门王,用难题考验所罗门的智慧。

② 所罗门王:公元前十世纪以色列国王,以聪明豪富著称。

③ 莎弗朗妮:意大利诗人塔索(1544—1595年)的史诗《被解放的耶路撒冷》中的人物,她为了拯救耶路撒冷全城的基督徒,承认了并未犯过的罪行,成为舍己救人的典型。

链子，在任何场合都可以毫无顾虑地看看钟点了。那只表虽然华贵，可是因为只用一条旧皮带来代替表链，他有时候只是偷偷地瞥一眼。

德拉回家以后，她的陶醉有一小部分被审慎和理智所替代。她拿出卷发铁钳，点着煤气，着手补救由于爱情加上慷慨而造成的灾害。那始终是一件艰巨的工作，亲爱的朋友们——简直是了不起的工作。

不出四十分钟，她头上布满了紧贴着的小发卷，变得活像一个逃课的小学生。她对着镜子小心而苛刻地照了又照。

"如果吉姆看了一眼不把我宰掉才怪呢，"她自言自语地说，"他会说我像是康奈岛游乐场里的卖唱姑娘。我有什么办法呢？——唉！只有一块八毛七分钱，叫我有什么办法呢？"

到了七点钟，咖啡已经煮好，煎锅也放在炉子后面热着，随时可以煎肉排。

吉姆从没有晚回来过。德拉把表链对折着握在手里，在他进来时必经的门口的桌子角上坐下来。接着，她听到楼下梯级上响起了他的脚步声。她脸色白了一会儿。她有一个习惯，往往为了日常最简单的事情默祷几句，现在她悄声说："求求上帝，让他认为我还是美丽的。"

门打开了，吉姆走进来，随手把门关上。他很瘦削，非常严肃。可怜的人儿，他只有二十二岁——就负起了家庭的担子！他需要一件新大衣，手套也没有。

吉姆在门内站住，像一条猎狗嗅到鹌鹑气味似的纹丝不动。他的眼睛盯着德拉，所含的神情是她所不能理解的，这使她大为惊慌。那既不是愤怒，也不是惊讶，又不是不满，更不是嫌恶，不是她所预料的任何一种神情。他只带着那种奇特的神情凝视着德拉。

德拉一扭腰，从桌上跳下来，走近他身边。

"吉姆，亲爱的，"她喊道，"别那样盯着我。我把头发剪掉卖了，因为不送你一件礼物，我过不了圣诞节。头发会再长出来的——你不会在意吧，是不是？我非这么做不可。我的头发长得快极啦。说句'恭贺圣诞'吧！吉姆，让我们快快乐乐的。我给你买了一件多么好——多么美丽的好东西，你怎么也猜不到的。"

"你把头发剪掉了吗？"吉姆吃力地问道，仿佛他绞尽脑汁之后，还没有把这个显而易见的事实弄明白似的。

"非但剪了，而且卖了。"德拉说。"不管怎样，你还是同样地喜欢我吗？虽然没有了头发，我还是我，可不是吗？"

吉姆好奇地向房里四下张望。

"你说你的头发没有了吗？"他带着近乎白痴般的神情问道。

"你不用找啦，"德拉说。"我告诉你，已经卖了——卖了，没有了。今天是圣诞前夜，亲爱的。好好地对待我，我剪掉头发为的是你呀。我的头发也许数得清，"她突然非常温柔地接下去说，"但我对你的情爱谁也数不清。我把肉排煎上好吗，吉姆？"

吉姆好像从恍惚中突然醒过来。他把德拉搂在怀里。我们不要冒昧，先花十秒钟工夫瞧瞧另一方面无关紧要的东西吧。每星期八块钱的房租，或是每年一百万元房租——那有什么区别呢？一位数学家或是一位俏皮的人可能会给你不正确的答复。

麦琪带来了宝贵的礼物①，但其中没有那件东西。对这句晦涩的话，下文将有所说明。

吉姆从大衣口袋里掏出一包东西，把它扔在桌上。

"别对我有什么误会，德尔。"他说，"不管是剪发、修脸，还是洗头，我对我姑娘的爱情是绝不会减低的，但是只消打开那包东西，你就会明白，你刚才为什么使我愣住了。"

白皙的手指敏捷地撕开了绳索和包皮纸。接着是一声狂喜的呼喊；紧接着，哎呀！突然转变成女性神经质的眼泪和号哭，立刻需要公寓的主人用尽办法来安慰她。

因为摆在眼前的是那套插在头发上的梳子——全套的发梳，两鬓用的，后面用的，应有尽有；那原是在百老汇路上的一个橱窗里，让德拉渴望了好久的东西。纯玳瑁做的，边上镶着珠宝的美丽的发梳——来配那已经失去的美发，颜色真是再合适也不过了。她知道这套发梳是很贵重的，心向神往了好久，但从来没有存过占有它的希望。现在这居然为她所有了，可是那佩戴这些渴望已久的装饰品的头发却没有了。

但她还是把这套发梳搂在怀里不放，过了好久，她才能抬起迷蒙的泪眼，含笑对吉姆说："我的头发长得很快，吉姆！"

接着，德拉像一只给火烫着的小猫似的跳了起来，叫道："喔！喔！"

吉姆还没有见到他的美丽的礼物呢。她热切地伸出摊开的手掌递给他。那无知觉的贵金属仿佛闪闪反映着她那快活和热诚的心情。

"漂亮吗，吉姆？我走遍全市才找到的。现在你每天要把表看上百来遍了。把你的表给我，我要看看它配在表上的样子。"

吉姆并没有照着她的话去做，却倒在榻上，双手枕着头，笑了起来。

---

① 麦琪：指基督初生时来送礼物的三位贤人。一说是东方的三王：梅尔基奥尔（光明之王）赠送黄金表示尊贵；加斯帕（洁白者），赠送乳香象征神圣；巴尔撒泽赠送殁药预示基督后来遭受迫害而死。

"德尔,"他说,"我们把圣诞节礼物搁在一边,暂且保存起来。它们实在太好啦,现在用了未免可惜。我是卖掉了金表,换了钱去买你的发梳的。现在请你煎肉排吧。"

那三位麦琪,诸位知道,全是有智慧的人——非常有智慧的人——他们带来礼物,送给生在马槽里的圣子耶稣。他们首创了圣诞节馈赠礼物的风俗。他们既然有智慧,他们的礼物无疑也是聪明的,可能还附带一种碰上收到同样的东西时可以交换的权利。我的拙笔在这里告诉了诸位一个没有曲折、不足为奇的故事;那两个住在一间公寓里的笨孩子,极不聪明地为了对方牺牲了他们一家最宝贵的东西。但是,让我们对目前一般聪明人说最后一句话,在所有馈赠礼物的人当中,那两个人是最聪明的。在一切授受礼物的人当中,像他们这样的人也是最聪明的。无论在什么地方,他们都是最聪明的。他们就是麦琪。

警察和赞美诗

苏比躺在麦迪逊广场的长凳上睡不安稳。当雁群高叫着飞过夜空,当缺少海豹皮外套的女人对丈夫亲热起来,当苏比在公园里的长凳上难以睡稳的时候,你知道冬天很快就要到了。

一片枯叶飘落在苏比的膝盖上,那是寒霜先生的名片。他对麦迪逊广场的常客很讲交情,每年来访都预先提醒。在十字街头他将名片交给朔风先生,他原是露天大厦的信使,好让大厦里的房客们有所准备。

苏比心里明白,为了抵御即将来临的严寒,由他本人组成一个单人行动委员会的日子已经到来,因此他在长凳上辗转难安。

苏比避寒的愿望不算太高。他既不考虑到地中海一带旅游,也不考虑去晒南方令人昏昏欲睡的太阳,或者去维苏威海湾①巡回。到岛上②去住三个月于愿已足。三个月不愁食宿,又有意气相投的人作伴,北风之神玻瑞阿斯和巡警都不来打扰,对苏比而言也就万事俱备了。

多年来好客的布莱克威尔监狱一直是他的冬季寓所。就像比他更幸运的纽约佬每年冬天买票去南方的棕榈滩或里维埃拉③一样,苏比要求不高,只要能做好安排,每年上岛一次,也就够了。现在是时候了。前一天夜里,他睡在古老的广

---

① 意大利那不勒斯东南的海湾,气候温和宜人。
② 指纽约和布鲁克林之间的海峡中的布莱克威尔岛,岛上设监狱和疯人院等。
③ 美国南部城市,气候温和宜人。

场喷泉旁的长凳上,三叠厚厚的星期日报纸,一份垫在外套下面,两份盖着脚踝和膝盖,都抵不住寒冷,那岛就及时涌现在心头。苏比瞧不上以慈善为名给城市里无依无靠的人提供的布施。在他心目中,法律比慈善事业更仁慈。这里有许许多多机构,无论是市政府机关的还是慈善机构的,他都可以去申请,然后获得符合简单生活的食宿。可是苏比生性高傲,将这些施舍看成负担。从慈善团体那里得到的每一次恩惠,虽说不要你破费分文,却要用精神上的屈辱做补偿。凡事有得必有失①。慈善机构给你提供一个铺位,你就得先去洗个澡;它给你一块面包,你就得接受对你的私事盘问。由此看来,倒是当法律的客人合算一些。法律虽说不讲情面,总不会无缘无故干涉堂堂男子汉的私事。

既然决定了要上岛,苏比立即着手来实现他的愿望。这事易如反掌,最称心的办法是到一家高级的餐馆大吃一顿,酒足饭饱之后宣称无力支付餐费,就会被不声不响地交给警察,剩下来的事自会有爽快的地方官去处理。

苏比离开长凳,踱出广场,穿过平坦的柏油马路,来到百老汇大街同第五大道的交会处。他转弯走上百老汇大街,在一家灯火通明的餐馆前停下步,那里每夜都聚集着上等的葡萄酒、绫罗绸缎的服装和人类的精英。

苏比对自己的上半身颇有信心。他刮过脸,上装够体面,黑色的领结也很干净,那还是感恩节那天一位修女送给他的。他只要能混到餐厅里的桌边坐下而没有被人怀疑,那就成功在握了。在餐桌桌面以上显露出的那部分不会引起侍者的怀疑。苏比估量,一只烤野鸭,再加上一瓶法国夏布利出产的白葡萄酒,也就差不多了。哦,再来点法国凯曼堡的乳酪,一小杯咖啡,带一支雪茄,雪茄要一块钱一支的就行。这样,餐费总数不会太大,不致引起餐厅掌柜恶狠狠的报复,而野鸭肉却能使他到冬季避难所的旅途中填饱肚子,而且心满意足。

可是,苏比一条腿才跨进餐厅大门,侍者领班的眼光就落在他磨破了的裤子和邋遢皮鞋上,一双力大无穷的手立即将他兜了个转,不声不响地推到人行道上,从而扭转了那只受到威胁的野鸭的命运。

苏比离开了百老汇大街。看来他到心向往之的海岛的道路并不平坦,不是靠美餐一顿所能实现的。要进监狱还得另想别法。

在第六大道拐角处,一家店铺橱窗里陈列的商品在电灯光的照射下分外耀眼。苏比捡起一块街石砸破了玻璃,好多人随着一名警察奔向拐角处。苏比不声不响地站着,两手插在口袋里,一见到警察的铜纽扣就露出微笑。

"干这勾当的人哪里去了?"警察气急败坏地问。

---

① 原文是"有了恺撒,就有他的布鲁特斯。"恺撒原是罗马元首,宣布当皇帝后为其好友和大臣布鲁特斯所刺杀。

"你算不到我同这件事有点关系吧。"苏比说，不无讽刺意味，可是态度和气，像是要交好运的人。

警察心里不肯承认苏比是案犯，甚至不想从他这儿找到线索。一个砸破橱窗的人不会留在现场同法律的爪牙谈判，他一定早就逃之夭夭了。警察瞧见半条街以外有个人奔着去搭车，就抽出警棍追了上去。苏比满肚子不高兴，懒洋洋走开，第二次又失算了。

街对面有一家没有什么装修的普通餐馆，它是适合食量大而钱包小的顾客的。这里的盆盏和气氛厚实而汤汁和餐巾稀薄。走进这家馆子，苏比那该死的鞋和泄密的裤子没有遇到挑战。他坐下来吃了牛排、煎饼、炸面包圈和馅饼，临了他向侍者道出实情，说自己和钱财缘悭一面，已是身无分文。

"得了，快去叫警察吧，"苏比说，"可别让大爷久等。"

"用不着警察来伺候你，"侍者说，声音像奶油蛋糕，眼睛像曼哈顿鸡尾酒里的红樱桃。他喊道："来，阿康！"

两个侍者夹着苏比抛向门外，他的左耳贴地撞在粗糙的人行道上。他像木匠师傅打开曲尺那样，一个关节一个关节地撑了起来，拍打着衣服上的尘土。要被逮捕似乎是个玫瑰色的美梦，那座岛离他太远太远了。在距两家门面远处的杂货铺前站着一名警察，看到这情景笑了笑走开了。

苏比又走了五个街区，才再鼓起勇气去追求逮捕。这次机会很好，他得意扬扬地认为被捕会轻而易举。一个服装朴素、相貌动人的少妇站在一家铺子橱窗前，兴致勃勃地瞧着刮胡须用的水罐和墨水缸，而两码之外有一个魁梧的警察，靠在消防龙头上，脸色严峻。

苏比的图谋是装成个为人不齿的拈花惹草的角色。他要猎取的对象有高雅的外表，忠于职守的警察又近在咫尺，使他相信他马上就会美美地尝到警察的手抓住他的臂膀的滋味，这就保证他能到岛上的小安乐窝里去过冬了。

苏比将修女送给他的领结理正了，把缩进去的衬衣袖口拉出来，又把帽子拉成迷人的角度，侧身挨近那位少妇。他先是向她挤眉弄眼，又突然咳嗽两声清清嗓子，嬉皮笑脸、厚颜无耻地摆出一副浪荡子的丑态。他从眼角看到，警察正死死地盯着他。那少妇挪开两三步，仍旧聚精会神地瞧着刮胡须用的大口杯。苏比跟上去，大胆地站她身边，举起帽子对她说：

"啊，美人儿，要不要跟我到我家去玩玩？"

警察还在瞧着。那受窘的少妇只消做个手势招呼一下，苏比就差不多要走向岛国天堂。在他想象中他已经感受到警察局的温暖舒适。那少妇朝他看看，伸出一只手拉住苏比的外衣衣袖。

"当然,迈克,"她高兴地说,"只要你肯带我去喝杯啤酒。要不是那警察老盯着,我早就跟你说了。"

那少妇偎着他就像常春藤缠着橡树。苏比闷闷不乐地从警察身边走过。他大概命中注定永做自由人。

在下一个拐弯处他甩开那位少妇溜掉了。他一口气跑到一个地方才停下脚步,那里每逢夜晚有最明亮的街道,最轻松的心情,最轻率的誓言和最轻快的歌剧。穿着裘皮大衣的妇女和穿着大礼服的男子在冬夜的空气中踏着欢快的步伐。苏比突然感到一阵恐惧:他大概陷入了一种可怕的魔法,得以免遭逮捕。这个念头让他苦恼了一阵子,而当他遇到另一个警察趾高气扬地在一家灯火辉煌的剧院门前巡逻时,他立即抓住了"扰乱治安"这根救命稻草。

苏比在人行道上扯开破嗓子尖声怪叫,一派喝醉酒胡言乱语的模样。他手舞足蹈,大叫大闹,简直搅得天翻地覆。

警察挥舞警棍,背朝苏比,对一个市民说:

"这是一个耶鲁大学队的家伙,庆祝他们让哈特福德大学吃了个鸭蛋。吵吵闹闹的,不过不要紧。我们已得到指示,随他们去。"

苏比懊丧得很,也就不再做无谓的喧闹。难道永远不会有一个警察来抓他吗?他想象中的岛屿简直成了没法到达的桃源仙境了。他将薄外衣的纽扣扣起来抵挡寒风。

在一家雪茄烟铺前,他看见了一个衣冠楚楚的人举着摇曳的火在点雪茄。那人进铺子的时候将绸伞搁在门口。苏比走进去,抓住绸伞慢条斯理地踱开去。点烟的人急匆匆赶了上来。

"那是我的伞。"他厉声说。

"哦,是吗?"苏比冷笑着,这就可以在小偷的罪名上又加上侮辱罪。"好啊,怎么不叫个警察来?你的伞,让我拿了,干吗不叫个警察?那边街口上就站着一个。"

伞主人的脚步慢了下来,苏比也跟着慢下来,预感到命运又会跟他作对。那警察却好奇地瞧着他们俩。

"当然,"伞主人说,"我说——嗯,你知道这些误会是怎样发生的——如果那是你的伞,我希望能得到你的原谅——我是今天早晨在一家餐馆里捡到的——如果你认出是你的伞,可不,我希望你——"

"当然是我的伞。"苏比不怀好意地说。

这把伞的前任主人撤退了。那名警察赶忙过去搀扶一个穿礼服的身材高高的金发女子横穿马路,因为一辆街车正从第二个路口那边开过来。

苏比往东走去，经过一条因修路而给刨开的街道。他怒气冲冲地将伞丢进一个大坑里，叽叽咕咕地咒骂那些戴着头盔、手持警棍的家伙，因为他一心想被他们逮住，而他们却将他看成一位从来不做坏事的国王。

后来苏比来到东边的一条大道上，那里灯光暗淡，也比较安静，他面对着麦迪逊广场的方向，因为恋家的本性难移，尽管那家不过是公园里的一条长凳。

走到一个非常安静的街角，苏比停下脚步，这里有一座老教堂，式样古雅，有山墙，不甚整齐，一扇紫罗兰色的窗户透出淡淡的灯光。毫无疑问，里面有一位风琴师摆弄着琴键，以保证下一个礼拜天弹奏赞美诗的时候能够得心应手。美妙的音乐飘进苏比的耳中，令他感动，将他死死钉在罗圈纹的铁栏杆上。

皓月当空，一片澄澈，车马稀疏，行人寥落，麻雀在屋檐里带着睡意啁啾——刹那间，这景物倒像是乡间的墓园。风琴师演奏的赞美诗将苏比牢牢地贴在铁栏杆上，因为从前当他的生活里尽是母爱、玫瑰、友谊、雄心、纯洁的思想和洁净的服装时，他就熟悉了赞美诗的曲调。

苏比这当儿的敏感的心情同老教堂的影响连在一起，使他的心灵突然发生了奇迹般的变化。他怀着突如其来的恐惧回忆起他摔进去的泥淖，不光彩的日子，卑劣的欲望，幻灭的希望，受损的才能和卑鄙的动机——就是这一切构成了他的生活。

也就在这一刻，他的内心对这种新的感受起了激烈的反应。一股强烈的冲动迫不及待地要推动他同厄运斗争。他要将自己拔出泥淖，他要活得像条汉子，他要征服那将他控制住的邪恶。时间还来得及，他还算年轻，他要重新建立往日的雄心，勇往直前地去追求。那庄严而美妙的风琴曲调在他内心引起了一场革命，明天他就去喧嚣的市区找个工作。以前有一个皮毛进口商曾经给他提供一份工作，让他赶车。他明天就去找他要求做这份工作。他要在世上活得像个样，他要……

苏比觉得有一只手搭上他的臂膀。他立即转过脸，看见一名警察的阔脸盘。

"你在这儿干吗？"警察问。

"没干什么。"苏比回答。

"那就跟我走。"警察说。

"到岛上去关三个月。"第二天早晨警庭的长官说。

都市报道

所有城市都充满自豪，

各有各的骄傲。
你夸你的高山好，
我说我的港湾妙。

——吉普林①

可惜就没有一部描写芝加哥，或者布法罗，或者是田纳西州的纳什维尔的长篇小说。在美国，仅有3个大城市是"小说市"：当然要数纽约，还有新奥尔良，旧金山，而后者为三市之冠。

——弗兰克·诺里斯②

按加利福尼亚人的说法，东方是东方，而西方却是旧金山。加利福尼亚人成了一个民族，而不单纯是一个州的居民。他们是位于西部的南方人。相比之下，现在的芝加哥人对他们住的城市的忠诚并不逊色，但你要是问起他们的原委来，他们可就会结结巴巴了，说是喜爱湖里的鱼，新建的共济大厦。加利福尼亚人不同，说起来头头是道。

当你嫌烧煤花的钱太多，穿的内衣太厚重时，天气就成了他们的一大话题③，足足可以说上半小时。一旦他们把你的沉默当成信服，那简直会发起疯来，把金门市④描绘成新大陆⑤的巴格达。其实，作为观点而言，没有反驳的必要。但各位兄弟姐妹，如果谁用手指着地图说："这地方不可能有什么传奇，它还闹得出什么名堂吗？"他就真是个鲁莽汉。用一句话否定历史，否定传奇，否定英雄，难道不是胆大妄为吗？

纳什维尔——发货港，田纳西州首府，位于坎伯兰河之滨，北圣铁路与路新铁路⑥交会处。该市被视为南方最重要的教育中心。

我是晚上8点下的火车。翻遍词典未找到合适的形容词，我只好另打主意，列出一个配方表作比拟。

---

① 拉迪亚德·吉普林（1865—1936年）是英国作家及诗人。
② 弗兰克·诺里斯（1870—1902年）是美国小说家。
③ 加利福尼亚气候宜人。
④ 金门市即旧金山，加利福尼亚州也有"金州"（Golden State）的别称。
⑤ 新大陆指美洲大陆，也指美国。现在这一说法已较前少用。
⑥ 原文用了缩写 N.C&St. L 和 L&N，前者明显为北卡罗来纳与圣路易斯之略，后者似为路易斯维尔与新奥尔良之略。

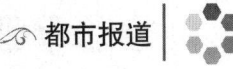

取伦敦的雾 30 份，瘴气 10 份，泄出管道的煤气 20 份；日落时在垫了砖的院子里搜集的露珠 25 份，忍冬发出的气味 15 份，一道混合，所得混合物便与纳什维尔的毛毛雨相近。它既不像樟脑丸有浓烈的气味，又不像豌豆汤那样稠。我不用再多说了，你会明白的。

我去旅社坐的是一辆类似法国大革命时期的死囚坐的车，花了很大的毅力克制自己，才没爬上车顶模仿一次英雄。拉车的牲口老掉了牙，赶车的人原来是个黑奴。

我想睡，又累，车一到旅社，便按规矩付了 5 角钱（不瞒你说还有接近于这个数目的馈赠）。我懂这儿的习气，不愿听人唠叨什么昔日的"东家"或者"战前"①的什么什么。

旅社是经过所谓"翻新"的，也就是说，换上了大理石柱，铺了瓷砖，装了电灯，正厅里摆着铜痰盂，楼上每间大房贴着新火车时刻表，挂着石版画卢考特山②，耗资两万元。经营管理无懈可击，态度的殷勤是南方人礼貌多端的典型表现。服务人员动作慢得像蜗牛，但态度温和得无以复加。饭菜可口，你千里迢迢来求食也值得。烤鸡肝片的美味，你跑遍全世界也找不到第二家旅社里有。

吃饭时我问一位黑人服务员，城里有没有热闹好看。他紧锁双眉思索了一分钟才答道："这嘛——老爷，我实在想不出日落以后什么东西还会有看头。"

太阳已落下了。实际上，还没等落就让毛毛雨吞没了。所以我没福分观赏日落。但我还是冒雨上了街，想看看热闹。

纳什维尔建在起伏不平的地方，街上有电灯照明，年花费 32470 元。

刚出旅社就遇上了种族乱子。一群人见了我一拥而上，他们大概是得了自由的黑人，或者阿拉伯人，或者南非的祖鲁人，手里全拿着家伙。我定睛一看才松了口气，拿的不是枪，而是鞭子。我又看到黑乎乎一大溜笨重的车，还听到他们喊："到全城四里八角只要 5 角钱就跑，老爷。"才知道是在拉"生意"，而不是要向我动武。

我沿坡顺街向上走。街道很长，我真不知道这些街到头上怎么下来。也许，如不"铲平"是不好下的。好几条"大马路"上不时可见到一些店还亮着灯；一辆辆电车载着有身份的市民来来往往；有人边走边谈，谈锋正健；一家卖汽水与

---

① 指美国的南北战争前。
② 卢考特山三州均有，此处应指加州的卢考特山。

冰激凌的店里还传出一阵可谓快活的笑声。一些偏离大马路，生活在小街上的人家无不自在，安享着天伦。许多窗口亮着灯，窗帘拉得严严实实。有几家在弹钢琴，琴声节奏分明，无可挑剔。的确，没有什么"热闹"。可惜我来得不是时候，没赶在日落前。于是，我回了旅社。

  1864年11月，邦联派将军胡德兵犯纳什维尔，围困了托马斯将军的国民军。托马斯将军率部奋战，击溃了邦联军。

  自出生以来我就听说过、眼见过南方地区嚼烟草的人在比武中表现出的射击本领，令人钦佩不已。但在旅社我还是遇到了意想之外的事。大厅里摆着12个崭新闪亮有气派的大铜痰盂，很高，可以与有耳有座脚的瓶相比，口特大，女子棒球队的神投手在五步开外往里进球稳中。但尽管恶仗已经开始，而且火力正猛，"敌人"并没有吃到苦头。它们站着没有损伤一根毫毛，崭新闪亮，有气派。就可惜名贵瓷砖遭了殃！那铺了砖的地面，漂漂亮亮的地面！我不由得想起在纳什维尔的战斗，而且由于习性傻，想从中悟出祖传射击本领的一点奥妙来。

  在这里我第一次见到温特沃思·卡斯韦尔少校（是由于一种与其有还不如无的礼貌）。我一眼瞥见这人就知道他是个典型人物。老鼠是无处不在的动物。我的老朋友爱尔弗雷德·坦尼森[①]什么都一语中的，他曾说：

  预言家，骂我这张闭不住的嘴吧，
  骂我这条英国的害人虫，老鼠。

  各位须明白，"英国的"一词是因达意的需要而加的。老鼠就是老鼠。

  这位老兄满大厅转，活像只忘了把骨头埋在哪里了的饿狗。他的脸大得出奇，发红，肉发松，像佛菩萨的那样往下垂。倒有一个值得肯定之处：刮得溜溜光。人只有胡子拉碴时才显出动物的特征。我想，如果那天他没动用过剃须刀，我准会见了也不理睬，使那天的罪犯名单上少一名凶杀犯。

  卡斯韦尔少校开火时我正站在离痰盂五步远处。我的眼睛很管用，发现了射手用的是加特林机枪[②]，而不是打松鼠的枪，忙一躲闪。少校也不含糊，马上向我这位与战事无关的人道歉。他就长着张闭不住的嘴。4分钟内他成了我的朋友，

[①] 英国诗人（1809—1902年），可能由于爱谈他的诗，又属同世纪人，作者戏称他为"老朋友"。
[②] 初期的机枪，以发明者的姓命名。

还拉着我上酒吧间。

写到此处我想说明，我是南方人。然而我并没有南方人的那一套习惯。我并不用细窄的横领结，也不戴垂边软帽，也不穿双排扣长礼服，也不谈谢尔曼将军①毁了我多少包棉花，嘴里也不嚼东西。乐队演奏《狄克西》②时，我也不喝彩。我往后在椅上靠了靠，再要了杯酒，恨不得朗斯特里特将军③……可是恨不得又有什么用呢？

卡斯韦尔往柜台"啃"的一拳，声威像萨姆特港第一炮。等到他向阿波马托克斯④放了最后一炮，我以为他会收场，可是他又开始谈起他的家谱来，说亚当原本是卡斯韦尔家族的表亲，排行第三。数完了宗谱，他再谈我最不愿听的家事。说起了他太太时，他追根溯源，考证出她的远祖是夏娃，又破口大骂有人造谣说她跟该隐⑤有血缘关系。

进店时是他要的酒，听他说个没完没了，我不禁起了疑心，以为他的话一多，我听久了便会糊里糊涂付酒账。可是等酒全下了肚，他当啷一声把块银洋丢到了柜台上。这一来当然少不了还得上一趟酒。第二趟的钱由我付，付完我拔腿想走，实在不愿再跟他在一起。但还没等我走开，他又嚷开了，说他太太挣到了一笔钱，还掏出了一把银元。

在服务台取钥匙时，服务员彬彬有礼地对我说："如果卡斯韦尔搅得您心烦，您尽管直说不妨，我们会把他弄走。他招人嫌，爱四处窜，没人知道他的经济来源，可是他又几乎从不缺钱花。只不过我们看来还没有想到个好办法撵他走。"

我想了想答道："那就不用了，我看没必要麻烦你们。要说我不愿跟他在一起，那倒是实在话。"接着我又说道："你们这儿显得太清静，就不知有些什么可以让新来的人消遣消遣，玩一玩，或者看了上劲。"

服务员说："哦，对，星期四有表演。我看这样吧，我去查看清楚，让人把广告在送冰水时一道送到您房间来。晚安！"

回到楼上房间以后我就望着窗外。才10点来钟，全城就已静寂无声。雨还在下，闪闪烁烁可见到些半暗不明的灯，像在妇女集贸市场卖的蛋糕上撒的葡萄干一样稀稀拉拉。

---

① 谢尔曼（1820—1891年）在南北战争中屡败南方邦联军，战功赫赫。
② 美国南北战争时歌颂南方的名歌。
③ 朗斯特里特（1821—1904年），美国南北战争时南部邦联的将军。
④ 美国南北战争以南部邦联军攻陷萨姆特开始，其司令李将军在阿波马托克斯投降告终。
⑤ 该隐为亚当与夏娃之长子，曾杀害其弟亚伯，所以在宗教传说中该隐就成了大恶人。作者在这里让卡斯韦尔牛头不对马嘴地乱吹一气，把这个可憎又可笑的人物描写得活灵活现。

"这地方真安静，"我暗暗想着，脱下一只鞋，把它丢到地上，是楼下房客的天花板上。"毫无生气，不像东部和西部城市有看头，有特色。就一座工商业城，好倒好，可是平凡、乏味。"

纳什维尔在全国产业中心中占有一席重要地位，是美国的第五大鞋市，南方最大的糖果与薄脆饼产地，其绸布、杂货、药品的批发量也相当可观。

我来纳什维尔的原委得向你有所交代。话偏了题，当然你会厌烦，其实我同样厌烦。我本来在别的地方办自己的事，但一家北方的文学杂志委托我来这里，代杂志社面见一位叫阿泽利亚·阿戴尔的作者。

阿戴尔（除了所写的字，对此人尚一无所知）寄来的几篇散文（是难得的佳作）和几首诗歌，让编辑们在一起吃午饭时都叫好。所以他们托我找到这位阿戴尔，抢在别家出每字一角或两角的价格前，以每字两分的价格签好合同买其作品。

第二天上午9点，吃过鸡肝（你不妨来这家旅社品尝品尝），我冒雨出门了。毛毛雨仍在下，似乎没完没了。刚拐弯就遇上了凯撒大叔。他是个黑人，身强力壮，年岁比金字塔还大，那头白发和脸使我想起了布鲁特斯，接着又想起凯奇怀欧王[①]。他那件上衣妙不可言，从没见过，以后也见不着。衣长齐脚踝骨，原本是邦联军穿的，灰色，但因经日晒雨淋和久穿，变得五彩斑斓，叫约瑟夫的上衣[②]也相形见绌。这件宝贝衣我得多费些笔墨交代，因为它跟整个故事密切相关，而整个故事要慢慢道来，因为纳什维尔这地方似乎闹不出新鲜事。

可以肯定这件衣原是一位军官的军服。披肩已经掉了，披肩以下本有漂亮的装饰扣与穗，也都不见了踪影，它们的遗址用线密密麻麻缝了起来（大概是哪位高寿的"黑妈妈"的功劳），钉上普通细麻绳巧结的花扣，可麻绳已磨坏，发了毛。钉上花扣一定是为了使衣服不失往日的气派，尽管不漂亮，却也足见苦心，因为那些花扣完全是顺着不知何年何月就掉了的装饰品的纹路编结的。有关这件衣的悲欢，最后还要交代一笔，就是它的纽扣掉得仅剩一颗，只有上起第二颗还留着，别的地方都用细绳打起结，绳的一头穿在扣眼里，另一头穿在衣右侧胡乱

[①] 凯奇怀欧王（1826—1884年），南部非洲祖鲁族首领（1873—1879年），曾率祖鲁人抗击英军入侵，但遭失败。祖鲁族是个英勇善战的民族。

[②] 典出《圣经》。约瑟夫为希伯来之一祖先，其上衣很大，原为绿色，后变得花花点点，东补一块，西补一块。

打的洞里。这件色彩斑斓、装饰品独出心裁的古怪衣服天下绝无仅有。唯一剩下的纽扣有半个一元钱币大小，黄色，角质，用粗线钉着。

　　黑大叔身边的车也有了一大把年纪。当年哈姆①带着车和两匹马离舟登岸后开创了出租车行，也许创业的车就是黑大叔的这辆。见我走近了，他忙打开车门，拿出把羽毛掸挥挥（只挥没真用），用沉浊的声音说：

　　"老伢（爷），请上车。车里没半点灰。刚刚送过葬的，老伢。"

　　我想，参加过这种大典的车一定打扫得格外干净。往街两头一望，也不见有什么选择的余地，停在街边等着拉人的车都差不多。我掏出记事本，翻到了阿泽利亚·阿戴尔的住址。

　　"到杰萨明路861号。"我说着便往车里钻。可是黑大叔把又粗又长像猩猩爪子般的手一伸，拦住了我。他那张阴沉沉的大脸上顿时掠过一阵疑云与敌意。随后，他心上的石头马上又落了地，还是用讨好的语气问道："老板，你怯（去）那里做甚？"

　　"那跟你有什么相干？"我有些不客气地反问了一句。

　　"没，没，老伢。就是那儿太偏僻，没有要紧的事大家都不上那儿怯（去）。您上车。座位干净，才刚刚送过葬，老伢。"

　　到目的地少说也走了一英里半。砖铺的路高低不平，车又是老古董，除了嘎吱嘎吱的刺耳声音外，我什么都听不见。毛毛雨还在下，这时本来就有点异味的雨又加进了煤烟味，沥青与夹竹桃的混合味，直往鼻孔里钻。透过水气盖住的窗玻璃，见得到的就只两排朦朦胧胧的房子。

　　　　纳什维尔的面积是10平方英里，街道总长181英里，其中137英
　　里是经过铺修的。全城水管管道耗资200万，干线长77英里。

　　杰萨明路861号是一所老朽房子，离街30码，四周有枝繁叶茂的树和没修剪的灌木环抱。一排矮黄杨木长得茂密，把围篱遮得几乎不见踪影。篱门关着，一根绳打的活结把门拴在了第一个篱桩上。但走进篱门以后，你会发现，861号也曾荣耀显赫过，远不是今日的一副破落、穷酸、可怜相。且让我们慢一步进屋里。

　　车嘎吱嘎吱的声音停了，劳累的牲口收住了腿。我给车夫5角车费，外加2角5小费，心想这该算大方。但车夫不肯。

---

①　哈姆（Ham）是《圣经》中希伯来之一族长诺亚的次子。诺亚受上帝启示造一方舟，救自己、家人及各类动物雌雄各一出大洪水。哈姆含有"温暖的"与"黑的"两义，但《圣经》中并无哈姆开车行一说，作者在这处可说开了个小玩笑。

"是两元,老伢。"他说。

"要两元?"我问道,"你在旅社喊叫的价我听得一清二楚:'全城四里八角才要5角钱就跑的。'"

"是两元,老伢。"他不相让,又道,"离旅社远着呐。"

"可还是在城里,没有出城半步啊。"我也不甘休,"把我当北方佬,好欺负?真想得美。那一带的山你见到了吧?"雨仍在下,连我自己也看不见山,但我仍然指着东边,嘴没停。"哼,我就在山那边生,那边长。你这黑老头,人是哪儿来的都分不清!"

凯奇怀欧王紧绷着的脸松开了:"原来你也是南方宁(人),老伢?是你那山(双)鞋把我给搅糊涂了。南方宁(人)穿的鞋前面没有你这么尖。"

"这么说,车钱就只要5角,对么?"我的口气并没有松动。

他原先那种既体现发财心又显露敌意的表情又出现了,持续10秒后才消逝。

"老板,"他说,"5角倒是5角,可老伢我得用两元。我非开销两元不行。老伢,到头来我知道了你是哪儿宁(人),就不劲(硬)要两元,我这只说,今天晚上我就等着两元钱,生意差得不行。"

他的一张大脸上浮现出心安和有把握的表情。他的运气比原来指望的好,没遇上不知道价钱的糊涂蛋,倒遇上了生性厚道的人。

"你这该死的老头儿,"我边说边把手往口袋里伸,"该把你往警察局送!"

我第一次看见他笑了。他心中有数;他有了底;他再明白不过。

我给了他两张一元的钞票。钞票过手时,我发现其中一张已饱经沧桑,右上角掉了,中间是撕开了又粘上的。裂开处粘的是条蓝色棉纸,没这条纸就流通不了。

这名非洲强盗的事暂按下不表,反正他高高兴兴地走了。且说我取下绳套,推开篱门,门便嘎吱一响。

我在前文已交代,这所房子已经破落,20年里没让油漆刷子碰过。我原奇怪为什么它没被一阵大风吹得东零西散,可后来看到了树,那些把这所房子紧紧环抱的树,它们经历过发生在纳什维尔的鏖战,现在如亭如盖,保护着房子不遭暴风、严寒与敌害。

阿泽利亚·阿戴尔是名门之后,年已50,白了头发,又瘦又弱,与她住的房子质地相差无几。一身衣裳是我前所未见的廉价货,却洗得比我看过的哪件衣都干净。风度高雅得像王后。她接待了我。

客厅似乎有一英里见方,因为里面空空荡荡,只摆着两三把椅子,一张早没有了毛的马鬃沙发,一张有了裂纹的大理石桌面的桌子,地毯破了,松木书架没刷油漆,架子上只几排书。不过,墙上倒有幅画,是彩笔画的一丛三色紫罗兰。

我原以为有安德鲁·杰克逊①提着装松果的吊篮的画，结果四下找却没寻着。

阿泽利亚·阿戴尔与我进行了长谈，我可作部分介绍。她是老南方的后裔，小时候过的是无忧无虑的生活，备受疼爱。她的知识面并不广，但对她所知的相对狭小的领域，她倒钻得深，很有见地。她没出过家门念书，对世界的了解靠的是推断与灵感。那帮为数不多，难能可贵的散文作家具备的正是这种素质。我边听她谈边自愧不如，手指不由自主地动，仿佛要拂去林兰姆、乔叟、里兹利特、马库斯、奥里利厄斯、蒙田、胡德②等人的用皮革制成的著作书背上的灰尘，其实没有灰尘。她是位了不起的人，发现了她很有价值。今天，几乎人人对现实生活都过于内行。唉，是懂得太多才过于内行！

阿泽利亚·阿戴尔的生活不用说是非常清苦的。恐怕除了一所房子，一身衣服，她已一无所有。一方面，我对杂志社要尽到责任，另一方面我又对苦苦奋斗的诗人和散文家由衷地欣赏。她的声音很像大型钢琴，叫我听得入神，只觉得开不了口提合同。面对一位抵得过九女神和三姐妹的人物③，有谁能把价码压到两分呢？生意非等到下一次会面再谈不可。但我提到了我肩负的使命，约定第二天下午谈买卖。

到即将告别时，我说了句告别该说的套话："你们这地方是个太平、安稳的地方。称得上安乐乡，很少会闹出什么不寻常的事来。"

> 纳什维尔向西部与南方各地卖出大量炉灶和器皿，其面粉生产量为每天两千桶。

阿泽利亚·阿戴尔想了想。

"我倒从没有过这样的看法。"她极其认真且有几分激动地说（这似乎是她的特点），"难道不正是在太平、安静的地方发生了许许多多事吗？我想，当上帝在第一个星期一④的上午创造大地，堆起万韧不倒的山峰时，人们要把身子伸出窗外，才可以听到土块从他铲子上掉下的声音。世界上最热闹的工程，就是修建通天塔⑤，又落个什么结果呢？只有《北美评论》上占一页半的世界语。"

---

① 美国将军（1767—1845年），于1829—1837年任第七任美国总统。
② 本处所列几位作家都是西方有名的大散文作家。
③ 九女神指天神宙斯（Zeus）的九个女儿，司文学、艺术、科学。三姐妹指司美与魅力的三女神。
④ 《圣经》说上帝第一天将天地分开。工作6天后休息一天，这就是一星期有7天的由来。所以阿戴尔说上帝在第一个星期一创造大地有其根据。但这时人们可把身子伸出窗外却离谱，因为上帝最后才造出人。
⑤ 古巴比伦有一城叫巴布尔，其人本操同一语言，但因建一通天塔受到上帝责罚，各人操不同语言，塔

"当然，人类的本性各地都相同。"我搬起陈腔滥调来了，"不过，有些城市比别的城市更富有色彩——呃——富有戏剧性和变化——呃——也就更叫人神往。"

阿泽利亚·阿戴尔道："可以说我已多次周游世界，乘的金色飞船有两只翅膀——书本与想象。我见过——是在想象中见的——土耳其国王亲手勒死一名妃子，就因为她在公众场合摘下了面纱。我在纳什维尔亲眼见过有人把戏票撕碎了，因为他妻子跟他出门前在脸上扑了粉。在芝加哥的唐人街，我见过一个叫章儿的丫鬟让人按着慢慢下油锅，逼她答应永不跟她的美国情郎会面。滚开的杏仁油浸过她的膝盖3寸时，她屈从了。前天夜里，就在纳什维尔城东的一次牌会上，我看见一个叫基蒂·摩根的人遇上7个老同学，也是从小一起长大的朋友，但他们一个个，只当从来不认识她，就因为嫌她嫁了个油漆匠。她心里像是滚油在煎，可是脸上却仍然挂着微笑，从这张桌走到那张桌，只可惜你没看到那笑脸。你说得对，我们这儿是个平淡无奇的地方，几英里的地盘只有红砖房、泥巴、商店、贮木场。"

屋后传来咚咚的敲门声。阿泽利亚·阿戴尔轻轻说了声对不起，走去看是谁在敲。没多久她转身回来了，眼发亮，脸泛红，显得年轻了10岁。

"你一定得喝杯茶，吃块糖再走。"她说。

她伸手拿起个小铁铃摇了摇。一个黑人小姑娘走了进来，才12岁左右，赤着双脚，全身不大干净，大拇指含在嘴里，睁大眼没好气地望着我。

阿泽利亚·阿戴尔打开一个又小又破的钱包，掏出张一元的钞票，有一张的右上角不见了，从正中撕成两半，也是用条蓝色棉纸粘在一起的，与我给那海盗似的黑人的那张钞票一模一样，肯定错不了。

她把钞票给了小女孩，说："小东西，你往街口贝克先生店里去一趟，买1/4磅茶叶，就是他平常送到我这儿来的那种。再买一角钱的糖。快去快回。"她转身对我道："家里的茶不凑巧吃光了。"

小东西从后门走了出去。她赤脚重重踏在后面门廊的声音还没完全消失，便听到有人尖叫一声，震动了这空荡荡的屋子。我敢肯定是小东西在叫。接着，传来那小女孩边叫边说着什么的声音，而且还有一个成年男人气冲冲的叫骂，嗓音低沉沙哑。

阿泽利亚·阿戴尔不慌不忙起身走了出去。我听到那沙嗓门唠唠叨叨了两分钟，接着听到仿佛有人在骂或者拉拉扯扯。可是，当阿泽利亚·阿戴尔又进屋坐

也未建成。这一典故也出自《圣经》。

下时,表情却不见有一点异样。

她说:"这屋子房间多,一部分租给了一个房客。对不起得很,不能请你喝茶了。我往常在店里买的那种茶没有了。也许明天贝克先生会给我送些来。"

可以肯定,那小女孩连屋门都没来得及出。我问过怎样坐电车回去后便告辞了。出门以后很久才想起没来得及问阿泽利亚·阿戴尔姓什么,但明天问也不算晚。

就在这一天,我干起了这座平淡无奇的城市逼使我干的大不该的事。我来这儿前后才两天,但就在这短短的时间里,我通过电话撒了弥天大谎,而且在一件凶杀案事发之后,用法律术语说,又成了凶杀犯的"同谋"。

一踏进我住的旅社所在的那条马路,身穿那件多姿多彩、举世无双的衣服的非洲血统黑人一把拽住我,打开棺材似的车上那通往地牢的门,挥动羽毛掸,喊着同一套话:"请上车,老板。车里干净,刚送过葬的。5角钱随……"

他这才认出我,咧开大嘴笑了。"退(对)不起,老板。今天早上,大伢坐过我的车。多谢老伢。"

"明天下午3点我又去861号,"我说,"要是你在这里,我坐你的车。你好像认识阿戴尔小姐吧?"我想起了那张钞票,最后问道。

"我是她爸爸的下人,就是那个阿戴尔法官,老伢。"他答道。

"我看她穷得可怜,家里数不出几个钱来,是么?"我问道。

立刻我发现凯奇怀欧王变了脸色,不过很快又恢复了正常,又成了会漫天要价的黑人老车夫。

"她饿不了肚皮,老伢。"他慢声吞气地说,"她有她的来源,老伢。她有她的来源。"

"跑这一趟我只给5角。"我说。

"好吧,是那个价钱,老伢,"他顺从地答道,"今天早上我要等着那两元钱用,老板。"

回旅社我去电撒了个谎,对杂志社说:"阿泽利亚·阿戴尔非要每字8分不可。"

对方回电是:"快给她8分!"

要吃饭时,温特沃思·卡斯韦尔"少校"遇见了我,打招呼的亲热劲胜似久别重逢的老朋友。我一见就厌恶而又难于摆脱的人为数寥寥无几。他撞上我时正巧我在酒吧间,这种地方我不便当面推脱。我宁可自付酒钱,免得再在这儿喝下去,可是无奈这酒鬼格外可恶,要热闹,好人多,每破费一文酒钱都要人放鞭炮,请乐队奏乐。

他从衣袋里掏出两张一元的钞票,啪的一声,把其中一张按到了柜台上,那气派俨然像是有万贯家财。我一看，发现钞票的右上角没有了，当中撕成了两半，是用条蓝色的棉纸粘起来的，又是我那一张，绝对错不了。

我回到自己房间。毛毛雨还在下，这座南方的城市又无味无奇，弄得我有气无力，坐立不是。临睡前我想起了那张神奇的钞票（以它为线索可以写一篇绝妙的旧金山侦探小说），心里直犯疑："难道这儿的人大都是车行里的股东，能进钱就分红利？难道……"这样想着我便睡着了。

第二天凯奇怀欧王果然到位，把我拉到861号，只是一路在石头上颠簸，把我的骨头都震散了架。他还等着我把事办好，再摇摇晃晃拉我回去。

阿泽利亚·阿戴尔比先一天脸色更苍白，衣服更干净，也显得更羸弱。在每字8分的合同上签过字以后，她的脸没有了血色，坐不住，从椅子上滑了下来。没费多大力气我就把她扶上了已成老古董的马鬃沙发；接着跑步到大街，大声喊那黑海盗去请医生。我早知他聪明，果然不错，他丢下车马一路飞跑，深知这事非抢速度不可。没出10分钟，他带了位表情严肃、头发花白的医学界高手来。我简单向他说明了来这所空荡而神秘的房子的原委（每字远卖不了8分）。他深鞠一躬，表示理解，然后转身对黑人老头用平静的口吻说：

"凯撒大叔①，快到我家去，叫露西小姐用装奶酪的罐装满满一罐牛奶，再用大杯装半杯葡萄酒，你都拿来。快去快回。别赶车，跑快点。这趟差总用不了一星期吧？"

看来梅里曼②大夫信不过这拦路强盗的腿，就怕他快不起来。凯撒大叔撒开两条笨腿跑得倒快。等他跑远了，大夫先打量我一番，态度彬彬有礼，内心却在细细思忖，终于认定我是个可靠的人。

他道："只不过是营养不良而已。换句话说，是贫穷、自尊、饥饿造成的。卡斯韦尔太太的真心朋友很多，都乐意帮她，但谁的接济她都不要，只要凯撒大叔的，这老头以前是她家的黑奴。"

"卡斯韦尔太太！"我吃了一惊。我把眼光转向合同，发现她在合同上签的名是"阿泽利亚·阿戴尔·卡斯韦尔。"

医生说："可惜嫁给了一个酒鬼，一个游手好闲的废物。据说，她家老黑奴接济她的钱哪怕数目很小也让他搜刮去了。"

牛奶和酒端来了以后，食到病除，阿泽利亚·阿戴尔恢复了元气。她挺直身坐着，赞叹秋叶之美。当时秋叶色彩最浓，正值赏叶时节。昏过去的事她轻描淡

---

① 凯撒是古罗马大将，后成帝，系西方历史上的有名伟人。作者将黑人车夫取名凯撒与戏称他为凯奇怀欧王一样，也是一种夸张与幽默。

② 英文原名Merryman，意为"快活人"。

写，只说是由于心跳过速的旧病复发。她躺到沙发上后，小女孩便给她打扇。医生还要到别处出诊，我把他送到门口，告诉他，阿泽利亚·阿戴尔给杂志社稿件的报酬可以预付一笔，我愿意也有权这样做，他听了很高兴。

"你还不知道，"他说，"你坐了车王的车。凯撒大叔的祖父是刚果的一个车王。凯撒自己就车王架势十足，想必你不难看出来。"

大夫还没走多远，我就听到凯撒大叔在屋子里说话："阿德（泽）利亚小贾（姐），你就眼瞪瞪让他抢了两元钱吗？"

"是的，凯撒。"我又听到阿泽利亚·阿戴尔答话，声音有气无力。接着我走了进去，把与作者谈的公事告一段落。我预付了50元，说这是约稿定规。然后凯撒大叔赶车把我送回了旅社。

到此为止的事是我亲眼所见的，可以出庭作证，但往后的事我就不能作为见证人说话了。

大约下午6点，我到旅社外散步。凯撒大叔又在街口。他打开车门，挥着羽毛掸，又说开了那套难听的话："请上车，老伢。5角钱，上全城四里八角。车干净的不用说，老伢。刚刚送过葬的——"

他这才认出是我，大概是由于老眼昏花。他的衣服又花花点点褪了些颜色，细麻绳磨得更毛、更不成样子，原来唯一剩下的那颗纽扣，就是那颗黄色的角质纽扣，也不见了。凯撒大叔是世代车王的好一个不肖子孙！

将近两小时以后，我发现药房前围了一大堆看热闹的人。在一个太平得像沙漠一样的地方，这要算稀奇事，我往人堆里硬挤了进去。原来，是温特沃思·卡斯韦尔少校的躯体躺在几把椅子和空箱子临时搭起来的台子上，医生正在检查有没有活的希望，结果，断定希望全无。

这位往日的少校死在一条黑咕隆咚的街上，后来，被几个又好事又闲得无聊的人抬到了药房门前。这位老兄身经了一场恶斗，从种种迹象可以看得出来。尽管他游手好闲又爱耍无赖，可他也是一名斗士。只不过他斗输了。他的两手还紧握着拳，扳也扳不开。熟识他的几位好心人围在他近边，搜索枯肠想说几句死者总算担当得起的好话。一位眉慈目善的人绞尽脑汁后有了一句："卡斯韦尔14岁时，学校里拼单词拼得最好的学生里他算得上一个。"

等我挤到死者身边时，死者垂在白松木箱边的右手松开了，一件东西掉在我脚边。我没动声色，踏上一只脚踩着，等过了一会才捡起来塞进口袋里。我猜想，在作生死搏斗时，他一定是紧紧抓着了这东西，断了气还没松手。

这天晚上，除了政事与禁酒令，旅社里人们的主要话题是卡斯韦尔少校之死。我听见有人对一伙人说：

"各位，依我看，是哪个下流黑人谋财，把卡斯韦尔杀了。今天下午他身上有50元，还拿给旅社的好几个人看过。等到人死了后，钱也不见了。"

第二天上午9点，我离开了纳什维尔。火车经过坎伯兰河上的桥时，我从口袋里摸出了一颗黄色的角质衣扣，约5角硬币大小，纽扣上还吊着磨毛了的细绳头。然后我往窗外一扔，把它扔进缓缓的、发黄的河水里。

布法罗市情形如何，我不敢妄言！

托宾的掌纹

有一天，我和托宾往科尼去，一来是我们有4元钱可花，二来是托宾正心烦，要消消遣。原来，他的女朋友卡蒂·马霍纳3个月前从北爱尔兰的斯莱戈郡到美国来，谁知却失踪了。她身上带着自己的200元积蓄，还有托宾卖掉在博格尚诺继承的一所漂亮小房子和猪所得100元。托宾接到过一封信，说她已经动身上他这儿来，可是从那以后就杳无音讯，更没见过卡蒂·马霍纳。托宾在报上登了广告，但就是没找到这姑娘。

这样我和托宾便同去科尼，以为换换环境，吃吃香喷喷的玉米花，他的情绪会好起来。谁知托宾是个死脑瓜子，横竖开不了窍。听到人叫卖气球，他咬牙切齿；看到电影，他便开口骂；邀他喝一盅他还会一饮而尽，但他见了柠檬水会嗤之以鼻；见到给人拍照的来了，他就想动手揍人。

于是，我带他走铺木板的小道①，以便少惹是生非。走到一个六八见方的小棚子边，托宾站住了，眼神恢复了正常。

他说："只有这地方称我心。尼罗河来的相命师②本领大，我请他们看看手相，看命里注定究竟会如何。"

托宾相信预兆，还有稀奇古怪的东西，什么黑猫③啦，预测吉凶的数字啦，还有报纸上登的天气预报④啦，他都莫名其妙地当真。

我们走进相命师鸡笼似的小棚子里，只见里面挂着红布，还有像铁路枢纽般线路纵横交错的掌纹图，很有令人莫测高深之感。门上的招牌写着：埃及女手相

---

① 美国有铺木板的散步小道，多在海边。
② 尼罗河被视为埃及的象征，而埃及当时多相命师。
③ 美国作家爱伦·坡写过一篇题为《黑猫》的小说，小说中的黑猫受主人虐待而死。后显身报复。使主人遭大火家破人亡。
④ 当时天气预报准确率低，可能由于这个原因，作者将天气预报与迷信活动相提并论。

大师佐佐。里面坐着个胖女人，身穿红短褂，短褂上绣着歪歪斜斜的字和小动物。托宾给她一角钱，摊开了手掌。他那手跟拉车运货的马的蹄子差不多。女手相大师抓起来细看着，想瞧瞧托宾登门是不是为一颗宝石让青蛙吞到肚里了，或者是掉了鞋。

这位佐佐大师说道："老弟，从你的掌纹来看呢——"

托宾打断了她的话："你看的不是我的脚。漂亮固然算不上，手总还是手。"

女大师说："从掌纹看你从小到大不是一帆风顺。往后还有灾。这根婚姻线——哟，是石头碰伤了还是怎的？线上显得是动了姻缘。为了女朋友你已经遭到了挫折。"

"她这是在说卡蒂·马霍纳。"托宾把头偏过来对我一个人说，但声音不轻。

手相师又说："有个人你总忘不了，又伤心，又着急。从纹路上看，是个女的，名字里有个字母是K，还有个是M①。"

"哟哟！听见了吗？"托宾对我说。

手相师往下又道："遇见一个黑皮肤的男人和一个轻浮相的女人你得小心，这两个人会叫你遭灾。不出多少日子你会行水路，要破财。有一条掌纹使你时来运转。你要遇上一个人，他会带你交好运。这人长着个弯鼻子，你见了能认出来。"

"他的名字掌上看得出吗？遇上了他带我交好运，知道名字好让我跟他打招呼。"托宾问道。

手相师若有所思说："掌纹上看不出名字怎么拼，但是看得出名字很长，当中必有字母O。相看完了。再见。别把门堵住了。"

"这女的真神！"托宾边上码头边说。挤过码头的门时，一个黑人手里的雪茄烟烫了托宾的耳朵，闹出了乱子。托宾在他脖子上使劲来了一拳，在场的女人一个个尖叫起来。我见势不妙，没等警察赶到，便把托宾一把拉开。这家伙兴起的时候有得好瞧！

坐上往回开的船以后，托宾听到有人叫卖名牌啤酒。这时他知道了刚才的错，很想喝杯啤酒，可是伸手往口袋里一摸，发觉口袋空了。刚才有人在混乱中掏走了他的零钱。我们只好不喝，坐到长凳上，听甲板上的南欧人弹琴。要说这一趟出游有什么收获，那就是托宾又遇上了倒霉事，比原来更丧气，更无精打采。

船上有个年轻女人靠在栏杆上坐着，凭一身穿着的费用够得上坐高档红汽车，头发的颜色像没抽过烟的海泡石烟斗。托宾从她身边过时无意中踢到了她的脚。平常他喝了酒对女人也是彬彬有礼，这一次更是，想抓起帽子表示道歉。可是他

---

① 卡蒂·马霍纳的英文拼写为 Katie Mahomer。

反倒把帽子碰掉了，又遇上风，帽子吹落到水里。

　　托宾走回来后坐下了。我留心看着他，他老兄遇上的倒霉事已经太多。如果让倒霉事怄极了，见到穿漂亮衣服的人他真会抬腿踢，还会抢过船来开。

　　托宾坐了一会，突然抓住我的一只手，兴奋地说："约翰，你看我们现在怎么啦？我们不是在走水路吗？"

　　"走水路也别兴奋，船再过10分钟就靠岸了。"我说。

　　"你瞧，瞧那坐在凳上的轻浮相女人。还有那烫了我的耳朵的黑人，你没忘吧？我不是丢了钱吗？有1元6角5分呢！"

　　我以为他只是在数他遭的难，像许多人那样，发作起来有个借口，便好言劝道，别把这些事看得太认真。

　　"得啦，"托宾说，"预言家就是有天才，通了神的人说话就是灵，你长着耳朵还听不进。那手相师看了我的巴掌说什么你忘啦，眼见着都应验了。她说'遇见一个黑皮肤的男人和一个轻浮相的女人你得当心，这两个人会叫你遭灾。'你就忘了那黑人？虽说我也揍了一拳，让他遭了报应。我帽子吹到水里去要怪那黄头发的女人，你说说看，这种女人不轻浮谁轻浮？出了射击场以后放在我衣服里的1元6角5分钱又是到哪儿去了？"

　　托宾说得头头是道，似乎当真有人能未卜先知，但我认为，这些事无论谁到科尼都可能遇上，不能说是手相师灵验。

　　托宾起身满甲板地走，用发红的小眼睛细细打量船上的乘客。我问他这是为什么。托宾心里想的事你不知道，除非他干了出来。

　　他说："告诉你吧，从我手相上看，我能遇上救星，我这就在找。我要找着那个能使我时来运转的弯鼻子人。只有这样我们才有救。你这辈子哪儿见过该下地狱的人长着直鼻子的，约翰？"

　　船9点30分靠岸，我们下了船，从二十二大街进城，托宾没戴帽子。

　　走到一个十字路口，我看到一个人站在路灯下路面高的地方望着月亮。他个子高，衣着讲究，嘴里叼着一根雪茄。我还发现他的鼻子从鼻梁往下拐了两个弯，就像蛇爬行时身体摆动着一样。托宾这时也看见了。我听见他呼吸声很响，如同一匹刚卸鞍的马，直喷鼻息。他直向那人走去。我也跟着他走。

　　"你好！"托宾对那人说。那人善交际，拿出根雪茄，也还礼问好。

　　托宾说："请问你尊姓大名，让我们看看是长是短。也许我们有必要跟你结识结识。"

　　那人很有礼貌地说："我名叫弗里登豪斯曼，就是马克西穆斯·格·弗里登豪斯曼。"

"长短倒对上了,"托宾说,"这么长的名字拼起来是不是用得着一个字母O呢?"

"那没有。"那人说。

"你就写进一个O不行吗?"托宾问道,心急了。

"如果你从心底里不喜欢外国拼法,那么悉听尊便,在倒数第二个音节加上一个O未尝不可。"长弯鼻子的人说。

"这就行啦。"托宾说,"我们俩一个叫约翰·默伦,一个叫丹尼尔·托宾。"

"幸会,幸会!"那人说着一鞠躬,"想来两位不会在十字路口举行拼写比赛,那么请问,刚才说这么多话究竟有何贵干呢?"

"就为你有两个特点与埃及手相师替我看相时讲的一模一样。"托宾答道,开始讲他的缘由,"我遇上个黑人,倒了霉,坐船又碰到了个黄头发女人跷起脚,又没好事,还破了1元6角5分的财,都应了手相师的话。她说只有你能消灾,让我时来运转。"

那人不再吸烟,看着我,问道:"你看他说的是不是这么回事?你们俩该不一样吧?我看你的模样像是在照看他。"

"是这回事。"我对他说,"而且我朋友的掌纹上注定要遇上你这么个人,你跟手相师说的没两样,就像左马蹄跟右马蹄没两样。要是有两样,丹尼的掌纹上也许还是看得出来,那谁能说?"

"你们俩是一起的。很高兴见到了两位。"长弯鼻子的人说着往街两头望,盼望有警察来,"再见吧!"

说完他把烟塞进嘴里,横过马路快步便走。但托宾紧跟到了他身边,我也跟到了他另一边。

"干什么?"他马上在人行道上站定了,把帽子往后一推,"你们还要跟着我?"他提高嗓门,嚷道,"告诉你们吧,见到两位十分荣幸,可是我不想再跟两位打交道。我现在要回家。"

"那行,回家就回家吧。"托宾说,靠到了他衣袖上,"我就在你们家门口等,到明天早上你总还得出来。我遇上了黑人跟那黄头发女人,又破了1元6角5分财,倒了霉,除霉气非你不行。"

"这真是莫名其妙!"那人转身对我说,他认为我是两个疯子中神志清醒些的,"请你带他回家好吗?"

我对他道:"先生,你不知道,丹尼尔·托宾现在精神正常,平常也正常。是这么回事:大概他多喝了两盅,兴奋了,又理不清思路,便有一点点糊涂。他就想脱掉手相师说的倒霉气,也没做出什么越轨违法的事来。我这就向你详细说说。"接着我把手相师怎么怎么相命，他的特征与从掌纹上看出的救星怎么怎么相合，都告诉了他。最后我说，"现在你总该明白我在这出戏里唱的什么角了吧。我已经说得清楚，我是托宾的朋友。当有钱人的朋友容易，有便宜占。做穷人的朋友也不难，他们会对你千恩万谢，还可以在报上登个照片，让人看到你一手提着一箱煤，一手抱着个孤儿站在一家人家门前。但是当天生傻瓜的真朋友就难，要有几手当朋友的本领。我现在当的就是这种朋友。我知道我伸出手看手相看不出好命，条条纹路注定了要干为难的事。没错，全纽约就数你的鼻子最弯，我还是不相信算命的人就那么灵，能看出你可以让人时来运转。不过呢，你的特点与丹尼掌纹上看出的一点没差，所以我想帮他试试看，除非是他知道了你真办不到。"

那人听完以后便马上笑起来，靠在墙角上放声打哈哈。笑过以后手往我和托宾背上一拍，接着又抓住我们的手臂，一边一个。

他说："误会，误会！我哪能料到会遇到这种凑巧事？差一点就对不起两位了。离这儿没几步有家咖啡馆，里面舒服得很，去聊聊各人的个性最合适。我们就喝上一杯，边喝边谈有没有绝对的可能或不可能的问题。"

说着，他领我和托宾进了一家咖啡馆的后厅，要了几杯，把钱放在桌上。他看着我和托宾时的神态，仿佛他是我们的兄长。他还请我们抽烟。

"两位还不知道，"命中注定相逢的人说，"我干的那一行就是所谓'动笔杆子'。今天晚上我出门寻找人的个性和上天遵循的永恒。你们见到我时，我正在思考明媚的月亮与路的关系。明月照马路的暂时现象很有诗意，很美，虽然月亮只是一个万古不变，没有情感，不停运动的物体。当然，各人的看法不会相同，在文人眼里，条件是颠倒过来的。我很想写一本书，解释我在生活中遇到的千奇百怪的事。"

"那你可以把我写进去，"托宾迫不及待地问，"你会把我写进书里吗？"

"我不会，"那人答道，"因为你上不了封面。现在还不行。至多我只能个人喜欢你，摧毁出版界限制的时间还不成熟。你的事见诸文字会妙绝。这份高兴只好归我一人独享。但是两位，我谢谢你们，我真心感谢你们。"

"你越讲越叫我憋不住了！"托宾开口了，在桌上当地一拳，还吹胡子瞪眼睛，"你长着个弯鼻子，本来弯鼻子会让我时来运转，可是你给人的好处像大鼓响，听得见摸不着。你口口声声书呀书，有什么用？只是吹过缝的风，会呜呜叫。这样看来，看手相不顶用，灵验了的只有那黑人，黄头发女人，还有——"

那高个子打断了他："别瞎闹！你别让相命那玩意儿迷了心窍。我的鼻子只能干它分内的事。来，把杯子倒满，谈人的个性得边喝边谈，一本正经只谈不喝，人的个性谈不起劲。"

我觉得这动笔杆子的人没有白相逢。我和托宾让人算准，已身无分文，但这个人高高兴兴，把3人的账全付了。托宾却只闷声喝着，很不痛快，眼都发红。

最后我们出了咖啡店，在人行道上站了站，这时已是夜晚11点。那人说他得回家，邀我和托宾送他一程。过了两个路口后，我们到了一条小街，这里有一片砖房，屋前有高平台和铁护栏。那人走到一所砖房前停住了脚，抬头一望顶层窗口已没有了灯光。

"这就是寒舍，"他说道，"看样子我太太已经就寝。恕我冒昧，两位不嫌弃就请进。想请两位就坐地下室，我们吃上一顿，也好提提神。有美味冷鸡，干酪，还有一两瓶酒。欢迎两位来进餐，你们陪我一程，十分感谢。"

我和托宾已经饿了，同时也觉得吃一顿并不能算昧良心的事，便都没推辞。托宾不过还是迷信他那一套，认为喝上几盅，吃上一顿冷餐，也应验了手相上注定的交好运。

"请下阶梯，"长着弯鼻子的人说，"我先从上边门进，再领两位。厨房里新请了位姑娘，我去叫她烧壶咖啡，让两位喝了再走。卡蒂·马霍纳是才来3个月的新手，咖啡烧得倒挺好喝。请进吧，我去叫她伺候两位。"

婚姻学的真谛

"我早对你说过，我素来不大相信女人有什么诡诈。"杰夫·彼得斯说，"叫她们合伙玩点最小的名堂都靠不住。"

"你说得对，"我答道，"我看把她们叫作老实人她们当之无愧。"

"那可不？"杰夫说，"自有男人要么替她们玩诡计，要么替她们拼死干活。只要不真牵动了感情，或者要顾脸面，她们做事还算可以。但一到了那种时候，那你瞧吧，你宁可另找个笨手笨脚、胡子拉碴、干粗活可又守本分、有房子、还放得出债的男人。我给你举个寡妇的例子。我和安迪·塔克在开罗①开了个小小的婚姻介绍所，请了个寡妇帮忙。

"要是你有登广告的钱，比方说碗口粗细的一卷钞票，办婚姻介绍所准有利可图。我们的本钱是600元，过两个月能翻一番。我们没领新泽西州的执照，买卖也只能做这么长时间。

---

① 此处的开罗并非指埃及的开罗，而是指美国伊利诺伊州的开罗。美国伊利诺伊等8州均有一城市名为开罗。

"我们拟了条广告,这样写的:

某女,丧偶,32岁,貌美,爱家,有现款3000元,乡村产业甚厚。欲再婚,念卑贱者往往忠厚,故宁择贫而情笃者。年龄、相貌不拘,务须忠实,善理财,来信请写明详情,寄伊利诺伊州开罗彼得斯——塔克事务所。

"杰作完稿后我说,'现在想倒是想得够绝啦,但上哪儿弄这么个女人呢?'

"安迪满不在乎,白了我一眼,说:

"'杰夫,没料到你干这一行还要当真。哪儿用得着找人?华尔街卖空头股票哪会真有什么资本?征婚启事与人有什么相干?'

"'听我说,安迪,'我答道,'这是干违法的事,我的买卖都得实实在在有货,见得着拿得出。我守着这条规矩,还细细研究市政府的法规和火车时刻表,所以从没惹出祸来。如果闹出大事,不是让警察罚五六元钱或者递上支雪茄能了结的。要想办这件事非得拿出个寡妇或者别的单身女人不可。至于相貌好丑,有无罗列的那一堆产业和别的家当倒没关系,不然,以后到治安员那儿难过关。'

"'那也好,万一邮局的人或者治安员查起我们的事来,会少些麻烦,'安迪想了想后说,'不过,你上哪儿去找一个愿意为不征婚的征婚启事白费时间的寡妇呢?'

"我告诉安迪,我知道有这样一个合适的人物。我有位老朋友,叫齐克·特罗特,原来在杂耍场表演喝汽水的怪相。平常他总是灌黄汤灌得醉醺醺,一年前有次没灌,吃了老医生治消化不良的药,让老婆成了寡妇。我以往常去他家,现在找他老婆帮帮忙料想不难。

"特罗特太太住在60英里外的一个小镇上,于是我连忙跳上车就赶到那儿,发现她仍住在原来的小房子里,屋外还种着向日葵,连大公鸡都照旧站在洗衣盆上。我们为征婚启事物色到她要算绝妙,只是其相貌、年龄、财产与启事上说的也许有出入。然而,她还算看得过去。再说,让她当这个角色也不是白干,对得起齐克。她听说我们的意图后问道:'彼得斯先生,你们干这事正当吗?'

"我答道:'特罗特太太,我和安迪测算过,全国地盘这么大,见启事上说你漂亮,有现金,又有产业,大概3000人会以假当真来应征。你等着瞧吧,这3000人里有3001或者是懒汉,或者是见钱眼开的人,或者是倒霉鬼、骗子、存心不良搞钱财的家伙。'

"'我和安迪打算好好教训社会上的这群寄生虫。照理我们真该成立一家名

叫《大德大罪婚姻介绍所》。你这总明白了吧？'

"'明白啦，彼得斯先生。'她说，'我原来也想你们不是要干什么坏勾当。但你们叫我做些什么事呢？是给你说的这3000人一个个回信呢，还是一帮一帮往外撵？'

"'其实只需挂个名，特罗特太太。'我说，'你往一家安安静静的旅馆里一住，就什么事也不用管了。处理信件等等工作，全由我和安迪包下。'

"'当然，也有些急性子的冒失鬼，又凑得起买张车票的钱，上门来求婚或者试探试探。遇上这种人就只得麻烦你当面拒绝。我们每星期给你25元，负担全部旅馆费用。'

"'我这就去拿粉扑，把大门的钥匙交给邻居，过5分钟你就得开始算我工钱。'特罗特太太说。

"于是我把她带到了开罗，让她住在一家很舒适的旅馆里，地点离我和安迪的住处不远不近，既方便，又不致引起怀疑。然后我把经过告诉了安迪。

"'好极了！'安迪说，'现在人有了，又在近处，你的心得安下了。事不宜迟，我们放下诱饵等鱼上钩吧。'

"我们立即在全国各地报纸登征婚启事，只登了一次，多登非应接不暇，闹得兴师动众，露出马脚不可。

"我们把两千美元以特罗特太太的名义存入银行，存折拿给了她。如果有人怀疑代理人的话是否诚实可靠，她随时可拿出来看。我知道特罗特太太诚实可靠，把钱存在她名下万无一失。

"征婚启事只登了一次，我和安迪每天就要花12小时复信。

"每天来信有100封。全国人穷志大，争着娶一个漂亮寡妇，愿担起给她当家理财重担的人竟如此之多，远远超出了我的预料。

"大多数人说自己上了年纪，丢了饭碗，怀才不遇，但每个人都表示自己重感情，是堂堂男子汉，征婚人嫁给他一辈子都上算。

"凡来信者都得到了彼得斯——塔克事务所的答复，说征婚人看了他们坦率而热情的来信深受感动，请他们再写信说明详情，如果方便还请附上照片。事务所还告诉应征人，寄第二封信时应随信附给当事人两元钱。

"这条妙计的好处各位可想而知。那帮不三不四的先生十有八九要筹措到这个数目寄来，真可谓财源滚滚，只是我和安迪嫌拆信取钱麻烦，牢骚不少。

"也有极少数亲自来访，我们便把他们打发到特罗特太太那儿，让她去收拾他们。后来乡下的免收邮资信件也到，安迪和我一天的收入有两百来元。

"一天下午，我们忙得不可开交，我在把一元、两元的钞票往烟盒里塞，安迪哼着《她结不了婚》的歌,一个滑头滑脑的小个子走了进来。他两眼往四周墙上一扫,像是家里有什么名画被盗,找到了我们这儿。我一见他不由得扬扬得意,反正我们干的事可谓天衣无缝。

"'今天的信看来不少哇!'来人说。

"我伸手拿起帽子。

"'来吧,'我说,'我们一直在等着你。我带你去看看货。你从华盛顿来时总统大人身体可好?'

"我把他带到望江旅社,介绍给了特罗特太太。接着,给他看了存在她名下的2000元钱的存折。

"'看来还规矩。'来的侦探说。

"'那当然,'我说,'可惜你结了婚,要不然,就让你与她谈谈,那两元钱没关系。'

"'多谢多谢!'他说,'没结婚准要谈谈。再见,彼得斯先生。'

"还不到3个月,我们的收入已超过5000元,该歇手了。对我们表示不满的人已经不少,特罗特太太也似乎感到厌烦。登门求见的人络绎不绝,惹得她不大高兴。

"于是我们决定撤兵。我去特罗特太太住的旅馆付给了她最后一星期的酬金,向她告别,同时取回那两千元存款。

"到那儿一看,只见她大哭着,像个赖着不肯上学的孩子。

"'这是怎么回事?是有人欺负了你,还是想家?'我问。

"'都不是,彼得斯先生。'她答道,'我对你实说了吧。你是齐克的好朋友,对你说没关系。彼得斯先生,我爱上了一个人。我爱他,要是不能跟他结婚,我也不活了。我日日夜夜想的就是这种人。'

"'那你就结呗,'我说,'两相情愿就结婚。你说你对他那么痴情,是不是他对你也有意呢?'

"'有!'她说,'不过他是见了报纸上的征婚启事才来找我的,一定要我给他那2000元才肯跟我结婚。他名叫威廉·威尔金森。'接着她又大哭起来,为了爱情激动得大发神经。

"'特罗特太太,女人得了相思病我最同情。再说,你原来也是我最要好的朋友的终身伴侣。如果我一个人能说了算,那我会痛痛快快把钱给你,让你跟着你看中的人快快活活过日子。'

"'这笔钱我们贴得起,那些想与你结婚的家伙已经让我们捞到了5000多。不过,总得与安迪·塔克商量商量。'我说。

"回到住处后,我把事情告诉了安迪。

"'我早知道会有今天,'安迪说,'凡是会引起女人动感情的事,你绝不能指望她们与你老是一条心。'

"'安迪,这是件麻烦事。想想吧,是我们引得一个女人伤了心。'我说。

"'没错,'安迪说,'杰夫,我看这样办吧:你一贯心肠好、大方,也许我太狠心、世故、多疑。这次我破例答应按你的办。告诉特罗特太太,叫她把两千元从银行取出来,交给她迷上了的人,快快活活去过日子。'

"我跳起来,握着安迪的手,5分钟没有放。然后,我回到特罗特太太那儿,把好消息告诉了她,这次她高兴得哭了,与伤心时一样哭得厉害。

"两天以后我和安迪收拾行李准备上路。

"'你不去看看特罗特太太再走吗?'我问他,'她很想认识你,向你表示感谢,还说了几句称赞的话。'

"'没这个必要了。'安迪说,'我看我们还是抓紧时间赶车好。'

"照我们的老规矩,我把钱捆到贴身腰带里。突然安迪从口袋里拿出一大沓钞票,叫我一道捆上。

"'这是什么钱?'我问。

"'是特罗特太太的两千元。'安迪说。

"'怎么到了你手上?'我问。

"'是她给我的。'安迪说,'每星期我有3个晚上去她那儿,一个多月来都这样。'

"'这么说威廉·威尔金森就是你?'我问。

"'正是。'安迪说。"

二十年后

一位巡警在马路上威风凛凛地走着。他的威武是习惯成自然,而不是摆给人看的架势,因为行人已少而又少。时间还不到夜晚10点,但眼见要下雨,冷风一阵紧似一阵,马路上已是空空荡荡了。

他边走边一家家打量,还不时转过头,用警惕的目光向平静的通衢大道两头远望,那甩警棍的动作多姿多彩,再加上体格魁伟,却不带傲气,看起来是好一个太平天下的卫士的形象。这一带收市早。你偶尔看到还亮着灯的店或者是烟店,或者是通宵餐馆,大多数店铺却早早关了门。

走到一个路段的正中时，警察突然放慢了脚步。一家灭了灯的五金店门口，有个男子斜靠门站着，嘴里叼了根烟，并没点着。看到警察走过来他抢先说话了。

"没事，警官，我在等一位朋友，"他镇定自若地说，"20年前约好现在会见。你听了觉得奇怪，是吗？你要是不放心呢，我可以把事情说给你听听。20年前，这家店是一家餐馆，叫大乔·布雷迪餐馆。"

"餐馆早5年就没有了。"警察说。

站在店门边的人划着了根火柴点烟。火柴光一照，只见这人长着个方下巴，脸色发白，目光倒炯炯有神，右边眉毛附近留着个小白伤疤。领带扣针歪别着，上面镶着颗大钻石。

那人说："20年前，我跟吉米·韦尔斯在这儿的餐馆吃饭。他是我最要好的哥儿们，世界上顶呱呱的小子。我俩是在纽约长大的，亲亲热热像兄弟俩。我18岁，吉米20岁。第二天我要去西部闯荡。在吉米看来天下似乎只有一个纽约。你就是拽也无法把他拽出纽约，那天晚上，我们约定，就从那一天那一刻算起，整整20年后在这地方再会面，不论我们的处境如何，也不论要走多远的路。我想，过了这20年，好歹各人也该知道了自己的命运，混出了点名堂。"

"这事倒挺新鲜。时隔20年才又见上一面，未免太久了点。分手以后你知道你朋友的消息吗？"警察问。

那人答道："说起来我们也有过一段书信往来，但过了一两年便断了联系。你知道西部那边地方有多大，而我来来往往又行踪无定。但是我知道要是吉米还活着，准会上这儿来找我。要说忠诚可靠，这老兄天底下数第一，他绝不会忘。今天晚上我千里迢迢跑到这家店门口等着，如果老朋友当真来，跑这一趟值得。"

等朋友的人掏出块漂亮的表，表面上镶着小宝石。

"10点差3分，"他说，"我们在餐馆分手的时间是10点整。"

"你在西部混得还不错吧？"警察问。

"你猜对了！吉米要是比得上我一半就算他不赖。他是个大好人，就是迟钝了点。我发财可也不容易，非多长几个心眼不可。在纽约什么都要守着老套套。人要开窍得到西部去。"

警察甩着警棍，又开步了。

"我得走啦！希望你的朋友真能来。到时候没来你就走吗？"

"不会。"他说，"至少我等他半个钟头。如果吉米还活在这世上，等半小时他准来。再见，警官。"

"再见，先生。"警官说着又继续巡逻，边走边一家家打量。

这时冷飕飕的毛毛雨降了下来,原来风一阵阵吹,现在是不停地吹。这一带为数很少的几个行人把大衣领翻上来,手插进口袋里,加快脚步,默默赶路,自认倒霉没赶上好天气。五金店门口的那个人抽着烟还在等。他千里迢迢来赴年轻时朋友的约会,干这种完全没准的事可说是荒唐。

他等了大约20分钟后,一位高个子大步流星穿过马路径直朝他走来。这人穿着长外套,衣领翻上来盖住了耳朵。

"鲍勃,真是你吗?"来者不敢相信地问道。

"吉米·韦尔斯,你来了呀!"站在门边的人高声叫了起来。

"哎呀呀!"刚来的人也高声叫,一把抓起对方的两只手,"果然是鲍勃。我知道只要你还活着,一定会上这儿来。哟,哟,哟,20年,可不算短呀!鲍勃,原来的餐馆已经没有了,要是还在就好,我们可以到里面再吃上一顿。在西部混得怎么样,老弟?"

"好极啦!我想到手的都到手了。吉米,你变了很多。奇怪,你怎么又长了两三寸呢?"

"是呀,满20后我又长了些。"

"你在纽约怎么样,吉米?"

"还过得去。我在市里的一个部门谋了个位置。鲍勃,走吧,我们到一个熟悉的地方去畅谈往日的事情。"

两人手挽手沿马路走着。从西部归来的那个志得意满,讲起这些年的作为。另一个把头缩在大衣领里,津津有味地听。

十字路口有家药房,仍灯火辉煌。到了灯光下,两人同时转身瞪大眼看着对方的脸。

从西部来的那个突然站住了,松开手臂。

"你不是吉米·韦尔斯!"他惊叫起来,"20年的时间的确长,但再长的时间也不会把鹰钩鼻变成个扁鼻。"

"20年足可以把一些好人变成坏人,"高个子说,"鲍勃,你已被捕10分钟了。芝加哥认为你可能上我们这儿来,打了电报说想与你谈谈。放老实点,知道吗?老实才聪明。有人叫我带张条子给你,看完了我们再去局里。你到那儿窗子下看,是巡警韦尔斯写的。"

从西部来的人打开交给他的小纸条。开始看的时候他的手还正常,但到看完时却抖得厉害。条子上只写了几句话:

鲍勃:我准时到了约定地点。你划着火柴点烟时我发现你原来是芝加哥通缉的罪犯。我不便自己动手,便找了位便衣代劳。

吉米

最后一片叶

华盛顿广场往西有一小片地区的街道横七竖八,像乱摊着的小布条,名曰:"胡同区"。这些胡同拐弯抹角,叫人摸不着头脑,甚至一条胡同会自身交叉一两回。有一次,一位画家发现,这种小巷也有一种难能可贵之处。要是有谁上这儿来收颜料、纸张、画布钱,会沿街转回老地方,连一分一文都收不着!

难怪,没多久那些搞艺术的人便纷至沓来,云集又古又怪的格林尼治村①。他们图房租便宜,专找窗户朝北的房间,18世纪山形墙屋和荷兰式小阁楼。又从六马路买来几只大圆筒形锡杯,一两只火锅,立起了"门户"。

休易与乔安西两人的画室就是在一栋矮墩墩的三层砖房的顶层。乔安西昵称为乔安娜。两人一个是缅因州人,一个是加利福尼亚州人,首次相逢是在八马路德尔蒙尼克饭店的餐桌上。她们同样爱好艺术,同样吃着凉拌菊苣,同样穿着大袖管衣服,这一来,便合租了一间房作为画室。这是5月间的事。

到了11月,一位冷酷、看不见的不速之客闯进了这一带,伸出只冰凉的手今天碰碰这个,明天碰碰那个。医生称这位客人为"肺炎"。在广场以东,这瘟神简直横行无忌,害起人来一动手就几十,但走到长着青苔、迷宫似的"胡同区",他放慢了脚步。

你绝不会说肺炎先生是位老侠士。让加利福尼亚州的和风都吹得没有了血色的小个子女人哪会经得起喘粗气的老糊涂的铁拳?而他偏偏就打了乔安西。乔安西躺在油漆铁床上没有力气动弹,两眼呆望着荷兰式小窗对面的砖墙。

一天上午,那位忙碌的医生皱皱灰色浓眉,把休易叫到过道里。

"现在十成希望只剩下一成。"医生一边甩下体温表里的水银一边说,"这成希望取决于她抱不抱活下去的决心。遇上一心想照顾棺材店生意的人,纵有灵丹妙药也不顶用。这位小姐已经认定自己再也好不了。就不知她还有什么心事吗?"

"她——她希望有一天能去画那不勒斯湾。"休易答道。

---

① 纽约西区的一个地方,住的人多为艺术家、作家。

"画画？你扯到哪儿去哪！我是问她心里有没有还留恋的事。比方说，心里还会想着哪位男人。"

"男人？男人还会值得她想？"休易的声音尖得像单簧口琴，"没这种事，医生。"

"那就麻烦了。"医生说，"我一定尽力而为，凡医学上有的办法都会采用。但是如果病人盘算起会有多少辆马车送葬来，药物的疗效就要打个对折。要是她能问起今年冬天大衣的衣袖时兴什么式样，那么我对你说吧，她的希望就不是一成，而是两成。"

医生走了以后，休易到画室里哭了一场，把条日本餐巾全哭湿了。哭过后她拿着画板昂首阔步地走进乔安西的房间，还一边吹口哨，吹音律多的切分音。

乔安西脸朝窗躺在被窝里，一动没动。休易以为她睡着了，忙不吹了。

她摆好画板，开始替杂志社作小说的钢笔画插图。年轻作者要踏上文学之路得先替杂志社写短篇小说，美术工作者要闯出艺术之路得先替杂志社作小说的插图。

小说的主人公是爱达荷州的牛仔，休易在画主人公穿的漂亮马裤和单眼镜时，好几次听到一个微弱的声音。她赶紧走到床边。

乔安西睁大着眼在望窗外边数数，是倒着数的。

"12，"她数着。过了一会，"11"。又过了会，"10"，"9"。又过了会，"8"，"7"，两个数几乎是接着数。

休易觉得奇怪，看着窗外。有什么可数呢？见到的只是个空荡荡的冷落院子和20英尺外一栋砖房的墙。一根老而又老的藤爬在墙上，有半堵墙高，巴巴结结，靠近根部的地方已经萎缩，藤叶几乎全被冷飕飕的秋风吹落，只剩下光秃秃的枝干还紧贴在破败的墙上。

"怎么啦？"休易问。

"6，"乔安西又在数，声音低得几乎听不见，"现在落得快了。3天前还有将近100，叫我数得头发痛。现在容易。又掉了一片，只剩下5片。"

"5片什么？快跟我说。"

"5片藤叶。那根藤上的。等最后一片掉下来，我也就完了。早3天我已经明白。难道医生没对你说？"

"快别胡思乱想啦！"休易觉得这太荒唐，不屑一顾地说，"一根老藤上的叶子跟你的病好不好得了有什么相干！丫头，别乱来，就因为你平日里喜欢那根藤。不要这么傻里傻气。今天上午医生还对我说，你很快好起来的希望是——让我想想他的原话来着——对啦,他说你的希望有9成!想想看,这可以比做我们到了纽约有可能坐电车,或者走路时遇上一栋新房子。来,喝点儿汤,喝了我就再画画,卖给编辑,得了钱给你这病娃娃买名牌紫葡萄酒,再买点猪排,给我自己解馋。"

"葡萄酒用不着再买,"乔安西说,眼睛还盯着窗外,"又掉了一片。汤我也不要。只剩下4片叶了。要是天黑前我看到最后一片掉下来就好,见到了我也好闭眼。"

"乔安西,你听我的,闭上眼睛,别再看窗外,等我把这幅插图画完,怎么样?"休易弯下身对她说,"这些画明天等着交。画画光线得好,要不然,我就会把窗帘放下。"

"那你不能到别的房间画?"乔安西没好气地反问。

"我得在这儿陪着你。再说,我也不能让你看着几片藤叶发傻气。"休易答道。

"那你画完了得告诉我,我想看着最后一片飘下来。"乔安西边说边闭上眼睛,脸惨白,躺着不动,像尊倒下的石膏像,"我不愿再等。也不愿想什么。一切我都不要了,只愿像一片没有了生命力的败叶一样,往下飘,飘。"

"安心睡一会吧,"休易说,"我画退隐的老矿工,要个模特儿,得找贝尔曼来。我只出去一会儿。别动,等我回来。"

贝尔曼老头也能画画,就住在下面一楼。他已年过六旬,头像希腊神话中半人半兽的森林神的,身子像小鬼的,胡须像米开朗琪罗的摩西雕像①的,蜷曲着从头顺身子往下垂。他作画没搞出个名堂来,挥舞了40年的画笔,却连艺术女神的长衫边都没碰着。他一心要画出个惊人之作,但至今还没开笔。近些年除了偶尔涂涂抹抹弄一张商业画或广告画,他什么也没搞,就靠替这一带请不起职业模特儿的年轻画家当模特儿挣几个钱。他喝起杜松子酒来没有节制,还不停叨念要搞的惊人之作。此外这小个子老头像个凶神恶煞,谁软绵绵的就瞧不起谁,自诩为保护楼上两位年轻画家的看家猛犬。

休易去时贝尔曼果然在楼下他那间又暗又邋遢的房间里,浑身杜松子酒气冲天。屋角里画架上绷着块白画布,就等画上幅惊人之作,但等了25年还是一笔未画。休易告诉他,乔安西在胡思乱想,把自己比作一片弱不禁风的藤叶,等到力气亏空,在这世界再也扒不住时,会飘落下来。

贝尔曼老头的一双红眼睛正不停地流泪,但听到这般胡想,他连鄙薄带挖苦

---

① 米开朗琪罗(1475—1564年)意大利画家、雕塑家、诗人、建筑师。摩西雕像是他在罗马教皇朱利二世墓上雕刻的像。

地叫了一阵。

"什么话！"他嚷着，"看到混账藤叶子掉了就会想死，阳世上还真有这种人？这种事还是头一回听说。叫我陪你们胡闹，当什么退隐的笨驴子的模特儿，我可不爱干。你怎么让那种怪事钻到她脑瓜子里去啦？哎哟，乔安西那小家伙也可怜。"

"她病得厉害，身体太虚弱。"休易说，"脑子烧糊涂了，老胡思乱想。贝尔曼先生，既然你不愿给我当模特儿，那就算了，没关系。不过我看，你这老头也够呛，太啰唆。"

"你们女人就是女人！"贝尔曼又是大喊大叫起来，"谁说的我不愿？走吧，我跟你去。这老半天我的话意思就是愿意。天老爷！乔安西小姐是大好人，怎么就病倒在这种地方？哪天我画出张绝妙的画，我们一块儿远走高飞。老天爷！行啦。"

两人上楼时乔安西睡着了。休易把窗帘放得严严实实，打个手势把贝尔曼带进了另一间房。他们在房里瞧着窗外的那根藤，心里不由得害怕。接着，两人你看我，我看你，好一会没说话。冰冷的雨在不停地下，还夹着雪。贝尔曼穿件旧蓝色衬衫，坐到个翻转的水壶上当退隐的矿工，那水壶是充作石头的。

休易只睡了一个小时，到早上醒来时，只见乔安西睁大两只无神的眼睛盯住放了下来的绿窗帘。

"卷起来，我要看。"她有气无力说。

休易照办了，也是有气无力。

可是，看啊！经过漫漫长夜的一夜风吹雨打，竟然还有一片藤叶扒在砖墙上。这是藤上的最后一片叶，叶柄附近依旧深绿，但锯齿形边缘已经枯败发黄。它顽强地挂在离地面20英尺高的一根枝上。

"这是最后一片叶，"乔安西说，"我还以为晚上它准会掉。我听见了风声。今天它会掉的，我的死期也就来了。"

"乖乖，乖乖！你不愿为自己着想也得为我着想。丢下我怎么办呢？"休易说，把消瘦的脸贴到枕头上。

但是乔安西没有答话。即将踏上黄泉路的人的心灵是无比孤寂的。乔安西与朋友、与人世一步一步拉开了距离，而幻觉在这时间便越来越难摆脱。

这一天慢慢过去了，天色尽管已暗下来，她们还是能看见那片孤零零的藤叶牢牢爬在墙上。后来，夜幕降临，北风又紧，雨敲打着窗户，也从矮荷兰式屋檐上倾泻而下。

天刚亮，乔安西不管三七二十一就叫拉开窗帘。

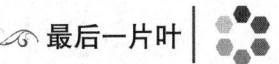

藤叶还在。

乔安西躺在床上久久看着。后来她叫唤休易，休易正在翻动煤气炉上鸡汤里的鸡。

乔安西说："休易，我太不应该。不知是怎么鬼使神差地，那片叶老掉不下来，可见我原来心绪不好。想死是罪过。你这就给我盛点鸡汤来，还有牛奶，牛奶里搁点葡萄酒——等等！先拿面小镜子来，再把几个枕头垫到我身边，让我坐起来看你烧菜。"

过了一小时，她说："休易，我希望以后能去画那不勒斯湾。"

下午医生来了。医生刚走，休易找个借口跑进走廊。

"有五成希望。"医生握着休易的手，说，"只要护理得好，就能战胜疾病。现在我得去楼下看另一个病人。他叫贝尔曼，肯定也是个画画的。又是肺炎。他年纪大，体质弱，病又来势凶，已经没有了希望，但今天还是要送医院，医院的条件好些。"

第二天，医生对休易说："她出了危险期。你们胜利了。剩下的事是营养和护理。"

这天下午，休易坐到乔安西躺的床上，织着条根本用不着的蓝色羊毛披肩，已经无忧无虑。织着织着，她伸出只手连人带枕头搂着乔安西。

"有件事告诉你，小宝贝。"她说，"贝尔曼先生得肺炎，今天死在医院。他只病了两天。头一天早上看门人在楼下房间发现他难受得要命，衣服、鞋子全湿了，摸起来冰凉。谁也猜不着他在又是风又是雨的夜晚上哪儿去了。后来他们发现了一盏灯笼，还亮着，又发现梯子搬动了地方，几支画笔东一支西一支扔着，一块调色板上调了绿颜料和黄颜料。现在你看窗外，乖乖。墙上还扒着最后一片藤叶。你不是奇怪为什么风吹着它也不飘不动吗？唉，亲爱的，那是贝尔曼的杰作。在最后一片叶子落下来的晚上，他在墙上画了一片。"

供应家具的房间

下西区那个全是红砖建筑物的地区，有一大批人像时间那样动荡不安，难以捉摸。说他们无家可归吧，他们又有几十、几百个家。他们从一个供应家具的房间搬到另一个供应家具的房间，永远是短暂的过客——在住家方面如此，在思想意识方面也是如此。他们用快拍子唱着《甜蜜的家庭》；他们把门神装在帽盒里随身携带；他们的葡萄藤是盘绕在阔边帽上的装饰；他们的无花果树只是一株橡皮盆景①。

这个地区的房屋既然有成千的住客,当然应该有成千的故事传奇。毫无疑问,这些故事大多是乏味的,不过在这许多飘零人的身后,如果找不出一两个幽灵来,那才叫怪呢。

某天晚上将黑的时候,有一个年轻人在这些摇摇欲坠的红砖房屋中间徘徊着,挨家挨户地拉门铃。到了第十二家的门口,他把他那寒酸的手提包放在台阶上,脱下帽子,擦擦帽圈和额头上的灰尘。铃声在冷静空洞的深处响了起来,显得微弱遥远。

他在第十二家的门口拉了铃,来了一个女房东,她的模样使他联想到一条不健康的,吃得太饱的蠕虫;蠕虫吃空了果仁,只留下一层空壳,现在想找一些可以充饥的房客来填满这个空间。

他打听有没有房间出租。

"进来。"女房东说。她的声音来自喉头,而喉头也仿佛长遍了舌苔。"我有一间三楼后房,刚空了一个星期。你想看看吗?"

年轻人跟她上楼。不知从哪儿来的一道微弱的光线冲淡了过道里的阴影。他们悄声儿地踩在楼梯的毡毯上。那条毡毯已经完全走了样,就连原先制造它的织机也认不出它了。它仿佛变成了植物,在那腐臭阴暗的空气里化为一块块腻滑的地衣或是蔓延的苔藓,附着在楼梯上,踩在脚下活像是黏糊糊的有机体。楼梯拐角的墙上都有空着的壁龛。以前,这里面也许搁过花草。果真这样的话,那些花草准是在污浊腐臭的空气中枯萎死去了。这里面也许搁过圣徒的塑像,但是不难想象,妖魔鬼怪早就在黑暗中把它们拉下来,拖到底下某个供应家具的地窖里,让它们待在邪恶的深渊里了。

"就是这间。"女房东的长满舌苔的喉咙里发出声音说,"很好的房间。难得空出来的。夏天,这里住过几个非常上等的客人——从来没有麻烦,总是先付后住,从不拖欠房租。过道尽头就有自来水龙头。斯普罗尔斯和穆尼租了三个月。她们是演歌舞杂耍的。布雷塔·斯普罗尔斯小姐——你也许听人家说起过她——哦,那不过是艺名罢了——她的结婚证就是配好镜框挂在那儿的梳妆台上的。煤气灯在这儿,你瞧壁柜有多大。这个房间人人喜欢。从来没有空过很久。"

"你这里常有戏剧界的人来租房间吗?"年轻人问道。

"他们来来往往。我的房客中许多人同剧院有关系。是啊,先生,这里是剧

---

① 葡萄藤和无花果是安定的家庭生活的象征,典出《旧约·列王纪上》四章廿五节:"所罗门在世的日子,从但到别是巴的犹太人和以色列人,都在自己的葡萄树下,和无花果树下,安然居住。"

院区。当演员的人不会在一个地方待上很久。有许多就在我这里住过。是啊,他们是来来去去的。"

他租下这个房间,预付了一星期的租金。他说他累了,立刻就住下来。同时数出了钱。女房东说这个房间的一切早已准备就绪,连毛巾和洗脸水都是现成的。她要出去的时候,年轻人把那个带在舌尖,问了千百次的话说了出来。

"你可记得,你的房客中间有没有一个年轻的姑娘——瓦许纳小姐——埃洛伊丝·瓦许纳小姐?她多半会在剧院里唱歌。一个漂亮姑娘,个子不高不矮,细腰身,金红色头发,左眉毛旁边有颗黑痣。"

"不,我记不得那个姓名。演戏的人常常改名换姓,正像换房间一样。他们一会儿来一会儿去。不,我想不起那样一个人了。"

不。问来问去老是"不"。五个月来不断打听,结果总是落空。五个月来,白天在剧院经理、代理人、戏剧学校和歌唱团那儿打听,晚上混在观众里,从阵容强大的剧院看起,直到那些低级得不能再低的,连他自己都害怕在那里找到心上人的游乐场为止。他对她一往情深,千方百计要找到她。自从她离家出走之后,他知道准是这个滨水的大城市留住了她,把她藏在什么地方;可这个城市像是一片无底的大流沙,不断地移动着它的沙粒,今天还在上层的沙粒,明天就沉沦到黏土污泥里去了。

这间屋子带着初次见面的假客气迎接了刚来到的客人,它那种强颜为欢,虚与委蛇的迎接像是妓女的假笑。破旧的家具反射出淡淡的光线,给人一种似是而非的慰藉;屋里有一张破旧的锦缎面睡榻和两把椅子,两扇窗户之间有一面尺把宽的廉价壁镜,墙上有一两只描金镜框,角落里放着一张铜床。

客人有气无力地往椅子上一坐。这时,屋子像通天塔①里的一个房间似的,讷讷地想把以前各式各样住户的情况告诉他。

肮脏的地席上有一块杂色斑驳的毯子,仿佛波涛汹涌的海洋中一个长方形的,鲜花盛开的热带岛屿。花花绿绿的墙纸上贴着无家可归的人从东到西都能看见的画片:"法国新教徒的情侣""第一次口角""新婚的早餐""泉边的普赛克"。歪歪斜斜、不成体统的布帘,像歌剧里亚马逊妇女的腰带,遮住了壁炉架那道貌岸然的轮廓。壁炉架上有一些冷冷清清的零碎东西———两只不值钱的花瓶,几张女艺人的相片,一只药瓶,几张不成套的纸牌。房间的住户有如船只失事后被

---

① 《旧约·创世纪》十一章:巴比伦人要建造一座城和一座通天高塔,耶和华怒其狂妄,变乱了他们的口音。使他们彼此音语不通,无法取得协调,只得辍工。

困在孤岛上的旅客，侥幸遇到别的船而被搭救上来带往另一个港口，便把这些漂货给扔下了。

先前的住户们遗留下来的痕迹渐趋明朗，正如一篇密码被逐一破译一样。梳妆台前地毯上那块磨秃的地方说明有许多漂亮女人在上面踩过。墙上的小手印表示小囚徒们曾经摸索着寻求阳光与空气。一块像开花弹影子似的四散迸射的痕迹，证实有过玻璃杯或瓶子连同它所盛的东西给扔在了墙上。壁镜上被人用金刚钻歪歪扭扭地刻出了"玛丽"这个名字。看情形，这个供应家具的房间里的住户们，不论先后，总是怨气冲天——也许是被它的过分冷漠激惹得忍无可忍——便拿它来出气。家具给搞得支离破碎，伤痕累累；弹簧已经脱颖而出的睡榻，活像一只在极度的痉挛中被杀死的可怕的怪物。大理石的壁炉架，由于某种猛烈得多的骚动，被砍落了一大块。地板上的每一块凹痕和每一条裂纹，都是一次特殊的痛苦的后果。强加于这间屋子的一切怨恨和伤害，都是那些在某一时期称它为"家"的人所干的，这种情况说来几乎难以使人相信；但是燃起他们的怒火的也许正是那种始终存在而不自觉的，无法满足的恋家的本能，是那种对于冒牌的家庭守护神的愤恨。如果是我们自己的家，即使换了一间茅舍，我们也会加以打扫、装饰和爱护的。

坐在椅子上的年轻住客让这些念头恍恍惚惚地掠过心头。这时，别的房间里飘来了各种声音和气息。他听到一间屋子里传来淫荡无力的吃吃笑声；另外的屋子里传来独自的咒骂、掷骰子声、催眠曲和啜泣抽噎；楼上却有起劲的五弦琴声。不知哪里在呼呼嘭嘭地关门；架空电车间歇地隆隆驶过；后院的篱笆上有一只猫在哀叫。他呼吸着屋子里的气息——与其说是气息，不如说是一股潮味儿——仿佛地窖里的油布和腐烂木头蒸发出来的那种冷冰冰的，发霉的气味。

他正歇着的时候，屋里突然有了一阵浓烈、甜蜜的木樨草香味。它像是随着一股轻风飘来的，是那样确切、浓郁和强烈，以至像是一个有血有肉的来客。年轻人似乎听到有人在招呼他，便脱口嚷道："什么事，亲爱的？"并且跳了起来，四下张望着。那阵浓郁的香味依附在他身上，把他团团包围起来。他伸手去摸索，因为这时他所有的感觉都混杂紊乱了。气味怎么能断然招呼一个人呢？一定是声音。不过，刚才触摸他的，抚摸他的竟会是声音吗？

"她在这间屋子里待过。"他嚷道，立刻想在屋里找出一个证据。因为他知道，凡是属于她的或者经她触摸过的东西，无论怎样细小，他一看就认识。这股缭绕不散的木樨草香味，她所偏爱并已成为她个人特征的香味，究竟是从哪儿来的呢？

这间屋子收拾得很马虎。梳妆台那薄薄的台布上零乱地放着五六只发夹——

一般女人的无声无息,无从区别的朋友,拿语法术语来说,就是阴性,不定式,不说明时间。他知道从这些发夹上是找不到线索的,便不加理会。搜寻梳妆台的抽屉时,他发现一方被抛弃的,破烂的小手帕。他拿起手帕,往脸上一按。一股金盏草的香气直刺鼻子,他使劲把手帕摔在地上。在另一个抽屉里,他发现几枚零星的纽扣,一份剧院节目,一张当铺的卡片,两颗遗漏的棉花糖和一本详梦的书。在最后一个抽屉里,有一个妇女用的黑缎子发结,使他一阵冷一阵热的踌躇了好一会儿。但是黑缎子发结只是妇女的一本正经、没有个性的普普通通的装饰品,并不说明问题。

接着,他像猎狗追踪臭迹似的在屋子里梭巡徘徊,扫视着墙壁,趴在地上察看角落里地席拱起的地方,搜索着壁炉架子、桌子、窗帘、帷幔和屋角那只东倒西歪的柜子。他想找一个明显的迹象,却不理解她就在他身边,在他周围,在他心头,在他上空,偎依着他,追求着他,并且通过微妙的感觉在辛酸地呼唤他,以致他那迟钝的感觉也觉察到了这种呼唤。他又一次高声回答:"哎,亲爱的!"同时回过头来,干瞪着眼,凝视着空间。因为到目前为止,他还不能从木樨草香味中辨明形象、色彩、爱情和伸出来迎接他的胳臂。啊,老天哪!那股香味是从哪里来的呢?从什么时候开始,气味竟能发出声音呼唤呢?因此,他继续摸索着。

他在裂罅和角落里探查,找到了瓶塞和烟蒂。这些东西他都鄙夷而默不作声地放过了。可是当在地席的皱褶里找到半支抽过的雪茄时,他狠狠地咒骂了一句,把它踩得粉碎。他把这间屋子从头到尾细细搜查了一遍。他发现了许多飘零的住户那凄凉的微细痕迹;可是关于他所寻找的,可能在这儿住过的,灵魂仿佛在这儿徘徊不散的她,却毫无端倪。

这时,他才想起了房东。

他从这间阴森森的屋子跑下楼,来到一扇微露灯光的门口。女房东听到敲门声,便出来了。他尽可能控制自己的激动。

"请问你,太太,"他恳求地说,"在我没来之前,谁住过这间屋子?"

"哎,先生。我可以再告诉你一遍。我早就说过,先前住在这儿的是斯普罗尔斯和穆尼。布雷塔·斯普罗尔斯小姐是剧院里的姓名,穆尼太太是真名。我的房子的正派是有名的。配了镜框的结婚证就挂在——"

"斯普罗尔斯小姐是什么样的——我是说长相怎么样?"

"唔,先生,黑头发,矮胖身段,一脸滑稽相。她们上星期二走的,已经一个星期了。"

"她们之前的房客是谁呢?"

"唔,一个做运货车生意的单身男人。他欠了我一星期的房租就走了。他之前是克劳德太太和她的两个孩子,他们住了四个月。再之前是多伊尔老先生,他的房钱是由他几个儿子付的。他住了六个月。这样已经推算到一年前了,再前面的我可记不清啦。"

他向她道了谢,垂头丧气地回到自己的屋子里。屋子里死气沉沉的。赋予它生命的要素已经消失了。木樨草的香味已经没有了。代替它的是发霉家具的腐臭的味道,是停滞的气氛。

希望的幻灭耗尽了他的信心。他坐在那儿,呆看着咝咝发响的煤气灯的黄光。过了片刻,他走到床边,把床单撕成一长条一长条的。他用小刀把这些布条结结实实地堵塞进窗框和门框的罅隙。安排停当后,他关掉煤气灯,再把它开足,却不去点火,然后死心塌地往床上一躺。

这晚轮到麦库尔太太去打啤酒。她去打了酒来,同珀迪太太一起坐在地下室里。那种地下室是房东太太们聚集的地方,也是蠕虫不会死的地方。①

"今晚我把三楼后房租出去了,"珀迪太太对着一圈薄薄的泡沫说。"房客是个年轻人。他上床已经两个钟头了。"

"真的吗,珀迪太太?"麦库尔太太极其羡慕地说。"你能把那种房间租出去,真不简单。那你有没有告诉他呢?"她非常神秘地哑着嗓子低声说了一些话。

"房间嘛,"珀迪太太用舌苔非常腻厚的音调说,"本来是备好家具出租的。我没有告诉他,麦库尔太太。"

"你做得对,太太,我们是靠房租过活的。你真有生意头脑,太太。人们如果知道床上有人自杀过,多半就不愿意租那间屋子。"

"就是嘛,我们要靠房租过活呀。"珀迪太太说。

"是啊,太太,一点不错。就是上星期的今天,我还帮你收拾三楼后房来着。这么漂亮的一个姑娘,想不到竟用煤气自杀——她那张小脸真惹人爱,珀迪太太。"

"就是嘛,她称得上漂亮,"珀迪太太表示同意,可又有点儿吹毛求疵地说,"可惜左眉毛旁边长了那么一颗黑痣。你把杯子再满上吧,麦库尔太太。"

财神与爱神

已退休的罗氏尤里克肥皂制造商和专利人安东尼·罗克沃尔老头在五马路府

---

① 参见《新约·马可福音》九章四十八节:"在那里(地狱)虫是不死的,火是不灭的。"

邸的藏书室里望着窗外咧开嘴笑了。他的右邻吉·范·斯凯莱特·萨福克-琼斯正从家里出来，朝等候在外的小轿车走。这贵族气十足的俱乐部会员每次如此，要对肥皂大王宫正面意大利文艺复兴式的雕刻轻蔑地哼一哼鼻子。

"这又傲又不中用的老东西！"太上肥皂王说，"等着吧，你要是不瞧着点，将来就准得夹着尾巴离开。到了夏天我把房子漆得五光十色，看你那荷兰鼻子还翘不翘得了。"

接着安东尼·罗克沃尔走到藏书室门口喊了声："迈克！"他是从来不用铃的，那嗓门在堪萨斯州的大草原上喊一声曾经震破蓝天，如今雄风仍不减当年。

"你去告诉少爷，出门前先来我这儿一趟。"安东尼吩咐闻声进来的仆人道。

罗克沃尔少爷进了藏书室后，老头子撂下报纸看着他，一张光滑红润的大脸上的表情严肃里带着慈祥。他一只手揉着满头白发，一只手把口袋里的钥匙弄得哗哗响。

"理查德，你用的肥皂什么价？"安东尼·罗克沃尔问。

理查德大学毕业回家才半年，被问得有些莫名其妙。他至今没有摸透他父亲大人的脾气，这老爷子就像一个初次赴会的姑娘，意想不到的问题问个没完没了。

"大概是6元一打，爸爸。"

"你的衣呢？"

"一般60来元。"

"你是有身价的人。"安东尼说话的口气一点不含糊，"我听说那些公子哥儿用的肥皂是24元一打，穿的衣服破了百元大关。你有的是钱花，谁都比不上，但一直很规矩，从不乱来。我现在还用尤里克，不光是因为感情上割不断，还是这肥皂最实惠。你买块肥皂只有一毛钱的真货色，其余的钱都花在劣质香料和装潢上。论年龄、地位、条件，你这样的人用五毛钱一块的最合适。我说过，你是有身价的人。有人说，真有身价的人三代才能出一个。他们没说对。身价靠钱，就像造肥皂靠油脂一样。钱给了你身价。靠着钱，我也几乎身价百倍。我这人是又粗又野又招人嫌，跟左邻右舍的两个荷兰老爷没什么两样。他们两位见我在他们的住宅中间买了房产，弄得夜里常睡不好觉。"

"有些事钱并不能办到。"罗克沃尔少爷说，现出了发愁的样子。

"没那码子事！"安东尼老爷没料到儿子会说这话，"我认定了钱能通神。百科全书我已经查到了字母Y，没发现你说的钱买不来的东西。下星期肯定可以查补遗。我看金钱比什么都有能耐。你说说，有什么东西钱买不到。"

理查德不服气，答道："举个例吧，花钱挤不进最上层人物堆里。"

"哼,还挤不进?"最崇拜万恶之源的人喊声如雷,"当初阿斯特家[①]的老祖宗如果没有钱买统舱票漂洋过海,哪成得了什么上层人物,你说说看?"

理查德叹了口气。

"我正想跟你谈这件事。"老头子说,声音放小了,"我叫你来就为这个缘故。儿呀,你最近不大对头,早两个星期我就发现了。你对我说实话。除开不动产不算,24小时内我能调动一千一百万。要是你发了肝气痛[②],'漫游'号船就停在港里,煤也上足了,只消两天工夫可以开到巴哈马[③]。"

"你倒会猜,爹,八九不离十了。"

"嗯,她叫什么名字?"安东尼关切地问。

理查德在藏书室里踱来踱去。这位一贯粗鲁的老爷子今天这般温存体贴,不由得他不说实话。

"那你为什么不向她提呢?"安东尼老头问,"她会求之不得。你有钱,长得漂亮,又规规矩矩,清清白白。尤里克肥皂你还没沾过手。你还上过大学,不过这一点她倒不会在乎。"

"我一直没机会,"理查德说。

"创造机会嘛!"安东尼说,"带她去公园散步,或者郊游,连出了教堂陪她回家也行!机会!啐!"

"你还不了解社交界的事,爹!她是左右社交界的角色之一,分分秒秒的时间早几天就安排好了。这姑娘我非到手不可,爹,要不然这辈子待在纽约就像待在烂泥坑里。再说我又不能写信谈,那样做不行。"

"啧!我有那么多钱难道当真会买不到她一两个钟头时间,让她跟你单独在一起?"老头子说。

"已经来不及了。后天中午她要乘船到欧洲,一去就两年。明天晚上我与她单独相见的时间只几分钟。她现在在拉奇蒙特她姑妈家,那地方我不便去。不过她答应让我明晚在市中心车站用马车接她,火车8点半到。接着快马加鞭到百老汇的沃勒克剧院,她妈妈和别的亲友在休息室等着我们,买了包厢票看戏。这前前后后才七八分钟时间,你想想我把事情提出来她会听得进吗?不可能!看戏的时候和散戏以后哪会有机会呢?也不可能。得啦,爹,这种麻烦事你的钱无能为力。金钱买不到时间,连一分钟也不行,要不然有钱人的寿命就能延长。眼见兰

[①] 指毛皮商及金融家约翰·阿斯特(1763—1848年)家庭。约翰·阿斯特生于德国,于1873年移居美国。

[②] 以往西方人常把许多毛病都看成肝气痛,所以肝气痛实际上并不是肝发生了毛病。

[③] 指加勒比海的巴哈马群岛,旅游胜地。

特里小姐要坐船走，没希望跟她谈了。"

"原来是这么回事，孩子！"安东尼老头乐呵呵地说，"现在你尽管去你的俱乐部。还好，不是发肝气痛。但你别忘了常给财神爷烧把香。你不是说金钱买不来时间吗？嗯，要出个价钱，把时间整个儿打成包送到你门口，那当然办不到，但是我看到时间老人的鞋跟也磨得五劳七伤了，那是老爷子在金矿里走时磨坏的。"

这天夜里，安东尼看晚报时埃伦姑妈来了。这老人家心肠最软，感情丰富，爱长吁短叹，已满脸皱纹，而且让财富压得透不过气来。她说起了情人的苦恼。

她弟弟安东尼打了个呵欠，道："他把什么都告诉我了。我对他说，我放在银行的钱他尽可以用。他反倒找起金钱的岔子来，说钱起不了作用，还说10个百万富翁一起用力也动不了社会规律一根毫毛。"

埃伦姑妈叹了口气，说："得啦，安东尼，你别以为钱就那样了不起。比起真正的感情来，财富相形见绌。爱情才万能。就怪他没有早开口说！理查德她还能不要？恐怕现在是为时已晚。他没有机会跟她谈。把你的金银财宝和盘倒出去也买不来儿子的幸福。"

第二天夜晚8点，埃伦姑妈从一只蛀虫啃坏了的首饰箱里拿出只古色古香的金戒指，给了理查德。

"孩子，今晚你把它戴上。"她语重心长地说，"这戒指还是你妈给我的，她说戴上它恋爱会交好运。她托付我，等你找到了中意的人，就把这戒指给你。"

罗克沃尔少爷恭恭敬敬接过戒指，套到小指上，在第二个指关节才套紧。他又取下来，按男子汉的习惯，把戒指放进了背心的口袋里。接着他打电话叫马车。

8点32分，他在车站熙熙攘攘的人群中接到了兰特里小姐。

"我们千万不能让妈妈他们久等。"兰特里小姐说。

"快马加鞭，到沃勒克剧院！"理查德领命后吩咐车夫。

车旋风般经过四十二大街到了百老汇路，然后跑进一条街灯璀璨的小道，车越跑人的心里越不是滋味。

在三十四大街，小伙子理查德一把推开车窗，叫车夫停车。

他一边下车一边解释道："我掉了只戒指。是我妈妈留下的。丢了怪可惜的。耽误不了一分钟，我知道掉在哪里。"

没出一分钟他捡回戒指又上了马车。

然而，就在这一分钟里，一辆小轿车正冲着马车停住了。车夫刚想绕左边走，一辆载重快运货车挡住了去路。他想往右，又遇上了一辆莫名其妙出现的装载着家具的车。想倒车，也不行。他丢下缰绳，出于职业本能骂开了。前前后后横七竖八的车马把路堵死了。

大城市里因一条路被阻而出现交通瘫痪的事有时来得猝不及防。

"为什么不赶车？我们要来不及了。"兰特里小姐不耐烦地说。

理查德在车子里站起身四下里一望，只见连三十四大街与百老汇路、六马路交叉的路口在内的一大片地区被货车、卡车、马车、电车挤得水泄不通，就像一个腰围26寸的姑娘硬来了一根22寸的腰带。而且，横着的各条路上车还在争先恐后往这片乱糟糟的地段拥，你挤我，我挤你，车轮碰车轮，再加开车的、赶车的骂骂咧咧，简直闹翻了天。

曼哈顿地区的所有车辆似乎全部赶了来凑热闹。人行道上看热闹的人成千上万，但连纽约最老的寿星都没见过有哪次马路塞得这样不可开交。

理查德又坐下来，说："真对不起。看来我们动不了。车辆挤成这个样，没一小时功夫疏通不了。全怪我。如果我没掉戒指，那我们——"

"让我看看你的戒指，"兰特里小姐说，"现在没有办法，只好算了。其实，我觉得看戏并没多大意思。"

这天夜里11点，有人轻轻敲响安东尼·罗克沃尔的门。

"请进！"安东尼的大嗓门喊道。他穿了件红色睡衣，正在看本惊险的海盗小说。

来人是埃伦姑妈，像位白发天使，只是错贬人间。

"安东尼，他们谈好啦。"她轻柔的嗓门说，"那姑娘答应了嫁给理查德。他们去剧院时遇上交通阻塞，坐的马车堵了两个小时才脱身。"

"唉，兄弟，你别再夸金钱万能。理查德得到幸福是靠那只象征真情的小小戒指，那东西虽小，却代表了海枯石烂永不变，万两黄金买不到的感情。半路上他把戒指掉了，下了车捡。没等马车再起步，交通堵塞了。就是在车走不了时，理查德表示了爱情，也得到了姑娘的爱情。你看，比起真正的爱情来，金钱成了粪土。"

"这就好，儿子的心愿得到满足我当然高兴。"安东尼老头说，"我对他说了，我会不惜金钱，只要——"

"不对，兄弟，你的钱起了什么作用呢？"

"姐姐，我正看到海盗遇上生死关头。他的船底穿了洞，可他是聪明人，知道金钱的价值，不会眼睁睁看着往海里沉。你先让我把这一章看完。"安东尼·罗克沃尔说。

故事本该在这里收尾。不但读者觉得可以收，而且我也当真希望收。然而，为了了解事实真相，我们还得刨出根底。

第二天，安东尼·罗克沃尔家来了个人，双手通红，系根蓝色圆点领带，报名凯利，一求见便被引进了藏书室。

"嗯，这事真没人会想得着。我来看看——你已经拿了5000元现金。"安东尼说，伸手去拿支票簿。

凯利说："我还垫出了300。预算略微有些突破，不突破没办法。货车与单匹马拉的车大多每辆5元，但卡车和两匹马拉的大多不给10元不肯干。小汽车司机索价10元，带了人的要20。警察敲我敲得最凶，有两名付了50，其余的也在20，25。但干得还是挺漂亮吧，罗克沃尔先生？幸好威廉·埃·布雷迪[①]没看到马路上车马挤成一团的场景。让威廉眼红伤心可不行。并且我们根本就没有经过排练哩！伙计们分秒不差赶到。有两小时堵得水泄不通，连蛇都钻不到格里利[②]的雕像下。"

安东尼撕下一张支票，说："1300，你拿去。1000归你，300是你垫付的。你总不会瞧不起钱，对吗，凯利？"

"我？"凯利道，"要是知道谁发明的贫穷，你看我不揍他！"

凯利刚走到门口，安东尼又叫住了他。

安东尼问道："昨天乱糟糟的时候你没见到个胖娃娃吧？这浑小子一丝不挂，拿着了箭乱射一气[③]。"

凯利被问得摸不着头脑，"哦，那倒没有。我没看到。即使像你讲的那样的小子在，不等我赶去警察也会把他抓走。"

"我料想那小子不会去。再见，凯利。"

安东尼咯咯笑出了声。

苹果之谜

出了乐园城20英里，离日出城还有15英里时，马车夫比尔达·罗斯勒住了马。鹅毛大雪下了一整天。平地上的积雪已有8英寸厚。剩下的路程都是狭窄崎岖的山脊，即使白天行车都难免不出危险。现在大雪和夜色掩盖了险情，根本不能考虑再往前赶路，比尔达·罗斯这样想。因此，他勒住了四匹健壮的马，把他

---

① 威廉·埃·布雷迪（1863—1950年），美国著名的剧院经理，纽约康奈岛游乐场的创办人。

② 格里利（1811—1872年），美国新闻记者，作家，政治家，纽约《论坛报》的创办人。1872年竞选总统失败，但纽约市有一个以他命名的广场。

③ 罗马神话中的爱神身长着双翅的一裸体胖娃娃，蒙着眼用箭乱射，射中谁谁即附情网。

那明智的推论传达给5位乘客。

　　法官梅尼菲立刻跳下马车。他在人们的心目中好像茶具中的银盘子一样。总是处于领导的和首要的地位。在他的启发下，三个同车的乘客也下了车，准备随时去探路、谴责、反对、屈服或者继续上路，全凭他们领导高兴怎样去支配了。第5个乘客是位年轻妇女，她留在车子里没有下来。

　　比尔达把马车停在第一道山脊的隆起部。路边是两道参差不齐的黑色木栅栏。离那道较高的栅栏50码远，有一幢小房子，在白茫茫的积雪中像是一块黑斑。法官梅尼菲和他的部下由于下雪和紧张，仿佛孩子似的闹闹嚷嚷地向那座房子跑去。他们呼喊，敲打门窗。屋里不好客的阒寂使他们感到不耐烦；他们便向不牢固的障碍物发动进攻，硬闯了进去。

　　待在马车上的人听到那座遭到入侵的房子里传出碰撞声和叫喊声。没多久，里面透出了颤动的火光，越来越旺，烧得明亮欢快。接着，兴高采烈的探索者们冒着大雪跑回来。法官梅尼菲宣布他们的困境有了解救，他的声音比号角还要响亮，几乎可以和管弦乐队的音量相比。他说，那座屋子只有一个房间，没人住，也没有家具；可是有个大壁炉；他们还在后面的披屋里找到许多砍好的木柴。这一来，躲避寒夜的宿处和取暖就有了保证。让比尔达安心的是，房子附近还有一个马厩，虽然年久失修，但还能凑合使用，阁楼上还有干草。

　　"先生们，"在赶车座位上把大衣和车毯裹得严严的比尔达嚷道，"替我把栅栏上的木板卸下两块，我就可以把马车赶进去了。那是雷德鲁斯的小房子。我原想我们准在它附近。雷德鲁斯8月份给送进了疯人院。"

　　4个乘客向顶上积雪的栅栏扑去。马匹在吆喝声下把车子拖上斜坡，到了那座被仲夏的疯狂夺去主人的建筑物的门口。车夫和两个乘客开始卸马。法官梅尼菲打开车门，脱掉帽子。

　　"加兰小姐，我必须声明，"他说，"我们不得不中止旅行。车夫断言，晚上走山路的风险太大，简直不容考虑。形势要求我们在这座房子里宿一晚。除了暂时不便外，我希望你不必有所顾虑。我亲自检查了那座房屋，发现至少有避寒的条件。我们一定尽可能地照料你，让你舒服。现在允许我扶你下车。"

　　这时，另一个乘客走到法官身边来。他是在小巨人风车公司里工作的，姓邓武迪，不过那没有多大关系，在从乐园城到日出城的短短路程中，旅客们不需要十分清楚彼此的姓名，即使完全不知道也无所谓。不过，想同法官麦迪逊勒·梅尼菲分庭抗礼的人理应有一个姓名的钉子，好让名誉之神挂上花环。因此，这个靠风吃饭的人轻快地高声说：

　　"看情形你得下车啦，麦克法兰太太。这座小房子固然抵不上帕尔默大旅店，不过可以避风雪，走的时候也没有人搜查你的手提箱，看你有没有把他们的匙子带走当作纪念品。我们已经生了火，我们会替你安排得舒舒服服，不让你的脚受潮，我们会把耗子赶跑，总之，没问题，没问题。"

　　有两个乘客被马匹、马具、大雪和比尔达·罗斯的讥刺的命令搞得晕头转向，其中一个在混乱的义务劳动中高声嚷道："喂！你们把所罗门小姐送进屋里去，好吗？嗨，喂！该死的畜生！"

　　这里还得啰唆几句：从乐园城到日出城这么短的旅程中，正确的姓名完全是多余的。当法官梅尼菲向那位女乘客自我介绍时（他的年龄和声望允许他这样做），她甜蜜地轻声报了一个姓，其余的男乘客根据各人不同的听法，有了不同的理解。在当时必然发生的不无妒忌的竞争状态下，各人固执地坚持自己的意见。在女乘客那方面来说，如果重新声明或更正，即使不被人误会为她想获得更深一步的交情，也显得斤斤计较。因此，她一视同仁地让人家称呼她加兰，麦克法兰，或者所罗门，并没有表示不满。从乐园城到日落城总共不过35英里。在这么短的旅程中，凭"流浪的犹太人"①的手提包起誓，"旅伴"这个称呼也就够了。

　　没多久，这一小群旅客在熊熊的炉火前快活地围坐成一道弧线。马车上的毯子、坐垫和能取下的东西都被搬来用上了。女乘客在壁炉侧边、弧线的一端就座。她雍容华贵地坐在那儿，仿佛登上了臣民们替她准备的宝座。她身下是马车坐垫，背靠空木箱和空木桶，那上面蒙了毯子，挡住门窗缝里钻进来的寒风。她那双穿着暖和的鞋袜的脚伸向可亲的炉火。她的手套已经脱去，但仍旧裹着一条毛皮的长围脖。摇曳的火光照亮了她那半掩在围脖里的脸——一张年轻的、充满女性妩媚的脸蛋，眉清目秀，安详宁谧，流露着对无懈可击的美貌的自信。骑士精神和男子气概使得他们争先着她的欢心，使她舒适。她仿佛也接受了他们奉献的殷勤——不像一个受到追求和照顾的女人那样轻佻；不像许多受宠若惊的女人那样顾影自怜；也不像牛接受干草时那样漠然无动于衷；而同自然界固有的计划完全一致——有如百合花摄取那注定要使它清新的露珠时的情形。

　　外面狂风怒号，细雪从罅隙里钻进来，寒气围攻着6个落难者的背脊，尽管如此，那晚的风雪却不缺乏拥护人。法官梅尼菲是暴风雪的律师。气候委托他陈述，他特别卖力地进行辩护，要让那些待在寒冷的陪审席上的伙伴相信，他们所处的地方是一个遍地玫瑰，和风徐来的凉亭。他找出许多俏皮风趣的奇闻轶事，虽然不够庄重，可是很受欢迎。他的兴致不可抗拒地感染了别人。大伙赶紧各尽所能，来促进欢乐的气氛。甚至那位女乘客也被打动了。

---

①　"流浪的犹太人"：传说中的人物，据说他侮辱了被押赴刑场的耶稣，被罚永世流浪。

"我认为这样相当可爱。"她说，声调徐缓而清脆。

每隔一个时候，总会有一个乘客站起来，诙谐地探索这间屋子。可是雷德鲁斯居住过的迹象已经找不到了。

大伙七嘴八舌地要求比尔达·罗斯讲讲这个曾经隐居在这儿的老头的故事。现在，车夫的马匹已经安置好了，他的乘客们仿佛也定了心，他自己便恢复了平静与礼貌。

"那个老家伙，"他很不尊敬地开始说，"把这座房子糟蹋了20年光景。他从来不许人家走近。每逢马车经过时，他总是缩回头，砰地把门关上。毫无疑问，他脑袋里出了毛病。他一向在小泥口的山姆·蒂利的铺子里买食品和烟草。8月里，他披了一条红被子跑到那儿，对老山姆说，他是所罗门国王，还说示巴女王要来看他。他把所有的钱都带了去——满满一袋子银币——把它扔进山姆的水井。'如果她知道我有钱，'雷德鲁斯老头对山姆说，'她就不来啦。'

"人们一听到他对女人和银钱有了那种看法，就知道他发疯了；因此把他送到了疯人院。"

"他生平有没有什么浪漫史，促使他过这种孤独的生活呢？"一个开代理行的年轻乘客问道。

"没有，"比尔达说，"我可没有听说过。只不过是普通的小麻烦。据说他年轻时，在他犯红被子病，取消自己的经济资格之前，他同一位年轻小姐有过爱情之类不幸的事儿。浪漫史我可从来没有听说过。"

"啊！"法官梅尼菲声容并茂地说，"毫无疑问，一件单相思的案子。"

"不，先生，"比尔达接口说，"不尽然。她根本没有同他结婚。乐园城的马默杜克·马林根有一次碰到从雷德鲁斯老头家乡来的人。他说雷德鲁斯原是一个很不错的小伙子，不过如果你踢踢他的口袋，你听到的不会是钱币声，而只是一副袖扣和一串钥匙的金属声。他同那位年轻小姐订过婚——她大概叫艾丽斯吧——我记不清了。据说她是人们会抢着替她付车钱的那种姑娘。唔，后来镇上来了一个有钱而大方的小伙子，他有马车、矿山股票和空闲。艾丽斯小姐虽然已经有了主，可是和那新来的家伙交往频繁。他们互相拜访，还碰巧一起去邮政局，产生了一些往往会促使姑娘们退还订婚戒指和别的礼物的事——正如诗人所说，造成了'赃物上的裂缝。'①

"一天，人们见到雷德鲁斯同艾丽斯小姐站在门口谈话。接着，他抬帽行礼

---

① 英国诗人丁尼生的长诗《默林与维维恩》中"琵琶上的小裂缝"，指在小事上的不忠实能发展成为在大事方面的不忠实，正如琵琶上的小裂缝延伸后能使整个乐器失音一样。比尔达在这里把"琵琶"说成在英文里同音的"赃物"了。

后走开了。据雷德鲁斯家乡来的人所知，镇上的人此后再也没有见过他。"

"那位年轻小姐怎么样了呢？"开代理行的年轻人问道。

"没听说。"比尔达回答说。"我听到的故事就到此为止，像匹瘸腿的老驽马，任你怎么鞭策，它再也不往前走了。"

"一件非常悲惨的——"法官梅尼菲正要评论，他的话却被更高的权威给打断了。

"一个多么可爱的故事！"女乘客说，音调像笛子一般悦耳。

屋子里静默了好一会儿，只听得外面的风声和炉火的噼啪声。

男人们都坐在地上，只垫了一些零碎的木板和膝毯，使地板那不好客的表面稍稍缓和一点。在小巨人风车公司干活的人站起来，走了几圈，遛遛腿，舒散舒散酸痛的筋骨。

突然间，他发出一声得意的呼喊。他手里高举着什么东西，从屋子一个满布尘埃的角落奔回来。他手里是一只苹果——一只漂亮的、有红色斑点的、茁壮的大苹果。那是在角落里一个高木架上的纸口袋里找到的。不可能是那个被爱情毁掉的雷德鲁斯的遗物，因为它还是那样新鲜完好，说它从8月份起一直就搁在那个霉臭的架子上的假设根本不能成立。准是最近有什么露营的人在这所荒废的房子里吃饭，遗忘在这里的。

邓武迪——他功绩给了他再次扬名的资格——在落难的伙伴面前夸示那只苹果。"瞧我找到了什么，麦克法兰太太！"他自负地嚷道。他在火光前面高举着那只苹果，使它显得更其红润。女乘客平静地笑了一笑——她总是那么平静。

"多么可爱的苹果！"她清晰地喃喃说道。

片刻之间，法官梅尼菲觉得自己被打垮了，受了屈辱和贬低。低人一等的处境使他不胜恼怒。为什么命运之神偏偏挑了这个闹闹嚷嚷、粗鲁冒失的做风车生意的家伙，而不挑他去发现这只激动人心的苹果呢？否则他就可以使这件事成为一篇风趣横生的即兴演说或者一幕喜剧的场景、仪式或背景——从而永远保持令人瞩目的地位。事实上，那位女乘客正带着羡慕的微笑在看着这个可笑的邓博迪或者武邦迪，仿佛认为这家伙干了一件了不起的事呢！这个做风车买卖的人像他自己的货物样品一般，被尘世吹向太空的风刮得胀鼓鼓的，转个不停。

踌躇满志的邓武迪拿着那只宝贝苹果，陶醉在大伙趋炎附势的注意中，这时，足智多谋的法学家已经想出了一个恢复名誉的计策。

法官梅尼菲那肥胖然而典雅的脸上堆着最有礼貌的笑容，走上前去，从邓武迪手里拿过那只苹果，像是要审查它似的。在他手里，苹果成了第一号物证。

"好漂亮的苹果。"他赞许地说。"不错，我亲爱的邓武迪先生，作为粮秣征收员,你使我们黯然失色。不过我有一个主意。这只苹果将成为美的心灵授予最合适的人选的标志、象征、奖品和纪念。"

除了一个人之外,大伙都喝彩赞同。"嘴皮子真能说,可不是吗?"一个乘客说,同那个开代理行的年轻人相比,他是无足轻重的。

不表态的就是那个做风车生意的人。他发现自己被贬低到一般人的地位上了。他做梦也没想到他的苹果竟被充公作为标志。他原打算把苹果分开吃掉,然后来个余兴节目,把苹果籽贴在前额上,每一颗代表他所认识的一位年轻小姐。他还打算把其中一颗代表麦克法兰太太。哪一颗苹果籽先掉下来就表示——但是现在已经太晚了。

"苹果这样东西,"法官梅尼菲继续对他的陪审团说,"近代受了委屈,在人们心目中所占的地位不高。事实上,它经常同烹调和商业沾边,以致很难被列为高等水果。古时的情况就不同了。《圣经》、历史和神话中有许多事实可以证明,苹果是水果中的贵族。我们想形容一件特别珍贵的东西时,仍旧说'眼中的苹果'。我们在成语里可以找到'银苹果'这个比喻。任何别的果实,无论是树上长的,还是藤上结的,在比喻用法中都没有苹果这么广泛。谁没有听说过和向往过'赫斯贝里狄斯的金苹果'①?至于苹果的古老声誉的最重要、最有意义的例子,我想不用我说诸位也已知道了。我们的始祖吃了它,才从善良完美的境界堕落到人间。"

"像这样的苹果,"做风车生意的人说,他还是跳不出具体事物的圈子,"在芝加哥市场上卖三块五毛钱一桶。"

"我现在要建议的是,"法官梅尼菲对打断他的话的人宽容地笑笑,接着往下说,"我们不得不守在这里,直到明天早晨。我们有了足以取暖的柴火。其次需要的就是要尽可能找些消遣,以打发时间。我提议把这只苹果交给加兰小姐保管。它不再是一个水果,而是像我刚才所说的,成了一个悬而未决的奖品,代表人类的一个伟大思想。加兰小姐也不再代表她个人——当然是暂时的,请允许我补充一句,"——(他深深地一鞠躬,完全是古时候那温文尔雅的气派。)"她将代表整个女性;将体现和概括女性——也许还可以说,在感性和理性上代表上帝的杰作。她将以这一身份来判断和决定下面的问题:

几分钟之前,承我们的朋友罗斯先生讲了这所房子的前任主人的浪漫史,这是一个有趣然而不完整的故事。在我看来,我们听到的少数事实为我们提供了一个美妙的契机,可以由我们去推测、研究人类的心理,发挥想象——简言之,就

---

① 赫斯贝里狄斯:希腊神话中看守金苹果园的三仙女。

是讲故事。让我们利用这个机会。我们每个人把隐士雷德鲁斯和他情人的故事按照自己的想法讲下去，从罗斯先生讲完的地方接着往下讲——也就是那对情人在门口分手之后的情形。有一个原则应该得到确定和承认——雷德鲁斯之所以变成精神错乱、愤世嫉俗的隐士，不能归罪于那位年轻小姐。我们讲完之后，再请加兰小姐作出女人的判断。她将根据女人的精神和见解来决定，哪一个故事最好，最真实地描绘了人类和爱情的实质，最确切地判断了雷德鲁斯的未婚妻的性格和行为。她认为谁的故事最好，这个苹果就给谁。如果各位都同意，我们乐于听邓武迪先生讲第一个故事。"

最后一句话把那个做风车生意的人将了一军。不过他可不是容易沮丧的人。

"那倒是第一流的计划，法官。"他兴致勃勃地说。"一个绝妙的故事会，可不是吗？我一向是斯普林菲尔德一家报馆的通讯员，新闻不够的时候，我就捏造。我想这件事我办得了。"

"我觉得这个主意很可爱，"女乘客伶俐地说，"几乎像是游戏啦。"

法官梅尼菲走上前去，做作地把苹果放在她手上。

"在古时候，"他意味深长地说，"帕里斯曾把金苹果赠给了最美的①人。"

"我参加过巴黎的博览会，"做风车生意的人插嘴说；他现在又很高兴了，"我不在机械馆的时候，就老是待在博览会的娱乐场里。我可从没有听说过这件事呀。"

"现在，"法官接下去说，"这个苹果将把女性心理的神秘和智慧传达给我们。把苹果拿着，加兰小姐。听听我们浅薄的传奇故事。然后根据你的判断，奖给当之无愧的人。"

女乘客甜蜜地笑笑。苹果搁在她膝头上毯子的下面。她懒洋洋地靠在她的堡垒上，又愉快又惬意。如果没有人声和风声，也许可以听到她在像小猫似的打呼噜呢。有人在壁炉里添了木柴。法官梅尼菲文雅地点点头。"请你先开场讲吧。"他说。

做风车生意的人像土耳其人那样盘膝而坐，为了挡风，把帽子推到了后脑勺上。

"呃，"他毫不扭怩地开始说，"我对这个难题的估计大概是这样的：当然啦，雷德鲁斯被那个有钱挥霍，想夺掉他的姑娘的小子惹急了。他自然要跑去责问她讲过的话算不算数。唔，不管是谁，挑中一位姑娘的时候，总不希望另一个有马车和金矿股票的家伙插进来。呃，他跑去找她。唔，也许他火气大了一些，

---

① 据古希腊神话，赫拉、雅典娜和阿弗洛狄忒三女神争夺金苹果，特洛伊王子帕里斯把金苹果断给了最美丽的爱神阿弗洛狄忒，引起了赫拉和雅典娜的妒恨。她们在特洛伊十年战争中帮助帕里斯的敌人打败了他的国家。帕里斯（Paris）的原文与法国首都巴黎的拼法相同，因而有了下文的误会。

说话的口气像老板似的，忘了订婚并不是永远肯定可靠的。呃，我猜想那一来叫艾丽斯也冒火了。唔，她就顶了两句嘴。呃，他——"

"喂！"那个无足轻重的乘客插嘴说，"假如你能在你说的每一个'唔'呀'呃'呀的上面安装一台风车，那你就可以发财退休了，是吗？"

做风车生意的人和气地咧嘴笑笑。

"呃，我本来就不是什么莫泊桑。"他快活地说。"我讲的是地道的美国话。唔，她这样说：'金股先生同我无非是朋友关系，'她说，'但是他带我乘车兜风，请我看戏，你却从来没这样做过。我能找快活的时候，难道叫我永远不去找吗？''别啰里啰唆，'雷德鲁斯说，'只要你一句话，你不同那家伙一刀两断，就别想把你的拖鞋搁在我的衣橱里。'

"那种盛气凌人的话对一个有个性的姑娘来说是不合适的。我敢打赌，那姑娘始终爱她的未婚夫。也许她像一般姑娘那样，在安下心来，替乔治补补袜子，成为一个好妻子之前，也想找找快活，寻寻开心。但他下不了台阶。唔，她把戒指退还给他；乔治同她分手后就喝上了酒。是啊。准是这样的。我敢打赌，他走了两天，那姑娘就和那个打扮得花里胡哨的有钱家伙断绝了往来。乔治带了一点行李，搭上一辆货车，不知到什么地方去了。他喝了好几年酒；阿尼林[①]和酒精替他作出了决定。'我要隐居去了，'乔治说，'我要留起长胡子，守着一罐并不存在的埋在地下的钱。'

"至于艾丽斯呢，照我的看法，她倒是公平交易的。她再也不结婚，一等脸上长了皱纹便去做打字员，养了一只猫，只要你对它说'咪咪——咪咪——咪咪！'它便跑过来。我对善良的女人有足够的信心，不相信她们会为了钱而抛弃心上人。"做风车生意的人结束了他的话。

"我认为，"女乘客在她那简陋的宝座上挪动了一下说道，"这个故事很可——"

"喔，加兰小姐！"法官梅尼菲举起手，打断了她的话，"我请求你暂时别发表意见！否则对其余参加比赛的人就不公平了。这位——呃——请你接着讲，好不好？"法官对那个开代理行的年轻人说。

"我对这个爱情故事的看法是这样的，"年轻人腼腆地合抱着手说，"他们分手的时候并没有闹翻。雷德鲁斯先生向她道别，到世上去寻求财富了。他知道他的情人始终会对他忠实的。他根本不信他的情敌能打动这样一颗温柔纯真的心。我要说，雷德鲁斯先生到怀俄明的落基山脉去找金矿了。一天，一群海盗上了岸，

---

① 阿尼林：即苯胺，油状液体，有毒性，化学工业上用以制染料，劣质酒用它来上色。

在他干活的时候抓住了他，于是——"

"嗨！你说什么？"那个无足轻重的乘客突然嚷道——"一群海盗在落基山脉上岸！请问，他们是怎么乘船——"

"乘火车去的。"讲故事的人镇静地、并非毫无准备地说。"他们把他幽禁在一个山洞里，过了几个月又把他带到几百英里远的阿拉斯加的森林里。在那里，一个美丽的印第安姑娘爱上了他，但他仍旧忠于艾丽斯。他在森林里流浪了一年，然后带着许多钻石出发——"

"什么钻石？"那个无足轻重的乘客又问道，口气近乎刻薄了。

"马鞍匠在秘鲁庙堂给他看的钻石。"对方含混地说。"他一到家乡，艾丽斯的母亲便哭哭啼啼地带他到柳树底下一个新坟那儿。'你走了之后，她心就碎了。'她母亲说。'我的情敌——切斯特·麦金托什——怎么样啦？'雷德鲁斯先生悲伤地跪在艾丽斯的坟墓前，问道。'等他发现，'她母亲说，'她的心是属于你的之后，他也一天天地憔悴下去，终于在大拉皮兹开了一家木器店。后来我们听说，他到印第安纳州去，想忘掉文明社会，结果在南本德附近被一头惹怒了的麋鹿咬死了。'后来，雷德鲁斯先生就避不见人，像我们已经知道的那样，成了一个隐士。

"我的故事，"开代理行的年轻人结束说，"可能缺少文艺气息，不过我要说明那位年轻小姐始终是忠实的。在她眼里，财富绝不能同真正的爱情相比。我非常景慕和信任女性，因此不可能有另外的看法。"

讲故事的人说完后，朝女乘客坐着的角落瞟了一眼。

接下来，法官梅尼菲请比尔达·罗斯提出他的故事，参加争夺苹果的比赛。马车夫讲的故事很短。

"我不是那种把种种不幸都归罪于女人的家伙，"他说，"关于你要我说的故事，法官，我的看法是这样的：雷德鲁斯的毛病全出在懒惰上。这个珀西瓦尔·德莱西既然想把他挤到外档去，想给艾丽斯蒙上眼罩笼头，哄得她晕头转向，雷德鲁斯就该振作起来，狠狠地揍他一顿，也就太平无事了。你要一个女人当然得花些力气。

"'再需要我的时候，你来找我好啦。'雷德鲁斯掀掀他的斯特森呢帽走开了。他管这叫作自尊，其实是懒惰。没有哪个女人愿意主动去追男人的。'让他自己回来吧。'那姑娘说；她准保同那个有钱的家伙断绝了往来，然后整天待在窗口前，等待那个空荷包、小胡子的人。

"我想雷德鲁斯等了9年光景，指望她派个黑人送信来，请求他原谅。但是没有动静。'这一套行不通了,'雷德鲁斯说,'我也不干啦。'于是他就隐居起来,留起胡子。是啊,毛病就出在懒惰和胡子上。它们是一起来的。你可曾听说过哪一个走运的人留长头发和长胡子?没有。你不妨看看马尔巴勒公爵和经营美孚石油公司的骗子。他们有没有留长头发和长胡子?

"再说,这个艾丽斯再也没有结婚,我可以拿一匹马来打赌。如果雷德鲁斯同别人结了婚,她也许会嫁人的。但是他就此没有露脸。艾丽斯珍藏着所谓爱情的纪念品,也许是一绺头发,也许是他弄断的胸衣里的钢丝。对某些女人来说,这种东西跟丈夫差不多。我要说,她孤单单地守了一辈子。雷德鲁斯老头不同理发铺和干净衬衫打交道的事,我可不责怪女人。"

下面轮到了那个无足轻重的乘客。我们不知道他的姓名,只知道他是从乐园城到日出城的旅客。

当他答应法官时,如果火光不太暗淡,你们倒可以看清他的模样。

瘦削的身材,锈褐色的衣服,胳臂抱着脚,下巴搁在膝盖上,像青蛙似的坐着。麻絮似的光滑的头发,长鼻子,萨蒂尔①式的嘴巴,被烟叶染污的往上翘的嘴角。鱼目一般的眼睛,用一支马蹄形别针扣住的红领带。他没开口,先咯咯地干笑一阵子,慢慢地形成了话语。

"到现在为止,大伙说的都不对头。嘿!没有香橙花来点缀的爱情故事!嗬,嗬!我支持那个打蝴蝶结领带,口袋里揣着保付支票的小伙子。"

"从他们在门口分手的时候讲起吗?好吧。'你从没有真心爱过我,'雷德鲁斯莽撞地说,'不然你不会同一个请你吃冰激凌的男人谈话的。''我恨他。'她说。'我讨厌他的蹩脚马车;我瞧不起他送给我的高级奶油糖,尽管装在金色的盒子里,还用真正的花边织品包扎;他送我一只有蓝宝石和珍珠镶边、刻出浮雕的足金鸡心时,我真想把他一刀捅死。我爱的只是你。''别假惺惺啦!'雷德鲁斯说。'难道我是那种东部的冤大头吗?别哄人啦,对不起。我可不上当。你去恨你的朋友吧。我可要去找乙马路上的尼克森家的姑娘,嚼口香糖,乘电车去了。'

"那晚上,约翰·伍·克里塞斯来了。'怎么!在哭吗?'他整整珍珠领带别针说。'你把我的情人给轰走了,'小艾丽斯抽噎着说:'我不喜欢见到你。''那么跟我结婚吧。'约翰·伍点燃一支亨利·克莱牌的雪茄说。'什么!'她怒冲冲地嚷道,'跟你结婚!休想!'她说,'除非等我气顺下来,能上街去买点东

---

① 萨蒂尔:希腊神话中半人半羊的森林神。

西，你去办结婚证的时候。隔壁有电话，你要找县里的教会文书办结婚证，可以去啦。'"

讲故事的人停下来，又讥讽地干笑一阵子。

"他们结婚没有？"他接着说。"那还用问，哪有猫儿不爱荤的？我还要谈谈雷德鲁斯老头的事。照我的理论说来，你们的看法又都错了。他为什么隐居？一个说是懒惰；一个说是伤心；另一个说是酗酒。我说这是女人害的。这个老头现在有多大年纪啦？"他转向比尔达·罗斯问道。

"我想大概有65左右吧。"

"好。他在这里隐居了20年。他在门口脱帽离开时，假定算他是25岁。那么还应该有20年，否则凑不齐数。那20年是怎么过的呢？我把我的看法告诉你们吧。因为犯了重婚罪，坐了20年牢。假定说，他在圣乔有个金发的胖婆娘，在煎锅山有个黑发的瘦女人，在考谷有个镶金牙的姑娘。雷德鲁斯把事情弄僵了，被关进监狱。刑满释放后，他说：'除了在裙边讨生活之外，我什么都可以干。隐士的买卖还不太兴隆，从没有速记员去他们那儿找工作。我还是过过快活的隐士生活吧。梳齿里不会再有女人的长头发，雪茄烟灰缸里也不会再有腌菜用的大茴香了。你对我说老雷德鲁斯自以为是所罗门王，便给送进了疯人院，是吗？无聊！他本来就是所罗门。我的故事到此为止。我猜我是得不到苹果的。附上退稿邮资。这个故事不像是能得奖的。"

法官梅尼菲早就声明过，不希望事先对故事发表评论，等那无足轻重的乘客讲完之后，大家唯恐法官责难，也就不言语。接着，竞赛会的天才的发起人清了清嗓子，开始讲最后一个参加评比的故事。法官梅尼菲坐在地上虽然很不舒服，可是你在他身上找不到丝毫有损尊严的迹象。逐渐暗下去的火光柔和地映照着他那像古币上罗马帝王浮雕那样轮廓分明的脸，映照着他那一头浓密的令人肃然起敬的银发。

"女人的心！"他用平稳而动人的声调说——"有谁能够揣摩？男人的作风和欲望各个不同。我认为普天之下女人的心都按同一个节奏跳动，都和同一的爱情的旋律协调。对女人来说，爱情就意味着牺牲。只要她不辜负女人这个称号，对于她，金钱或地位都无法同真实的情感相比。

"各位陪审——呃——我该说，各位朋友，雷德鲁斯对爱情一案已经进行了审理。可是，谁在受审呢？不是雷德鲁斯，因为他已经受到了惩罚。也不是那些赋予我们生命以天使的欢乐的不朽的情感。那么是谁呢？是我们。今晚，我们每一个人都站在法庭里，从我们的回答中就可以知道我们的心灵是崇高的还是愚昧的。女性通过一位最秀丽的代表坐在这儿来审判我们。她手里拿着那个奖品,价值虽然不大,但是值得我们努力争取,因为它是那位女性通过判断和鉴赏对可敬代表表示赞许的报酬。

"在叙述雷德鲁斯和他所倾心的美人的假想的故事之前,我必须大声疾呼地反对那种卑鄙的想法,也就是把雷德鲁斯看破红尘的原因归诸女人的自私、不忠或是爱慕虚荣。我从不认为女人会如此庸俗、会如此崇拜金钱。我们要在别的地方,在男人的比较卑劣的天性和比较低下的动机中,才找得到原因。

"在那个值得纪念的日子里,当他们站在门口的时候,很可能发生了一场情人之间常有的口角。年轻的雷德鲁斯受到妒忌的折磨,就此背井离乡。他这种行为有没有充分的理由?正反两方面的证据都不足。但是有高于证据的东西,那就是对女人的善良、不受诱惑、不为金钱所动的伟大而永恒的信心。

"我能想象那个鲁莽的情人自怨自艾到处流浪的情景。我能想象他逐渐消沉,最后领悟到失去了生活所给他的最可贵的礼物时完全绝望的模样。他之所以退出这个悲惨的尘世,以及后来的神经错乱,都是可以理解的了。

"我对另一方的看法是怎样的呢?一个孤独的女人随着年华的消逝而憔悴;但是依然忠实,依然在等待,依然期望着一个不会再见到的形象和不会再听到的脚步声。现在她已经老了。她的头发已经雪白,扎得整整齐齐。她每天坐在门口,满怀希望地瞅着尘土飞扬的大路。在精神上,她等在门口,等在他们分手的地点——她永远属于他,只是不在这个世界罢了。是的,我对女人的信心使我有了这种看法。人间诀别,但仍在等候!她期望在极乐世界重新聚首;他期望在失望的泥沼里再相会。"

"我原以为他在疯人院里呢。"那个无足轻重的乘客说。

法官梅尼菲有点不耐烦地动了一下。男人们都垂头丧气,怪模怪样地坐着。风势小了一些,断断续续地吹着。炉火烧剩了一堆红炭,散发出暗淡的光线。女乘客坐着的那个舒适的角落里,只有一堆不成形的黑黝黝的东西,一头盘绕的、光滑的头发,皮围脖中间只露出一小块雪白的前额。

法官梅尼菲僵直地站了起来。

"现在,加兰小姐,"他说,"我们已经结束了。我们中间哪一个人讲的故事——特别是对真正的女性的估计——最接近你自己的想法,该由你颁发奖品了。"

女乘客没有回答。法官梅尼菲关切地弯下身子。那个无足轻重的乘客刺耳地低声笑起来。原来女乘客睡得正香。法官梅尼菲想拉她的手,叫醒她。他伸手过去时,在她膝头上碰到一个冰凉的、不规则的圆形小东西。

"她把苹果吃掉了。"法官梅尼菲吃惊地说,同时捡起苹果核给大家看。

公主与美洲狮

当然,这篇故事里少不了皇帝与皇后。皇帝是个可怕的老头儿,身上佩着几支六响手枪,靴子上安着踢马刺,嗓门是那么洪亮,连草原上的响尾蛇都会吓得往霸王树下的蛇洞里直钻。在皇室还没有建立之前,人们管他叫"悄声本恩"。当他拥有5万英亩土地和数不清的牛群时,人们便改口叫他"牛皇帝"奥唐奈了。

皇后本是拉雷多①来的一个墨西哥姑娘。可是她成了善良、温柔、地道的科罗拉多主妇,甚至劝服了本恩在家里尽量压低嗓门,以免震破碗盏。本恩尚未当皇帝时,她坐在刺头牧场正宅的回廊上编织草席。等到抵挡不住的财富源源涌来,用马车从圣安东尼运来了软垫椅子和大圆桌之后,她只得低下乌发光泽的头,分担达纳埃②的命运了。

为了避免大逆不道起见,我先向你们介绍了皇帝和皇后。在这篇故事里,他们并不出场;其实这篇故事的题目很可以叫做"公主、妙想和大煞风景的狮子"。

约瑟法·奥唐奈是仅存的女儿,也就是公主。她从母亲那儿秉承了热情的性格和亚热带的那种皮肤微黑的美。她从本恩·奥唐奈皇上那儿获得了大量的魄力、常识和统治才能。要瞻仰这样结合起来的人物,即使跑上许多路都值得。约瑟法骑马疾驰的时候,能够瞄准一只拴在绳上的番茄铁皮罐,六枪之中可以打中五枪。她同自己的一只小白猫可以一连玩上好几个钟头,给它穿上各式各样可笑的衣服。她不用铅笔算,光凭心算,很快就能告诉你:一千五百四十五头两岁的小牛,每头八块五毛,总共可以卖多少钱。大致说来,多刺牧场面积有40英里长、30英里宽——不过大部分是租来的大地。约瑟法骑着马儿,踏勘了牧场的每一块土地。牧场上的每一个牧童都认识她,都对她忠心耿耿。里普利·吉文斯是多刺牧场上一个牛队的头目,有一天见到了她,便打定主意要同皇室联姻,僭妄吗?不见得。那时候,纽西斯一带的男子都是顶天立地的大丈夫。并且说到头,牛皇帝的称号并不代表皇室的血统。它多半只说明:拥有这种称号的人在偷牛方面特别高明而已。

一天,里普利·吉文斯到双榆牧场去打听有关一群走失的小牛的消息。他回

---

① 拉雷多:美国德克萨斯州南端的城市,在格朗德河畔,对岸即是墨西哥。
② 达纳埃:希腊神话中阿尔戈斯王的女儿,被幽禁在高塔内。

程时动身晚了些,当他到达纽西斯河的白马渡口时,太阳已经落山了。从那儿到他自己的营地有16英里。到多刺牧场有12英里。吉文斯已经很累了,便决定在渡口过夜。

河床上有个水坑,水很清洁。两岸长满了茂密的大树和灌木。离水坑50码远有一片卷曲的牧豆草地——为他的坐骑提供了晚餐,为他自己准备了床铺。吉文斯拴好马,摊开鞍毯,让它晾晾干。他靠着树坐下,卷了一支纸烟。河边的密林里突然传来一声发威而震撼人心的吼叫。拴着的小马腾跃起来,害怕地喷着鼻息。吉文斯抽着烟,不慌不忙地伸手去拿放在草地上的枪套皮带,拔出枪,转转弹膛试试。一尾大鱼扑通一声窜进水坑。一只棕色的小兔子绕过一丛猫爪草,坐下来,胡子牵动着,滑稽地瞅着吉文斯。小马继续吃草。

黄昏时分,当一头墨西哥狮子在干涸的河道旁边唱起女高音的时候,小心提防是没错的。它歌词的主题可能是:小牛和肥羊不好找,光吃荤食的它很想同你打打交道。

草丛里有一只空水果罐头,是以前过路人扔在那儿的。吉文斯看到它,满意地哼了一声。在他那件缚在马鞍后面的上衣口袋里,有一些碾碎的咖啡豆。清咖啡和纸烟!牧牛人有了这两样东西,还指望别的什么呢?

不出两分钟,他生起了一小堆篝火。他拿着罐头朝水坑走去。在离水坑15码时,他从灌木枝叶的空隙中看到左边不远处有一匹备女鞍的小马,耷拉着缰绳在啃草。约瑟法·奥唐奈趴在水坑旁边喝了水,站了起来,正在擦去掌心的泥沙。吉文斯还看到在她右边十来码远的荆棘丛中,有一头蹲着的墨西哥狮子。它的琥珀色的眼睛射出饥饿的光芒,眼睛后面6英尺的地方是像猎狗猛扑前那样伸得笔直的尾巴。它挪动后腿,那是猫科动物跳跃前的常态。

吉文斯做了他力所能及的事。他的六响手枪在35码以外的草地上。他暴喊一声,窜到狮子和公主中间。

吉文斯事后所说的这场"格斗"是短暂而有点混乱的。当他冲到战线上时,他看见空中掠过一道模糊的影子,又听到两声隐约的枪响。紧接着,百来磅重的墨西哥狮子落到了他头上,噗的一声重重地把他压倒在地。他还记得自己喊道:"让我起来——这种打法不公道!"然后,他像毛虫似的从狮子身下爬出来,满嘴的青草和污泥,后脑勺磕在水榆树根上,鼓了一个大包。狮子一动不动地瘫在地上。吉文斯大为不满,并且觉得受了骗。他对狮子晃晃拳头,嚷道:"我跟你再来20回合——",可他立即省悟过来。

约瑟法站在原来的地方,若无其事地在重新填装她那把镶银把柄的三八口径手枪。这样射击并不困难。狮子脑袋同悬在绳子上的番茄罐头相比,目标要大多了。她嘴角和黑眼睛里带着一丝挑逗、嘲弄和叫人恼火的笑意。这位救人未遂的侠士觉得丢脸的火焰一直烧到他的灵魂。这本来是他的大好机会，梦寐以求的机会；可是成全他的不是爱神丘比特，而是嘲弄之神摩墨斯。毫无疑问，森林中的精灵们一定在捧着肚子窃窃暗笑。这简直成了一出滑稽戏——吉文斯先生同剥制狮子一起演出的滑稽闹剧。

"是你吗，吉文斯先生？"约瑟法说，她的声调徐缓低沉，像糖精一般甜。"你那一声叫喊几乎害得我脱靶。你摔倒时有没有砸伤头？"

"哦，没什么，"吉文斯平静地说，"摔得不重。"他屈辱地弯下腰，把他那顶最好的斯特森帽子从狮子身下抽出来。帽子压得一团糟，很有喜剧效果。接着，他跪下去，轻轻地抚摸着死狮子那张着大嘴、好不吓人的脑袋。

"可怜的老比尔！"他伤心地说。

"那是怎么回事？"约瑟法敏捷地问道。

"你当然不明白，约瑟法小姐，"吉文斯说，同时露出让宽恕胜过悲哀的神情。"谁也不能怪你。我想救它，但是无法及时让你知道。"

"救谁呀？"

"还不是老比尔。我找了它一整天。你明白，两年来它一直是我们营地里的宠物。可怜的老东西，它连一只白尾灰兔都不会伤害的。营地里的弟兄们知道这件事后，都会伤心的。不过你当然不知道比尔只不过是同你闹着玩。"

约瑟法的黑眼睛炯炯有神地盯着他。里普利·吉文斯顺利地混过了这一关。他沉思地站着，把他那黄褐色的头发揉得乱蓬蓬的。他眼睛里露出懊丧的样子，还掺杂着一些温和的责怪。他那清秀的脸上显出一种无可非议的哀伤。约瑟法倒有点拿不准了。

"那你们的宠物跑到这儿来干吗？"她负隅顽抗地问道。"白马渡口附近又没有营地。"

"这个老家伙昨天从营地里逃了出来。"吉文斯胸有成竹地说。"丛林狼没把它吓坏可真奇怪。你明白，吉姆·韦伯斯特，我们营地里管坐骑的牧人，上星期弄了一条小猎狗到营地里来。这条小狗真叫比尔受罪——它一连好几个小时钉在比尔背后，咬它的后腿。每晚休息时，比尔总是钻在一个弟兄的毯子底下睡觉，不让小狗找到它。我猜想它一定是愁得走投无路了，否则是不会逃跑的。它一向是离开了营地就害怕。"

约瑟法看看那只猛兽的尸体。吉文斯轻轻拍了拍狮子的一只可怕的脚爪，这只脚爪子平时一下子就可能送掉一头小牛的命。那姑娘深橄榄色的脸上慢慢泛起一片红晕。这是不是真正的猎人打到不应该打的猎物时，感到羞愧的表示呢？她的眼色柔和了些，垂下来的眼睑把先前那种明显的取笑的光芒全赶跑了。

"我很抱歉，"她低声下气地说，"不过它看上去是那么大，又跳得那么高，所以——"

"可怜的老比尔肚子饿啦，"吉文斯立即替死去的狮子辩护说，"我们在营地里总是叫它跳起来，才给它吃的。它为了一块肉还躺在地下打滚呢。它看到你时，以为你会给它一点儿吃的东西。"

约瑟法的眼睛突然睁得大大的。

"刚才我可能会打着你！"她嚷道。"你已经跑到了中间。你为了救你那心爱的狮子，甚至冒了生命危险！那太好啦，吉文斯先生。我喜欢对动物仁慈的人。"

不错，现在她的眼色里甚至有了爱慕的成分。总之，在一败涂地的废墟中出现了一个英雄。吉文斯脸上得意的神情很可以替他在"防止虐待动物协会"里谋一个重要的位置。

"我一向喜欢动物，"他说，"马呀、狗呀、墨西哥狮子呀、牛呀、鳄鱼呀——"

"我讨厌鳄鱼，"约瑟法马上反对说，"拖泥带水的，叫人看了起鸡皮疙瘩的东西！"

"我说过鳄鱼吗？"吉文斯说。"我想说的准是羚羊。"

约瑟法的良心促使她再想出一些补救的办法。她忏悔似的伸出了手。她的眼睛里噙着两颗晶莹的泪珠。

"请原谅我，吉文斯先生，好吗？你明白，我只不过是个小姑娘，一开头我很害怕。我打死了比尔，感到非常难过。你不了解我觉得多么难为情。我早知道的话，绝不会这么做的。"

吉文斯握住她伸出来的手。他握了一会儿，让他的宽恕去克制因比尔的死而引起的悲伤。最后，他显然原谅了约瑟法。

"请你别再提这件事啦。约瑟法小姐。比尔的模样叫哪一位年轻小姐见了都会害怕的。我会向弟兄们好好解释的。"

"你真的不恨我吗？"约瑟法激动地向他挨近了些。她的眼睛很甜蜜——啊，甜蜜和恳求之中带着优雅的悔罪的神情。"谁要是杀了我的小猫，我真会恨死他呢。你冒了中流弹的危险去救它，又是多么勇敢，多么仁慈啊！这样做的人实在太少啦！"从失败中夺得了胜利！滑稽戏变成了正剧！好样的，里普利·吉文斯！

现在天色已经黑了。当然不能让约瑟法小姐独个儿骑马回家。尽管吉文斯的坐骑露出不情愿的样子，他还是重新上鞍，陪她一同回去。公主和爱护动物的人——他们并辔驰过柔软的草地。周围弥漫着草原上丰饶的泥土气息和美妙的花香。丛林狼在远处小山上嗥叫！没有什么可怕的。可是——

— 63 —

约瑟法策马靠拢一些。一只小手似乎在摸索。吉文斯的手找着了它。两匹小马齐步走着。两只手握住不放，一只手的主人说：

"以前我从没有害怕过，可是你想想看！如果碰上一头真正的野狮子，那怎么得了！可怜的比尔！你陪着我真叫我高兴！"

奥唐奈坐在房屋的回廊上。

"喂，里普！"他嚷道——"是你吗？"

"他陪我来的。"约瑟法说。"我迷了路，耽误了很久。"

"多谢你。"牛皇帝喊道。"在这儿过夜吧，里普，明天早晨再回营地。"

但他要赶回营地去。一清早有批阉牛要上路。他道了晚安。

一小时后，熄了灯，约瑟法穿着睡衣，走到她卧室门口，隔着砖铺的过道，向屋里的牛皇帝招呼说：

"喂，爸爸，你知道那只叫做'缺耳魔鬼'的墨西哥老狮子吗？——就是害死了马丁先生的牧羊人冈萨勒斯，在萨拉达牧场扑杀了50来头小牛的那只。嘿，今天下午我在白马渡口结果了它的性命。它正要跳起来时，我用三八口径往它脑袋开了两枪。它的左耳朵被老冈萨勒斯用砍刀削去一片，所以我一看到就认识。你自己也不见得打得这么准，爸爸。"

"真有你的！""悄声本恩"在熄了灯的寝宫里打雷似的说道。

失　算

古奇律师在运用他这一行的诀窍时是老谋深算的。但有件事他却在想当然。他总爱把他那套办公室比作船底。办公室共三间房，前后有门相通，当然房门是能关上的。

他常说："造船时就考虑了安全问题，所以各部分并不相通，水是绝对透不过的。如果一个房间漏了，灌满水整条船还会太平无事。如果没有隔板挡着，只要一处漏水整条船都得沉。往往在我与一个当事人谈案件时，又有另一个利益相冲突的当事人找上门。所以我请阿奇博尔德帮忙——这位年轻帮办将来有出息——在试探案件的深浅时，让能沉船的水只往一个房间涌。必要的时候把人带进走廊里，让他们从楼梯走。用船员的术语说，就是从紧急排水道排水。这一来，我们买卖就成了一条不沉的船。如果让载舟之水随意往舱里灌，我们说不定就完蛋啦。哈，哈，哈！"

法律是枯燥的，没多少笑话可言。当然，为了使介绍、纠葛、过程不致太枯燥无味，古奇律师稍稍来了点幽默，也无可非议。

古奇律师经办的案子主要是夫妻纠葛。如果由于种种原因夫妻失和，他会仔细分析，从中调解，判明是非。如果有其他牵连，他会理清关系，进行辩护，维护利益。即使走到了极端，他使当事人得到的总是轻判。

然而，古奇律师并不是个厉害、狡猾、身佩武器的斗士，动不动挥起他的双刃剑，一剑把婚神的枷锁砍开。他的名声在于他善熄火而不是浇油，撮合而不是拆散，把出了差错的糊涂人引上正轨而不是叫人各奔东西。常常他靠着三寸不烂之舌，说得夫妻重归于好，流着泪紧紧拥抱。不知多少次他巧计哄孩子，就因为心理感化（同时配合某种手势），孩子伤心地说了句："爸爸，你就不回家，不要我和妈？"事情便了结，一个眼见要崩溃的家又支撑了起来。

不怀偏见的人承认，破镜重圆的夫妻付给古奇律师的大报酬值得，比请他到法院去分庭抗礼合算。偏了心的人另有一说，讲他是为得双份钱，因为回心转意了的夫妻没有不重新登门吵着离婚的。

6月是淡季，古奇律师的船（这是借用他自己的比喻）几乎静止不动。6月里离婚的磨盘慢慢转，这个月是爱神和婚神志得意满的一个月。

这时间古奇律师闲坐在中间房里，整个办公室没当事人。外面的小间连着——或者不如说把这间房与走廊分隔开了。外面房里坐的是阿奇博尔德，他接收来客的名片，或者向老板通报姓名，先让来客等一等。

这天，突然最靠外的门让人使劲敲了一下。

阿奇博尔德一开门，就被来客当成挡道的人一掌扒开。来客二话没说，直冲进古奇律师的办公室，大模大样一屁股坐到面对这位大律师的安乐椅上。

"你就是菲尼亚斯·西·古奇律师吗？"来客问道。语气异常，既是在问人，也是在训人，又是在表示自己没看错人。

律师先没回答，用锐利和审视的目光很快扫了可能成为他的当事人的人一眼。

来者非同凡响：大个子，有胆量，果断，气度超群，无疑自负，有点过于神气，落拓不羁，穿着讲究，但略过华丽。他来请律师，虽然请律师的人均有为难事，但看他那炯炯发亮的眼睛和表现出来的胆量，你不会当他是在为难别人。

"我姓古奇。"律师终于道出了自己的姓。如果追问下去，他也会承认他的名是菲尼亚斯·西。但是他认为主动亮牌不值得，"我没有先接到你的名片，"他带了点责备的口吻继续说，"所以我——"

"我是没有给你，"来客镇定地说，"也还没打算给你。抽烟吗？"他抬起一条腿搁到椅子的扶手上，往桌上扔过一盒色彩华丽的烟。古奇律师知道这烟的牌子。他抽了几口，表示领情。

"你是办离婚案的律师！"没拿出名片的来客说。这次他的声气不是发问。这句话也不是表示一种判断。它倒是一种指责，是骂，就像你对着条狗说"你是条狗"一样。古奇律师听了这句大不敬的话没出声。

来客往下说道："你处理形形色色、五花八门夫妻不和的事。可以说，你是个外科医生，凡是丘比特射错了的箭你会一根根拔出来。如果海门①的火炬火势太弱，连你的烟都点不着，你会使火炬大放光明。我说得对吗，古奇先生？"

"你打比喻指的案子我承办过。"律师谨慎地答道，"你是不是想正式聘请我……"律师意味深长地把话只说一半。

"没到那一步。"另一位把捏着烟的手一挥，画了个大弧，"还没有到那一步。这种事我们别急，开始的时候应该慎重，也就免不了现在多说几句话。有一件婚姻纠葛需要解决。但是我想先听听你的老实的——嗯，自然也是内行人的看法，知道了你对这件麻烦事的情况的看法我再通报姓名。我想请你对这件祸事作出估价，大致上的，知道吗？我就是我，我要对你谈件事。然后你说出如何如何。用无线电通话，你行不行呢？"

"那你是要说件假设出来的事吗？"古奇律师问道。

"我曾经想过用'假设出来'这个词。想来想去，我认为最恰当的词还是'假设出去'。我这就说吧。假定有个女人，有个漂亮出奇的女人，丢下丈夫离家出走了。另外有个男人，本是到她住的镇上置办房地产的，让她迷了窍。我们把女人的丈夫叫做托马斯·阿·比林斯。因为他就是叫这个名。我现在把有关人的姓名都直说出来。使女人迷了心窍的家伙叫亨利·克·杰塞普。比林斯夫妻俩住在一个叫苏珊维尔的小城市，离这儿有好些里路。两星期前杰塞普离开了苏珊维尔，第二天比林斯太太马上就去追他。这女人横竖离不开杰塞普，随你信不信都是这么回事。"

古奇律师的当事人说起来头头是道，得意扬扬，甚至叫这位不动情的律师心里也感到一阵厌恶。现在他看得清楚，这位莽撞的来客原来勾引了人家的女人还自鸣得意，没干正事还以为了不起。

来客继续说："我们进一步假定比林斯太太在家里得不到幸福。不妨说她跟着丈夫就像鲜花插在牛粪上。他们两人格格不入。女方喜欢的东西，比林斯白白得来还不想要。夫妻俩什么时候都别别扭扭。女方有学问，文理都内行，在会上宣读起文章来声音朗朗。比林斯可不行。什么科学的进展啦，历史啦，伦理学啦，诸如此类的东西他满不在乎。比林斯对这些事简直一窍不通。女方比他这类人高

---

① 海门是古希腊神话中司婚姻之神。为一青年，戴面罩，手持火炬。

贵千万倍。律师你说说看这样的女人甩开比林斯，跟着能赏识她的男人，难道不是去祸就福吗？"

古奇律师说："夫妻间的失和与不幸无疑大多归根于不相配。如果实在混不下去，公正的解决办法看来就是离婚。请问，你大概就是那个女人想寄托终身的杰塞普吧？"

"你可要相信杰塞普。"当事人说着自信地一晃脑袋，"杰塞普没有过错。他做的事会堂堂正正。你看，就是为不让人对比林斯太太说三道四，他离开了苏珊维尔。可是，比林斯太太跟着也走了，现在当然杰塞普丢不开她。如果她通过法律手续正式离婚，杰塞普会做他该做的事情。"

古奇律师说："如果愿意的话，你再假定下去。假定这件事需要我效力，那么——"

当事人拂袖而起。

"哼，还什么假定不假定！"他不耐烦地说，"我们不再谈那女的，实话实说了吧。现在你该知道了我是什么人。我希望那女的能离婚。离婚钱由我出。你一让比林斯太太脱了身，我当即付你500块。"

说完了这个大数目，古奇律师的当事人往桌上当地一拳。

"如果案情是这样——"律师刚开口。

"先生，一位太太要见你。"阿奇博尔德从外面房间冲进来大声说。他领命，凡当事人来要立刻通报。有主顾都不能放走。

古奇律师挽着先来的当事人的手，殷勤地把他领进隔壁房间，说："请在这儿稍候，先生。等来客一走我就来，我们继续谈下去。有位富家老太太约好了来谈立遗嘱的事。我不会让你久等。"

那位态度大大方方的先生默然坐了下来，拿起本杂志。律师回到当中的办公室，又小心翼翼地把相连房间的门关上。

"阿奇博尔德，把那位太太领进来。"他对在等候命令的帮办说。

一位高个子、仪态万方的漂亮女人走了进来。她穿着长衫——注意，是长衫，不是短衣——长衫大而飘逸。眼里闪现出智慧和灵性的柔光。手提着一只容量有一蒲式耳①的绿色提袋，袋里有把伞，这一来似乎伞也穿了件飘逸的大长衫。她在椅上坐下来。

"你就是律师菲尼亚斯·西·古奇先生？"她问道，声气庄重。

"是的。"古奇律师干脆利索地答道。与女人打交道他从不啰唆。女人本来

---

① 一蒲式耳约35公斤。

就啰啰唆唆。如果谈话双方一个样，势必浪费时间。

这位太太说话了："先生，你是当律师的，总该对人心有所了解。如果一个人有颗高尚的、感情丰富的心，他在世界上也称为人的卑下的可怜虫中找到了真正的知己，那你是不是认为这个人还应顾及我们违反天性的社会生活中束缚胆量的小常规？"

"太太，这里是办理法律事务的办公室。我是律师，不是哲学家，也不是《情场失意解难》的专栏编辑。还有当事人在等着我。请你直截了当谈问题。"古奇律师这时说话的语气是平常控制女当事人别东拉西扯时用的语气。

"好吧，你用不着动什么肝火。"那太太说着一眨明亮的眼睛，又用力一转手中的伞，"我来就是为正经事来的。我想听听你对一件离婚案的高见。俗话叫离婚，其实是纠偏矫枉，要把人类缺乏远见的法律强加在一个爱——"

"对不起，太太，"古奇律师不耐烦地打断她的话，"我再次提醒你，这是律师事务所。也许威尔科克斯夫人①——"

"威尔科克斯夫人又怎么啦？"那女人不讲情面，打断了古奇律师的话，"托尔斯泰、格特鲁特·艾瑟顿夫人、奥尔马·凯亚姆、爱德华·博克先生②又怎么啦？这些人的书我全看过。我很想与你探讨一个反抗自以为是、胸怀狭窄的社会扼杀自由的清规戒律的心灵享有的神授权利的问题。不过，我还是继续谈正事吧。在你表明对它的性质的看法前，我想对你先不说出有关人的姓名。这就等于，我是作为一种假设来讲述，而不——"

"你是要说一个假设的案件吗？"古奇律师问。

"正是如此。"那太太不客气地说，"好吧，假设有一个女人，她打心眼里希望过一种事事称心的生活。这女人有了丈夫，但是丈夫的知识，情趣，总之是所有方面，都远远不及她。他是什么东西！他瞧不起文学，对世界闻名的伟大思想家的崇高思想嗤之以鼻，满脑子装的是房地产一类龌龊，哪儿配得上心境高贵的女人！这么说吧，有一天，这不幸的太太遇上了理想中的人，他又聪明，又能干，又感情丰富。她爱他，虽然这男的也内心激动，觉得遇上了知己，但他是位正人君子，没有表白感情。明明他爱那太太，却远走高飞。那太太跟着也飞了，虽然仍戴着不开明的社会制度束缚她的枷锁，她满不在乎。你告诉我，离婚要花多少钱？锡卡莫尔加普的女诗人伊丽莎·安·帝明斯花了340块。我——我是指

---

① 威尔科克斯夫人（1850—1919年），美国记者，诗人。
② 托尔斯泰（1825—1910年），俄国小说家；格特鲁特·艾瑟顿夫人（1857—1948年），美国小说家；奥尔马·凯亚姆（1048—1131年），波斯诗人、数学家、天文学家、哲学家；爱德华·博克（1863—1930年），美国编辑，曾任《妇女家庭杂志》主编（1889—1919年），1923年曾设立博克和平奖。

我讲的这位太太——能不能也只花这么多？"

古奇律师答道："太太，你的最后几句话说得聪明而清楚。现在你能不能不再假设而说出真名实姓谈正事？"

"那完全可以，"那太太说，表现得非常痛快，"那个使他的法律上的——是法律上而不是感情上的太太得不到幸福的人叫托马斯·阿·比林斯，上天为那太太造就的情投意合的君子叫亨利·克·杰塞普，而我——"当事人最后戏剧性地亮出底牌说，"就是比林斯太太！"

"有位先生找你，律师！"阿奇博尔德闯进来大声道，险些摔个跟头。古奇律师从椅子上站起身。

"比林斯太太，"他彬彬有礼地说，"请让我带你到隔壁办公室稍候。一位富家的老先生约了我谈遗嘱的事。过一会儿我来请你继续商讨。"

古奇律师又风度翩翩地把他那位感情丰富的当事人带进剩下的一间空房间，出来时轻轻关上门。

阿奇博尔德带进的新来客是个中年人，个子瘦，但很有精神，看样子脾气大，而脸上又流露出重重心事。他一只手提着个小皮包，坐到律师指给他坐的椅上后把包放到了地上。衣服本来面料质量好，但既不干净，又没样子，四处是灰，似乎穿着它经过了长途跋涉。

"你专门办离婚案子。"听声音他内心很不平静，但的确是有事才登门。

古奇律师答道："可以说，我的业务范围包括了——"

第三位当事人打断他的话："这我知道，你不用说了。你的名声我全听说了。我想向你谈一件案子，但不透露有关人的姓名——就是说——"

"你要谈件假设的事。"古奇律师插话道。

"你这样说无妨。我是个普普通通的生意人，讲话简短。先说那个假设的女人。该承认她嫁错了人。很多方面她都出类拔萃。论外表她是个美人。她酷爱所谓文学，就是诗歌、散文等等。她丈夫是个普通做买卖的人。丈夫想使一家幸福，这家却没有幸福。不久前，有个人，是从不认识的人，到了两夫妻住的太平无事的小镇做房地产买卖。那女人遇上他，被他迷得掉了魂。女方闹到了明目张胆的地步，反而使男方觉得小镇非久留之地，所以走了。女的抛下丈夫离开家，追那男的。其实她家里舒舒服服，什么都不缺，可是她不要家，追那个她莫名其妙爱上的人。让一个女人糊里糊涂把家毁了，还有什么事比这更倒霉呢？"当事人说到最后一句话时声音颤抖了。

古奇律师处事谨慎，没有高见便不开口。

来者又往下说了："她跟的这个人并不是能使她幸福的人，只不过那女的发了疯，傻气，自欺欺人，以为能使她幸福。她丈夫虽然与她有许多不一样，但是能迁就她神经过敏的怪性格，此外找不到第二个人。可惜她到了现在还不明白。"

古奇律师觉得他再谈下去眼见会远离正事，问道："你是不是认为，在目前情况下，离婚是合乎逻辑的解决办法呢？"

"离婚！"当事人大声道，动了真情，热泪盈眶说，"不，不，那不行。古奇先生，我在报纸上看到许多报道，你善体贴人，心肠好，热情，遇到夫妻失和便从中调解，使人破镜重圆。现在别再假设了吧，我用不着再隐瞒，在这件不幸的事中我是受害者。姓名也都告诉你：托马斯·阿·比林斯夫妻俩，女人迷上的人叫亨利·克·杰塞普。"

第三位当事人伸手抓着古奇先生的胳膊，愁苦的脸抽动着。他恳切地说："看在老天分上，请你在我有难的时候帮上一把，找到比林斯太太，劝她别再糊涂，别再乱来。古奇先生，你告诉她，她丈夫会体谅她，正等着她回去。只要她能回家，丈夫什么条件都会答应。我知道你办这些事名声不小。比林斯太太不会在很远的地方。我东奔西跑，都快累倒了。在找的时候我看到她两次，但由于种种原因，两次都没有能与她谈。古奇先生,这件事你能不能答应下来？我会一辈子感激你。"

古奇律师听到最后皱起了眉头，但接着又舒展开来，换上副悲天悯人的表情，说道："的确，有很多次许多一时冲动想散伙的夫妻在我的劝说下冷静下来，言归于好，又回了家。但是你要知道，这件事难而又难，得费许多口舌，得反反复复，而且，明说了吧，得能言善辩，其中的艰辛你想都想不到。但是这件案子我听了真于心不忍。我完全理解你，先生。如果能使夫妻破镜重圆，我会再高兴不过的。只是我的时间——"律师说到这里看看手表，似乎是突然间想了起来这个问题，"我的时间很宝贵。"

"这我清楚，"当事人说，"只要你答应下来，劝说比林斯太太回了家，不再想着她在追的那人，事成那天我付给你整整一千块。最近苏珊维尔兴旺，我经营房地产多少赚了些钱，一千块我不吝惜。"

"请你再坐一会儿，隔壁房间我还有位代理人，差一点把他忘了。我尽快再来。"说着古奇律师站起身，又看了看表。

越是盘根错节的事古奇律师越喜爱，现在的这个局面正中他的下怀。每逢接到这种问题微妙，可能性多的案件，他便喜出望外。想到3个人都坐在自己的事务所还互不知情，他们的幸福和命运全握在自己的掌心，他好不得意。他又想到了自己比喻的船。但是现在这个比喻已不恰当，因为如果一条真正的船各舱都灌满了水，那么难保安全，而他这条办案子的船各舱爆满，却肯定会驶到一个繁华港口，捞到大笔好处。当然，现在他要做的事情是，在3笔亟待成交的买卖中，挑一笔最值得做的。

他先交代他的帮办:"阿奇博尔德,你去把外边的门锁上,谁也不让进。"然后,他默默地大步走进第一个当事人等候的房间。这位老兄倒耐心,坐着仔细看杂志上的照片,嘴里叼根烟。脚搁在桌上。

一见律师进来,他高兴地问道:"嗯,你拿定主意啦?叫那漂亮太太离婚,500元行吗?"

"你是出500叫我咨询?"古奇律师放轻声问道。

"不是,是办整个事情。这也够啦,对吗?"

古奇律师说:"我的价钱是1500块。500块太少,加1000包你离婚。"

第一个当事人用力吹了一声口哨,把脚搁回到地上。

"这么说,我们谈不拢啦。"他说完站起身,"我在苏珊维尔做一笔小房地产买卖也才赚500块。我愿意想方设法使那位太太脱身,只不过价钱大了我出不起。"

"那么1200块你出得起吗?"律师试探着问。

"告诉你吧,我顶多出500。看来我得找个便宜些的律师。"当事人戴上了帽子。

"请走这边。"古奇律师打开通走廊的门,说道。

等这一位出了门,下了楼,古奇律师情不自禁地笑了。他摸摸耳边一束亨利·克雷①式的头发,暗想:"杰塞普先生打了退堂鼓,现在就看那丢了老婆的人了。"回到当中的办公室,他又拿出一副律师派头。

他对第三个当事人说:"如果我使比林斯太太回心转意,或者帮助你使比林斯太太回心转意,返回家里,不再糊里糊涂跟着她迷得疯疯癫癫的人,你愿意付给一千块,我没理解错吧?而且,在此基础上,这事全权委托给我办,是这样的吧?"

"一点没有错。只要办成功,两小时内我可以把钱兑现。"

古奇律师站起身,腰板挺得笔直。他那瘦削的身子似乎在膨胀,他伸手去摸衣服的袖口。他脸上现出了悲天悯人的神情,每遇到承办这类事,他必有悲天悯人的神情。

"那么,先生,我能早早解除你的烦恼。"他用亲切的口吻说,"你尽管放心,我能言善辩,巧舌如簧,而且人心有向善的天性,丈夫爱得真诚,自有力量感化妻子。先生,比林斯太太就在这儿,在那间房里——"律师伸长手指着门,"我马上叫她进来。我们共同劝说会——"

---

① 亨利·克雷(1777—1852年),美国政治家与演说家。

古奇律师住了口，因为第三位代理人像是被弹簧弹了起来，跳下椅子，紧紧抓着小皮包。

他直嚷嚷："你说什么来着？那女人就在这儿？我还以为已把她甩开了十万八千里了呢。"

窗开着，他跑到窗前，往外一望，把条腿就伸到了窗台上。

"且慢！"古奇律师喊道，心中好生奇怪，"你这是干什么？来呀，比林斯先生，去见见你那位有了过错但心地纯洁的太太。我们共同劝说一定能——"

"比林斯！"现在这位当事人已恍然大悟，叫了起来，"我教你认识一下比林斯，你这糊涂蛋！"

他满腔怒火，一转身，把小皮包往律师的头上摔去。这一下正中这位目瞪口呆的和事老的眉心，打得他踉跄着倒退两步。等古奇律师清醒过来一看，当事人已经不见了踪影。他窜到窗前，把身子伸出窗外，只见那大逆不道的家伙正从他由二楼窗口丢下的一堆废物上爬起来。接着，他连帽子也顾不上捡，飞跑10来步进了小巷，一溜烟般消失在鳞次栉比的房屋间。

古奇律师用颤抖的手来回摸着前额。在清理紊乱的思绪时，他有来回摸前额的习惯。也许这样做现在还有一个目的：减轻让硬鳄鱼皮包打中的额头的疼痛。

皮包摊开在地板上，里面装的东西散落了开来。古奇律师不由自主一件件拾起来看。先拾起的是个衣领。律师明察秋毫之末的眼睛一瞧，怔住了，原来衣领上有 H·K·J 几个字母。另外有一把梳子，一把牙刷，一张折叠着的地图，一块肥皂。最后捡起的是一叠业务上的来往信件，每封信的开头是：亨利·克·杰塞普先生台鉴。

古奇先生把包合上，放到桌上。他犹豫了会儿后戴上帽，走进外边帮办的房间。

他打开靠前厅的门，用温和的声音说："阿奇博尔德，我上最高法院去一趟。过5分钟你到里面那间办公室，告诉等在那儿的太太——"古奇律师使用了个俗语："全泡汤啦！"

没说完的故事

如今人们谈起地狱的火焰时，不再边哼呀咳呀边往头上倒灰了①。因为现在连传教的牧师也改了口，说上帝是镭或者乙醚或者科学上的化合物，我们这些恶

---

① 犹太风俗，悲切忏悔时，身穿麻衣，须发涂灰。

人受的报应充其量是个化学反应。这种说法的确叫人高兴,然而正教的说法世代相传,至今仍然有些叫人胆战心惊。

谁都可以信口开河而不致受人驳斥的话题只有两个:你做的梦和你听鹦鹉说的话。梦神和鹦鹉做不了见证人,你说的一套听者就没胆量指责。我选了无根无据的梦境作为话题;由于美丽的鹦鹉所言有限,它们的话我只好忍痛割爱,不表了。

我做了一个梦,它完全不牵涉《圣经》的考证,所以必然与末日审判这个相传已久、令人敬畏的问题有关。

加百列[①]吹响了号角,我们中没号角可吹的人被提去受审。我发现一旁还有批身穿庄严的黑长袍、衣领后面开扣[②]的职业保人,但他们似乎自身难保,所以不能指望他们会搭救我们中的哪一个。

一位精干的警察(是天使中的警察)飞到我跟前,抓着我的左翅。我身边还有些人在候审,一个个看来都春风得意。

"你跟他们是一帮子的吗?"警察问。

"他们是些什么人?"我反问。

"他们呀,他们这些人……"

这些题外话且少说,现在言归正传:

达尔西在一家百货公司工作,卖汉堡花边,辣椒包[③],小汽车,也卖别的百货公司经营的小商品。赚得的钱达尔西每周只拿6元,其余部分记入总账,总账掌管在上帝那里——啊,对,尊敬的牧师先生,你是说"原始能量"——掌管在原始能量手中,借方达尔西,贷方某某某。

达尔西来店第一年每星期只拿5块钱。要是能知道靠着这笔钱她怎么过日子,你当然会获益不浅。难道你不想吗?想就很好;对大些的数目很可能你会有兴趣,而6块钱比5块钱数目大。让我来告诉你她每周挣6块钱怎么过活。

一天下午6点,达尔西把帽针慢慢插进离骨髓不到1/6英寸的地方,边插边对好朋友萨迪(就是侧着左身接待顾客的那姑娘)说:

"告诉你,萨迪,皮吉今天晚上约了我吃饭。"

"有这种事?"萨迪羡慕地大声说,"那,那你走运啦,皮吉是大阔佬,每次带姑娘都是去阔气的地方。有天晚上他带了布兰奇上霍夫曼大厦,那儿的音乐真优美,你见到的人也尽是阔佬。达尔西,你准会享受一番。"

[①] 加百列是上帝的主信使,据说末日审判时的号角由他吹响。欧·亨利在前段已声明是在说梦,所以本段才有加百列已吹响了号角之说。

[②] 这种服装是教会神职人员的服装。

[③] 一种廉价食品。将大辣椒掏空,然后塞进米饭、葱等。

达尔西一路快步往家赶,眼发亮,脸泛红,是被生活——真正的生活——的朝霞照红的。已到了星期五,这星期的工资还剩下5角钱。

街上挤满了潮水般下班的人。百老汇的电灯大放光芒,招得周围几里、几十里、几百里阴暗处的飞蛾蜂拥而至。衣冠整齐但像海员俱乐部里老水手在樱桃核上雕的人物一样面目看不清楚的男人见达尔西步履匆匆走过,回转头睁大眼瞧着她,她却没理会他们。曼哈顿是朵夜里开放的仙人掌花,现在慢慢展开了它那颜色苍白而气味浓烈的花瓣。

达尔西走到一家卖便宜货的商店,把剩下的5角钱买了个有假花边的衣领。这笔钱本来要用做别的开销,1角5吃晚餐,一角吃早餐,一角吃中餐,另一角填进她的小库存,5分买甘草汁糖。这种糖塞进嘴里你像是害了牙痛病。牙痛难消,这种糖也难化。吃甘草汁糖等于过奢侈生活——简直无异于大吃大喝,但没有了乐趣,何成其生活呢?

达尔西住在间带家具出租的房间里。住这种房间与住开伙食的房间大有不同,如果你饿肚皮,住这种房间别人就不知道。

达尔西走进西区一所正面用褐色石头建造的房子[①]的3楼的一间后房,这儿是她的住房。她点上煤气灯。科学家说宝石的硬度最大。他们错了。房东太太知道有一种化合物,宝石与它相比之下软得像油灰。她们把它塞进煤气灯灯头上[②],你站在椅上用手指捅,哪怕捅得手指发红,破皮,还是白费劲儿,连发针都奈它不何。所以我们可以说它"坚不可摧"。

达尔西点着了气灯。借着它发出的相当于1/4支烛光的亮光我们来瞧瞧她这间房。

房间里有一张榻式床,一张梳妆台,一张桌子,一个洗脸架,一把椅子,这几件是房东太太的恩赐。其余全是达尔西所有。她的几件宝贝摆在梳妆台上,有萨迪送的一只描金瓷瓶,腌菜作坊送的日历。一本圆梦的书,一只盛着些米粉的玻璃盘,一束扎着粉红缎带的假樱桃。

面对一面疤痕累累的镜子,放着基钦纳将军、威廉·马尔登、马尔巴勒公爵夫人和贝文努图·切林尼[③]的画像。一面墙上挂着块头戴罗马钢盔的爱尔兰人石膏板像。板像附近有幅色彩醒目的石版画,画的是个孩子捉蝴蝶,孩子淡黄色,

---

① 19世纪时房正面用褐色石头建造表示主人富有。
② 塞进灯头的作用是省气,但灯光会变弱。
③ 基钦纳(1850—1916年),英国元帅及政治家;马尔马勒公爵夫人为英国马尔巴勒世袭公爵第一任约翰·丘吉尔(1650—1722年)的夫人;贝文努图·切林尼(1500—1571年),意大利金匠,雕刻家;威廉·马尔登生平未查到。

蝴蝶火红色。这是达尔西最喜爱的艺术极品，一直没有人对她表示过异议，既没有人私下议论作品的优劣使她心中不安，也没有谁讥笑她喜爱的昆虫学家过于幼稚。

皮吉约定7点钟来邀她。她还在抓紧时间收拾打扮，我们且回避一下，聊聊别的事。

达尔西这间房的租金每星期两元。平常日子她的早餐花一角钱，边穿衣服边在煤气灯上烧咖啡煮鸡蛋。星期天早上加餐，上比利餐馆花2角5分吃小牛排和油煎菠萝饼，另给服务员一角钱小费。纽约有诱惑力的东西太多，使人大手大脚地花钱。她在百货公司的食堂吃中餐，每星期6角钱，晚餐1块零5分。再就是晚报。你说说看，哪个纽约人不每天看报！晚报花去她6分。星期天的报纸两份，一份看人事广告，一份通读，又花去一角。几项加起来是4块7角6分，而她还得买衣服，还得……

别说了吧。我听说过有烂便宜的衣料，有针和线创造的奇迹，但终究耳听为虚。我本想给达尔西的生活增添些依据神圣、自然、既未成文更未实施的公正的天理而属于女人该有的乐趣，也只好搁笔作罢。她才去科尼艾兰①骑过两次木马，这种不是天天有而是隔着年份才有的快活说起来会叫人乏味。

皮吉只需捎带一笔。姑娘们谈起他时，高贵的猪族②便要蒙受不白之冤。过去蓝皮拼音读本中，开篇由3个字母组成的课文就是皮吉的外传。他长得胖，论心灵像耗子，论习性像蝙蝠，却又有猫的大气概③。……他穿着讲究，有一手识别饱人与饿人的本领。店里的姑娘他只要瞧一眼就能判断是不是只吃了不饱肚皮的药蜀葵糖和茶，已经饿了多长时间，误差不出一小时。他在商业区兜圈子，进百货公司四处转，请人吃饭。连牵着绳子在街上遛狗的人都瞧不起他。他是个典型人物，但我不能为他再费笔墨，我笔下不想写这种人，我也当不上好木匠。

7点差10分时达尔西收拾完毕。她在疤痕累累的镜子前一照，觉得还满意。深蓝色衣服非常合身，帽子上装饰着漂亮的黑羽毛，手套还算干净。这几件东西完全撑得起面子，也是精打细算省出来的，甚至是牙缝里挑出来的。

达尔西暂时忘了一切，只知道自己漂亮。眼见生活就要把神秘的帷幕揭开一角，让她见识见识幕后的奇观。以往从没有哪位先生邀请她，而现在她也有了机会到令人眼花缭乱的上层社会去享受片刻。

姑娘们说皮吉"花钱如水"。少不了吃顿美餐，听听音乐，见到衣裳华丽的

---

① 属纽约市之一小岛，为一游乐场地。
② "皮吉"的英文原文拼作Piggy。Pig由3个字母组成意为"猪"，Piggy意为"小猪"。
③ 英语中fat（胖），rat（耗子），bat（蝙蝠），cat（猫）与pig（猪），一样，都由3个字母组成。

贵妇人，尝到事后姑娘们谈起来都会不知不觉咽口水的佳肴。没问题，她以后还会被请。

她记得有家商店的橱窗里摆着件蓝色真丝衣。如果每星期积攒两角，就是说多积攒一角，那么——哎呀，得积上好些年！但是七马路有家旧货店，那儿……

有人敲门。达尔西开门一看，是房东太太，脸上堆着假笑，鼻子却在嗅有没有偷用煤气烧东西吃的气味。

"楼下有位先生找你，姓威金斯。"她说。

对那些把他当作一回事的倒霉鬼，皮吉总是冒用这个姓。

达尔西回转身到梳妆台拿手帕。突然她站住不动了，咬紧下嘴唇。刚才照镜子时她只看到一片仙境，看到自己成了久梦方醒的公主，却没注意一双漂亮却又庄重的眼睛在忧心忡忡地望着她。对她的行为会表示可否的只有这一个人，这人就是她梳妆台上描金镜框里的基钦纳将军。他身材修长笔挺，英俊的脸上浮着愁云，一双慧眼正盯着她，眼神是忧郁里带着责备。

达尔西像个自动玩具娃娃样转过身，对房东太太呆呆说："你告诉他我去不了。就说我有病或什么的。告诉他我不出去了。"

达尔西把门关上，锁好以后，一头扑到床上，哭了10分钟，把黑帽檐也压坏了。基钦纳将军是她唯一的朋友，是她理想的堂堂大丈夫。他似乎也有心病；他上嘴唇那漂亮的胡须叫她着迷；对他那庄重而又温和的神情她有些害怕。她常幻想他有一天会执着马鞭，佩着叮当长剑光临这所屋子，指名接见她。有次一个男孩把根链条碰到灯杆上弄得哗哗响，她听了竟然打开窗伸长脖子往外瞧。当然她白想了。她知道基钦纳将军远在日本，率部与土耳其兵作战；他也绝不可能从描金镜框里走出来接见她。然而，这天夜晚的确是由于他看了那一眼，皮吉便扫兴而归。没错，这天夜晚的事情是真。

达尔西哭过以后站起身，脱下她最漂亮的一件衣，换上蓝色的旧长衫。她不想吃饭，只唱了《美国兵》中的两段词。接着她的注意力转到了鼻子左边的一个小红点上。弄掉了这个小红点，她把椅子搬到破桌子边，用副旧纸牌算起命来。

她喊出了声："我说了什么话，使了什么眼色，使他起了这种心！"

9点钟时，达尔西从箱子里拿出一盒饼干和一小瓶覆盆子酱，吃了起来。她又在一块饼干上搁了点酱，献给基钦纳将军，但将军只是看着她，就像狮身人面像[①]看着只蝴蝶（如果沙漠里还有蝴蝶的话）。

---

① 希腊神话中有狮身人面女怪兽，埃及首都开罗附近有男首狮身大石像，英文原文都是 Sphinx。这里看来是指埃及的石像，一因基钦纳不是女人，二因下文说到了沙漠。

达尔西说:"你不想吃就别吃,可是你也别这么神气活现瞪大眼责备我。如果你每星期守着6块钱过日子,我看你还会不会这样了不起,摆架子。"

达尔西对基钦纳将军大不敬不是好现象。果然,她又恶狠狠把贝文努图·切林尼扳了个嘴啃地。不过,这举动倒情有可原。她总当他是亨利八世①,对他不满。

9点半,达尔西最后又看了梳妆台上的几张相一眼,熄灯跳上了床。临睡前还向基钦纳将军、威廉·马尔登、马尔巴勒公爵夫人和贝文努图·切林尼注目道晚安,这可真是件稀奇事。

这个故事并没有什么可作为结局。后来呢。皮吉又邀达尔西陪他去吃饭,这时达尔西比以往更感到孤寂,而基钦纳将军的眼又看错了方向,于是……

前文我已说过,我站在一群春风得意的人物旁边,一个警察抓着我问是不是跟他们一帮子的。

"他们是些什么人?"我反问。

"他们呀,他们这些人雇用年轻女工,每星期只给女工五六块钱过日子。你跟他们是一帮子的吗?"他说。

"那绝对不是,"我说,"我这人不过放火烧了所孤儿院,为了几个铜板要了一个盲人的命。"

好汉的妙计

在多多少少还算公平的格斗中,小山羊西斯科杀过6个人,暗地里谋杀的多一倍(主要是墨西哥人),而伤的数字更大,他自己谦逊,没有数过。所以,一个女人爱上了他。

山羊年已25岁,看起来仅20岁,而一家办事谨慎的保险公司准会估计,他末日到来的时间很可能是在26岁。他住址无定,但总在弗里奥河与格兰德河之间一带地区。他杀人或因为脾气躁,有杀性;或因为要逃脱逮捕;或因为寻开心;反正是想到杀人就会杀人。他没遭逮捕,一是因为他开枪比追捕他的那个司法人员和巡逻队员都快5/6秒,二是因为骑的那匹杂色马认识从圣安东尼奥到马塔莫拉斯灌木林和霸王树林里的每条羊肠小道。

爱上小山羊西斯科的姑娘叫托尼娅·佩雷斯,她半像大美人卡门半像圣母,另外呢——嗯,没错,凡半像卡门半像圣母的女人必定另外还会像点什么。我们

---

① 亨利八世(1491—1547年),英国国王,曾多次离婚并处死第二个妻子。

就说她另外还像蜂鸟吧。她住在弗里奥河隆沃尔夫渡口一小片墨西哥人驻地附近的一所茅屋里。她家还有位说不清是父亲还是祖父的人，地道的阿兹特克族，大约尚不满100岁，看守100头山羊，喝龙舌兰酒，终日喝得昏昏沉沉。茅屋背后有特大一片带刺的丛林，最矮的树也已20英尺高，密密麻麻，几乎长到了门口。山羊骑着他的杂色马就是走过这片迷宫似的霸王树林来会女朋友的。有一次，他像条蜥蜴一样，高高趴在茅屋的屋梁上，亲耳听到托尼娅与司法员带的一帮人周旋，矢口否认认识他。这姑娘不但声音柔和，美如卡门，脸像圣母，而且心好，只是说起话来英语里夹杂着西班牙语。

有一天，州民兵团团长给驻防拉雷多的某连队的杜瓦尔上尉连讥带讽地写了封信，说上尉管区的杀人犯和亡命之徒过得好不逍遥自在。这位团长是兼任了巡逻队司令官的。

上尉晒得发黑的脸气成了猪肝色，在信上批了几行字，派巡逻队的列兵比尔·阿达姆逊送给了巡逻队的桑德里季少尉。少尉正带着5个人驻守在努埃西斯河某地的水塘边，维持治安。

桑德里季少尉的草莓色脸上泛起了美丽的玫瑰红，他把信往裤子的后口袋里一塞，连翘起的黄色八字胡都咬下了一截。

第二天上午，他翻身上马，只身到了20英里外弗里奥河的隆沃尔夫渡口墨西哥人驻地。

桑德里季身高六英尺二英寸，像北欧海盗长得金发碧眼白皮肤，文静有如教会中的执事，却又厉害如机枪。他从这家串到那家，耐心打听小山羊西斯科的下落。

巡逻队找的那个人骑着马独来独往，有仇必报，冷酷无情，墨西哥人害怕他远胜过害怕法律。山羊有个嗜好，就是开枪撂倒墨西哥人，看着他们乱蹬腿。单纯为了开心，他就会叫他们跳着踢腿舞去见上帝，如果惹恼了他，他肯定会无所不用其极。还有什么造孽的事他干不出！他们一个个摊开巴掌，耸着肩，说："谁知道呢？"都不承认认识小山羊。

但是也有一个姓芬克、在渡口开了家商店的人例外。他的国籍多，懂的语言多，兴趣多，主意也多。

他对桑德里季说："问这些墨西哥人没用。他们害怕，不敢说。大家都叫这家伙小山羊，其实他姓古多尔。他到过我店里一两次。我想，你有可能遇上他的地方是……我看还是不说为好。我现在扣扳机的时间比以往已慢了两秒，这个变化使我不得不多想想。但这山羊有个女朋友在渡口，只一半墨西哥血统，山羊常来看她。这姑娘住在霸王树林边的那屋子，沿没水的小河下去一百码。也许她——

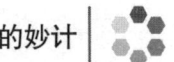

不行，我想她不会说。但她住的屋子得牢牢盯住，盯住没错。"

桑德里季骑马到了佩雷斯住的屋子。太阳已经偏西，霸王树林的大身影盖住了茅草屋。山羊被关进了羊圈，等着夜晚降临。几只小羊爬到树枝围起的羊圈上，吃着树叶。那墨西哥老头躺在草地上，垫着床毯子，已让龙舌兰酒醉得糊里糊涂，也许在做梦，梦见与皮泽洛为在新世界发的横财而碰杯的那些夜晚。看他脸上的那么多皱纹，他似乎真是有了这一大把年纪。托尼娅站在屋门口。桑德里季坐在马鞍上望着她都看傻了眼。

那些杀人得心应手的高手个个自负，小山羊西斯科也不例外。要是他知道有谁原来把他敬若神明，却突然不把他放在眼里（哪怕只是时间不放在眼里），准会咽不下这口气。

托尼娅以前从没见过他这样的人。他似乎就是阳光，就是晴天，就是男性美。他一笑时，似乎太阳又重新升起，霸王树林投下的身影随之消失。她原先认识的人都又小又黑。连山羊也不例外，尽管本领非凡，但个子比她大不了多少，黑头发全是直的，一张脸像冰凉的大理石，大白天贴着也觉得冷。

至于托尼娅自己如何，虽然也可描写几笔，但你还得充分发挥你的想象力。她的头发是蓝黑色，从当中一线分开，紧贴在头上。眼睛很大，充满南美人的忧郁，所以她看起来有几分像圣母。她的举动和神态都表明，她深藏着火一样的强烈愿望。巴斯克省的吉卜赛女人一心只想让别人着魔，托尼娅像那儿的吉卜赛女人，也希望能使人倾倒。至于蜂鸟的特性，那还保留在心里，如果她没穿上鲜艳的红裙和深蓝色短上衣，使你联想起这种奇异的鸟，你根本就不能看出来。

那位新见到的像太阳神的人物向她讨水喝。她把挂在茅屋墙上的红水罐里的水倒了出来。桑德里季不敢太麻烦她，下了马。

我不愿窥探别人的行动，也不自诩能了解别人内心的思想，但既是作者，我该把故事说下去。还没过一刻钟，桑德里季就在教托尼娅怎样编生皮六股绳了。托尼娅对桑德里季说，她觉得过于寂寞，只有巡回牧师送给她的一本小小的英语书和她用瓶子喂奶的一只瘸腿小山羊能给她解解闷。

这一来不由人不猜想，山羊的墙脚会让人挖空，而民兵团长那封讥讽的信也势必落空。

回到住地以后，桑德里季少尉夸下海口：他或者要叫小山羊西斯科倒在弗里奥的草原上啃泥巴，或者叫他上法庭受审。这话说得确有几分气概。一星期他骑马去弗里奥河的隆沃尔夫渡口两次，教托尼娅怎样用略带淡黄色的纤纤细手编绳，但编来编去绳还是长不了多少。编六股绳易教难学。

这位巡逻队员知道，他去那儿说不定哪次会撞上山羊。他的武器不离身，眼不住地往屋后的霸王树林里望。这一来,他有可能既得到蜂鸟姑娘又能制服贼。

当黄头发的鸟类学家在进行他的研究时,小山羊西斯科并没闲着,在干他的本行。在昆塔纳溪一个小镇上的酒店里,他发了火开枪,把镇上的法警打死,而且枪弹从铁徽章正中通过。打死人后气冲冲骑着马跑了,还嫌不解恨。一枪只打死个拿0.38口径老式左轮枪的老头,是好汉的当然觉得不够味。

人做了坏事后接着会痛快一阵,但痛快过了便是空虚,山羊走着走着也突然感到空虚。他很想见到他的心上人,希望尽管有了这件事,她还是他的人。他盼着她能把杀人说成勇敢,歹毒说成爱心专一,还盼着托尼娅把挂在茅屋墙上的红水罐里的水倒给他,告诉他用瓶子喂奶的山羊羔长得很好。

山羊掉转马头走向树林。霸王树林沿阿罗约翁多河绵延10英里,尽头是弗里奥河的隆沃尔夫渡口。马嘶叫着。它善辨方向,知道要往哪儿去,其本领绝不低于有固定线路的电车。到了目的地,拖着40英尺长的系马绳,它可以尽情吃肥美的草。

在得克萨斯的霸王树林走比在亚马孙河探险一路上更艰难、更乏味。奇形怪状的仙人掌或者用它弯弯曲曲的躯体,或者伸出肥大、多刺的手拦住你的去路。这里是它们的一统天下,其种类不胜枚举。这种鬼怪般的暗绿色植物似乎不用土壤和雨水就能活命,还长得茂盛,走得嘴发干的行路人与它们根本不能相比。越是在有路可走的地方越是长得多,比比皆是,结果,你就会被诱进死胡同,又折回头,这一来便分不清东南西北。

在这种林子里如果迷了路,你就成了钉在十字架上的贼了,不得好死,不但肉会被钉刺穿,而且前后左右有狰狞的怪物飞。

但山羊与它的坐骑不会。那匹杂色宝马时而左,时而右,时而绕弯,走在这种最扑朔迷离的路上,就这样七转八转,离隆沃尔夫渡口便越来越近。

山羊骑在马上边走边唱。他只知道一首歌,便唱着这首歌;只知道一个法则,便守着这个法则;只认识一个姑娘,便爱着这个姑娘。他是个头脑简单的人,所有想法一成不变。他的嗓门像得了气管炎的土狼,但每次他想到要唱歌时,便拉开这嗓门唱。这是一首住帐篷闯荒郊的人的传统歌曲,开头两句的大意是:

　　你别欺侮我的露露姑娘,
　　要不你等着瞧吧……

这首歌杂色马听惯了,满不在乎。

即使是最不知趣的人唱过一段时间以后也会停下来,免得世上的噪声太多。

所以，在离托尼娅的屋子已不到一两英里时，山羊也只好不再唱了。倒不是他觉得自己的歌声已不悦耳，而是他的嗓子已经疲劳。

杂色马似乎是经过马戏团训练的，在迷宫般的霸王树林七旋八转后，他的主人看到了些标记，知道隆沃尔夫渡口已近在眼前。果然，树林变稀疏了，他看见了屋子的茅草屋顶，还有河畔的那棵朴树。又走了十几码，山羊勒住马缰，透过霸王树林中的空隙仔细观察了一阵，才下了马，丢开缰绳，像印第安人那样猫着腰往前走，没弄出一点声响。杂色马很在行，站着没动，也不叫唤。

山羊悄悄溜到树林边缘，躲在仙人掌后看动静。

离他10码远处，他心爱的托尼娅坐在屋外没太阳的地方专心编生皮绳。编绳无可非议，谁都知道，女人有时会干些并没什么正经的事。但是如果把真相全部披露出来，我得交代：她把头靠在一个金发高个子男人健壮的胸上，那男人用一只手搂着她，教她编六股绳，可惜反反复复教，她的纤纤细手仍旧没学会。

桑德里季听到有轻轻的响声，而且并不陌生，向黑乎乎的树林里看了看。如果有人突然拔出6发左轮手枪，枪出鞘时会发出这种响声。但这响声只听到了一次，而且托尼娅需要他细心教怎样动手指。

接着他们在死亡的阴影下说起情话来。7月的下午静悄悄，他们的话字字句句传到了西斯科的耳朵里。

托尼娅说："你记住，我不叫你千万别再来。他很快会到这儿来。今天一个牛仔在商店说三天前在瓜达卢普河看见了他。每次他到了这么近的地方准会来。要是他来发现了你，非宰了你不可。所以，为了我着想，我不叫你千万别再来。"

"那行。"巡逻队员说，"还有呢？"

姑娘说："还有就是把你手下的人带到这儿来干掉他。你不杀他，他会杀你。"

"他这种人不会投降，我敢肯定。哪位带兵的要是跟小山羊先生干，不是你死就得我亡。"桑德里季说。

姑娘说："非杀了他不可，不杀他，你我在世上别想过得安稳。他杀了很多人，让别人也把他杀了吧。带你手下人来，别叫他溜了。"

"你原来很看得起他。"桑德里季说。

托尼娅放下手中的绳，扭转身，把一只浅黄色的手臂搭到巡逻队员肩上。

"原来是原来！"她用流利的西班牙语说，"我原来没见过你，没见过你这虎背熊腰的彪形大汉。你长得结实，又对人好，有心肝。认识了你谁还稀罕他？把他干掉吧，不干掉我白天黑夜都提心吊胆，怕他来害你或者害我。"

"我怎么知道他什么时候来呢？"桑德里季问。

托尼娅说:"他来这里会住上两天,有时是三天。帮人洗衣的路易莎老太太有个小儿子叫格雷戈里奥,他有一匹快马。我写给你的信请他送,信上会说你们怎么干掉他最好。你等着格雷戈里奥的信吧。亲爱的,多带些人来,千万千万小心。他们叫他小山羊,但他开枪打人比响尾蛇咬人还快。"

桑德里季说:"山羊耍弄枪是把好手,这不用说,可是干掉他我会一个人来。能干掉,来我一个就够;不能干掉,多来人也没用。上尉写给我的信里有一两句话太难听,办这件事我不想任何人帮忙。山羊先生来了你告诉我,别的事我自有办法。"

"我叫格雷戈里奥给你送信。我早知道你比那个从不露笑脸的小个子杀人王勇敢。奇怪得很,我原来怎么会看上他呢?"姑娘说。

谈到这里时间已晚,巡逻队员该回营地了。他把身材小巧的托尼娅一只手高高托了起来,算是行告别礼,然后才跨上马。在夏日梦幻般的下午,连空气都昏昏入睡,纹丝不动。泥糊的烟囱里冒出的烟成直线上升,像吊着铝锤的线。屋子里在煮菜豆,炉子上的铁罐扑扑作响。10码外的霸王树林静悄悄,没有任何响动。

桑德里季骑着黄褐色高头大马走下弗里奥河渡口陡峭的河岸,山羊看着他的背影消失了才悄悄走到自己坐骑旁,翻身上马,又沿着迂回曲折的来路往回走。

但没走多远。他勒住马在寂静的树林里等了半小时。半小时后,托尼娅听到他那不成腔调的歌声越来越近,忙跑到树林边去迎接他。

山羊很少露笑脸,但这次看见她时笑了,还挥着帽子。他一下马姑娘便扑进了他怀里。山羊用温柔的目光看着她。他厚厚的一头黑发乱蓬蓬的。两人一相会,他内心的感情就会泛起一阵涟漪,平日里总是木然的黑黝黝的脸也就略有变化,不完全像是一副泥面具了。

"你好吗?"他紧紧搂着她,问。

她答道:"你这么久没来,我等得都发疯了,亲爱的。你走的那片林子活像魔鬼插针的针垫,可是我还是天天往里望,眼都快望穿了。林子里又望不了多远。亲爱的,你来了就好,我不骂你。你小子真是坏!也不常来看看你心上人!进来歇着吧。我给你的马喂水,用那根长绳把它系到桩上。水罐里有凉水,你喝吧。"

山羊亲吻着她。

"让这儿的人知道了我叫女人给我系马可不行。"他说,"姑娘,还是我来管马,就请你到屋子里给我倒一壶咖啡。谢谢你了。"

除枪法好外,山羊还有一个优点,是他颇为得意的。在女人面前,用墨西哥人的话来说,他心肠软得像豆腐。他对她们百般体贴,说起话来总是彬彬有礼,从来不恶声相向。他会毫不留情地杀死她们的丈夫和亲兄弟,但绝不会气冲冲动她们一个指头。这一来,许多受到过山羊先生礼遇的女人公然表示不相信那些有关他的传言。她们说,听来的事不该件件都信。男人气不过,用豆腐心肠的人干的坏事作证据驳斥她们,她们便说很可能他是出于迫不得已,无论怎样,他对女人没有过错。

既然山羊有这个对女人无比殷勤的性格,而且他引以为荣,你可能会想,那天下午他躲在霸王树林里耳闻目睹的事(至少是那两人中有一人的作为)对他来说一定难处置。然而,这种非同小可的事叫山羊善罢甘休又不可想象。

天黑以后,几个人在茅屋里点着盏灯笼吃饭,吃的有菜豆、羊排、罐头桃、咖啡。吃过饭,那老祖宗抽了根烟,把灰毯子往身上一裹,成了木乃伊。他的山羊早被关进了羊圈。托尼娅洗了几个盘子,山羊用块面粉袋布把盘子揩干。她的一双眼亮晶晶,讲起山羊上次走后她的小天地里发生的琐碎事来滔滔不绝,与以往他每次来没两样。

后来,托尼娅抱着吉他坐到草坪的吊床上,唱起了悲悲切切的爱情曲。

"宝贝,你还像以前那样爱我吗?"山羊边问边往口袋里找卷烟纸。

"跟以前没两样,亲爱的。"托尼娅答道,一双黑眼睛盯着他没动。

他站起身说:"我得到芬克店里买点烟。我以为衣服里还放着一袋,一摸没有。我去一刻钟就来。"

托尼娅说:"快去快来。我问你,你这次在我这儿住多久?你要是明天走那可会叫我伤透心了,难道就不能跟我托尼娅多住几天?"

山羊打了个呵欠,说:"这次,我也许住两三天。我东奔西跑了一个月,想多歇歇。"

他买烟去了半小时,回来时托尼娅还躺在吊床上。

"我怎么会有这种莫名其妙的感觉呢?"山羊说道,"我觉得每株树后都埋伏了人,守着要打死我。以前什么时候都不像现在这样,我总提不起精神。也许我是在胡思乱想。我想一大早不等天亮就悄悄走。我在瓜达卢普河撂倒了个荷兰老头,那一带人现在肺都气炸了。"

"你用不着怕。我的大英雄还会害怕谁不成?"

"要说干仗我可不是个小兔子,不过现在我住在你家,我不希望来一帮人上这儿找我。要不然,不该倒霉的人也许会倒霉。"

"你得守着我托尼娅。没人会知道你在这里。"

山羊警惕地看看河上游和下游黑乎乎的地方,再望望墨西哥人住的村里昏暗的灯光。

"我就走着瞧吧。"他最后说。

半夜里一个人骑着马到了巡逻队员的住地，一路叫唤着"喂！喂！"表示他来并无恶意。桑德里季带着一两个人出来看是谁在喊叫。来者自称多明戈·萨莱斯，住在隆沃尔夫渡口，要交给桑德里季一封信，是帮人洗衣服的路易莎老太太叫他送的，因为她儿子格雷戈里奥病得厉害，发烧，骑不了马。

桑德里季点亮灯，看了信。信的全文是：

亲爱的：

他来了。你刚走他就出了霸王树林。开始他说至少住三天。后来，天渐渐晚了，他像条狼（要不就像狐狸）一样，走来走去没有个停，又是四下里看，又是竖着耳朵听。不多久，他说他得在天亮前趁没人起身摸黑走。后来他似乎怀疑我变了心。他用从来没有过的眼神看着我，叫我害怕了。我赌咒发誓说还爱他，是他的人。最后他说我必须用事实证明我没有变心。他觉得就是眼下都有人在埋伏着，等他从我家里骑马出去时杀死他。他说，为了逃命，他要换上我的衣服，穿着我的红裙和蓝上衣，裹着我的褐色头纱出门，再骑上马跑。但是他又说，他走前我得换上他的衣，穿着他的长裤子和衬衫，戴上帽子，骑着他的马从茅屋走到河对岸的大路，然后再回来。在他走前我得这样做，他才能知道我有没有变心，是不是有人埋伏着要一枪打死他。这可不得了。我在天亮前一小时得这样做。亲爱的，来吧，杀掉这个人，我就成了你的托尼娅。别作活捉他的打算，赶快杀掉他了事。不管怎样，你得那样做。你得多提前些时间来，躲进我屋子附近的小棚子里。那里是放马车和马鞍的地方。小棚子里黑乎乎。他会穿我的红裙子和蓝上衣，裹着褐色头纱。给你一百个吻。一定要来，痛痛快快一枪打死他。

你的托尼娅

桑德里季三言两语向手下人解释了这封信与公事的关系。几个巡逻队员不赞成他单独去。

"我对付他轻而易举。那姑娘牵制住了他。这一回他别想先动手向我开枪。"少尉说。

桑德里季备好马，骑着马往隆洛尔夫渡口去了。到那儿他把马系到河里的一丛灌木上，拔出温切斯特手枪，小心翼翼地向佩雷斯家的茅屋摸去。月亮只有半轮，天上还挂着团团白云。

马车棚是个埋伏的绝妙地方，巡逻队员顺利躲了进去。他看见茅屋的屋影下系着匹马,还听见马不耐烦地踢得坚硬的泥土地嗒嗒响。

他等了将近一小时才有两个人从茅屋里出来。一个穿着男装,一翻身上了马,跑过马车棚,直奔村边的渡口。另一个穿裙和短上衣,裹头纱,站在朦胧的月光下,目送骑马的人远去。桑德里季想不等托尼娅回来就下手,以为她并不愿看这种事。

"举起手来!"他端着温切斯特连发枪,从车棚出来高声喝道。

那人忙转过身,但没有举手,于是巡逻队员开枪了。接连三响,又补上两枪。打死小山羊西斯科不能吝惜子弹。尽管月光朦胧,10步远处不愁打不中。

睡在毯子里的老祖宗被枪声惊醒。再一听,又听到一声临死的惨叫。他站起身,咕咕噜噜埋怨现代人太不安分。

黄头发高个子鬼一般窜进茅屋,身子东倒西歪。他伸出一只手取下挂在钉上的灯笼,另一只手把一封信摊在桌上。

他大声说:"佩雷斯,你来看这封信。是谁写的?"

"哟,天啦!是桑德里季先生。"老头子说着走了过来,"先生,这信是小山羊写的呀!大家都这么叫他。就是托尼娅跟的那人。大家说他是个坏家伙,我也不知道是怎么回事。托尼娅睡着后他写了这封信,叫我老汉交给多明戈·萨莱斯,说是要送到你那里去。这封信怎么啦?我年纪太大,不知道。这世道太不像话。我家没什么好酒给你喝,没什么酒喝。"

听了这番话,桑德里季无计可施,跑了出去,扑到他的蜂鸟身上,可惜蜂鸟没一根羽毛能动了。他没有好汉们的天性,也不懂得复仇的奥妙。

那骑着马跑过马车棚的人已经到了一英里外,用粗嗓门不成腔调地唱着:

> 你别欺侮我的露露姑娘,
> 要不你等着瞧吧……

重新做人

看守来到监狱制鞋工场,吉米·瓦伦汀正在那里勤勤恳恳地缝着鞋帮。看守把他领到前楼办公室。典狱长把当天早晨州长签署的赦免状给了吉米。吉米接过来时有几分厌烦的神气。他被判四年徒刑,蹲了将近十个月。他原以为最多三个月就能恢复自由。像吉米·瓦伦汀这样在外面有许多朋友的人,进了监狱连头发都不必剃光。

"喂,瓦伦汀,"典狱长说,"你明天早晨可以出去啦。振作起来,重新做人。你心眼并不坏。以后别砸保险箱了,老老实实地过日子吧。"

"我吗?"吉米诧异地说。"哎,我生平没有砸过一只保险箱。"

"哦,没有吗,"典狱长笑了,"当然没有。现在让我们来看看。你是怎么由于斯普林菲尔德的那件案子给送进来的?是不是因为你怕牵连某一个社会地位很高的人,故意不提出当时不在出事现场的证据?还是仅仅因为不仗义的陪审团亏待了你?你们这些自称清白的罪犯总是要找借口的。"

"我吗?"吉米还是露出无辜的样子斩钉截铁地说。"哎,典狱长,我生平没有到过斯普林菲尔德!"

"带他回去吧,克罗宁,"典狱长微笑着说,"替他准备好出去的衣服。明天早晨七点钟放他出去,让他先到大房间里来。你最好多考虑考虑我的劝告,瓦伦汀。"

第二天早晨七点一刻,吉米已经站在典狱长的大办公室里。他穿着一套极不称身的现成衣服和一双不舒服的吱吱发响的皮鞋,那身打扮是政府释放强行挽留的客人时免费供给的。

办事员给他一张火车票和一张五元的钞票,法律指望他靠这笔钱来重新做人,成为安分守己的好公民。典狱长请他抽了一支雪茄,同他握手告别。瓦伦汀,九七六二号,档案上注明"州长赦免。"詹姆斯·瓦伦汀先生走进了外面阳光灿烂的世界。

吉米不去理会鸟儿的歌唱,绿树的婆娑和花草的芬芳,径直朝一家饭馆走去。在那里,他尝到了睽违已久的自由的欢乐,吃了一只烤鸡,喝了一瓶白酒——最后再来一支比典狱长给他的要高出一档的雪茄。他从饭馆出来,悠闲地走向车站。他扔了一枚两毛五分的银币给一个坐在门口、捧着帽子行乞的盲人,然后上了火车。三小时后,火车把他带到州境附近的一个小镇上。他到了迈克·多兰的咖啡馆,同迈克握了手。当时只有迈克一个人在酒吧后面。

"真对不起,吉米老弟,我们没有把这件事早些办妥。"迈克说。"我们要对付斯普林菲尔德提出的反对,州长几乎撒手不干了。你好吗?"

"很好。"吉米说。"我的钥匙在吗?"

他拿了钥匙,上楼打开后房的房门。一切都同他离开时一样。当他们用武力逮捕他时,那位著名的侦探本·普赖斯的衬衫上给扯下了一颗纽扣,如今纽扣还在地板上。

吉米把贴墙的折床放下来,推开墙壁上一块暗板,取出一只蒙着灰尘的手提箱。他打开箱子,喜爱地望着那套东部最好的盗窃工具。那是一套样式俱全,用特种硬钢制造的,最新式的工具,有钻头、冲孔器、摇钻、螺丝钻、钢撬、钳子和两三件吉米自己设计,并引以为自豪的新玩意儿。这是他花了九百多元在一个专门打制这类东西的地方定做的。

过了半小时,吉米下楼来,穿过咖啡馆。他已经换了一套雅致称身的衣服,手里提着那只抹拭干净的箱子。

"有苗头吗?"迈克·多兰亲切地问道。

"我吗?"吉米用困惑的声调说。"我不明白。我现在是纽约饼干麦片联合公司的推销员。"

这句话叫迈克听了非常高兴,以致吉米不得不留下来喝一杯牛奶苏打。他从不碰烈性饮料。

在瓦伦汀——九七六二号释放了一星期之后,印第安纳州里士满发生了一件保险箱盗窃案,案子做得干净利落,毫无线索可寻。一共失窃了为数不多的八百元。两星期后,洛根斯波特有一只新式防盗保险箱被轻而易举地打开了,失窃一千五百元现款,证券和银器没有损失。警局开始注意了。接着,杰斐逊城一只老式银行保险箱出了毛病,损失了五千元现款。如今失窃的数字相当高了,本·普赖斯不得不插手干预。经过比较,他发现盗窃的方法惊人地相似。本·普赖斯调查了失窃现场,宣布说:

"那是'花花公子'吉米·瓦伦汀的手法。他又恢复营业了。瞧那个暗码盘——像潮湿天气拔萝卜那般轻易地拔了出来。只有他的钳子才干得了。再瞧这些发条给钻得多么利落!吉米一向只消钻一个洞就行了。哎,我想我得逮住瓦伦汀先生。下次可不能有什么减刑或者赦免的蠢事,他得蹲满刑期才行。"

本·普赖斯了解吉米的习惯。他经手处理斯普林菲尔德那件案子时就摸熟了吉米的脾气。跑得远,脱身快,不找搭档,喜欢交上流社会的朋友——这些情况替瓦伦汀赢得了难得失风的名声。本·普赖斯把已在追踪这个难抓到的开保险箱好手的消息透露了出去,有防盗保险箱的人比较安心一些了。

一天下午,吉米·瓦伦汀带着他的手提箱搭了邮车来到艾尔摩尔。艾尔摩尔是阿肯色州黑檞地带的一个小镇,离铁路线有五英里。吉米活像是一个从学校回家来的结实年轻的大学四年级学生,他在宽阔的人行道上向旅馆走去。

一位年轻姑娘穿过街道,在拐角那里打他身边经过,走进一扇挂着"艾尔摩尔银行"招牌的门。吉米·瓦伦汀直勾勾地瞅着她,忘了自己是谁,仿佛成了另一个人。她垂下眼睛,脸上泛起一阵红晕。有吉米这种气宇和外表的年轻人在艾尔摩尔是不多见的。

银行门口台阶上有个男孩,仿佛是股东老板似的在闲荡,吉米便缠住他,开始打听这个小镇的情况,不时给他几枚银币。没多久,那位姑娘出来了,装着根本没有见到这个提箱子的年轻人，大模大样地自顾自走路。

"那位年轻姑娘是不是波利·辛普森小姐？"吉米装得老实，其实很狡黠地问道。

"不。"小孩说。"她是安娜贝尔·亚当斯。这家银行就是她爸爸开的。你到艾尔摩尔来干吗？那表链是不是金的？我就要有一条叭喇狗了。还有银角子吗？"

吉米到了农场主旅馆，用拉尔夫·迪·斯潘塞的姓名登了记，租了一个房间。他靠在柜台上，把自己的来意告诉了那个旅馆职员。他说他来艾尔摩尔是想找个地方做些买卖。这个小镇的鞋子行业怎么样？他想到了鞋子行业。有没有机会？

旅馆职员被吉米的衣着和风度打动了。他本人也可以算是艾尔摩尔那些还不够格的时髦青年之一，但是现在看到了自己的差距。他一面揣摩吉米的领结是怎么打的，一面恳切地提供了情况。

是啊，鞋子行业应该有很好的机会。当地没有专业的鞋店。绸缎和百货商店兼做鞋子生意。各行各业的买卖都相当好。希望斯潘塞先生能打定主意在艾尔摩尔安顿下来。他将发现住在这个小镇上是很愉快的，居民都很好客。

斯潘塞先生认为不妨在镇上逗留几天，看看情形再说。不，不必叫小厮了。他自己把手提箱带上去；箱子相当沉。

一阵突如其来、脱胎换骨的爱情之火把吉米·瓦伦汀烧成了灰烬。从灰烬中重生的凤凰拉尔夫·斯潘塞先生在艾尔摩尔安顿下来，一帆风顺。他开了一家鞋店，买卖很兴隆。

在社交上，他也获得了成功，交了许多朋友。他的愿望也达到了。他结识了安娜贝尔·亚当斯小姐，越来越为她的魅力所倾倒。

一年后，拉尔夫·斯潘塞先生的情况是这样的：他赢得了当地人士的尊敬，他的鞋店很发达，他和安娜贝尔已经决定在两星期后结婚。亚当斯先生是个典型的、勤恳的乡间银行家，他很器重斯潘塞。安娜贝尔非但爱他，并且为他骄傲。他在亚当斯家里和安娜贝尔的已经出嫁的姐姐家里都很受欢迎，仿佛他已是他们家的成员了。

一天，吉米坐在他的房间里写了如下的一封信，寄往他在圣路易斯的一个老朋友的可靠的地址：

亲爱的老朋友：

我希望你在下星期三晚上九点钟到小石城沙利文那里去。我想请你帮我料理一些小事。同时我想把我那套工具送给你。我知道你一定乐于接受的——复制一套的话，花一千元都不够。喂，比利，我已经不干那一行啦——一年前歇手的。我开了一家很好的店铺。如今我老老实实地过活，两星期后，我将同世界上最好的姑娘结婚。这才是生活，比利——正直的生活。现在即使给我一百万，我也不会去碰人家的一块钱了。结婚后，我打算把铺子盘掉，到西部去，那里被翻旧账的危险比较少。我告诉你，比利，她简直是个天使。她相信我；我怎么也不会再干不光明的事了。千万要到沙利文那里去，我非见你不可。工具我随身带去。

你的老朋友
吉米

吉米发出这封信之后的星期一的晚上，本·普赖斯乘了一辆租来的马车悄悄到了艾尔摩尔。他不声不响地在镇上闲逛。终于打听到他要知道的事情。他在斯潘塞鞋店对面的药房里看清了拉尔夫·迪·斯潘塞。

"你快同银行老板的女儿结婚了吗，吉米？"本轻轻地自言自语说。"嘿，我还不知道呢！"

第二天早晨，吉米在亚当斯家里吃早饭。他那天要到小石城去订购结婚礼服，再替安娜贝尔买些好东西。那是他到艾尔摩尔后的第一次出门。自从他干了那些专业"工作"以来，已经过去一年多了，他认为出门一次不会有什么问题。

早饭后，家里的人浩浩荡荡地一起到商业区去——亚当斯先生、安娜贝尔、吉米、安娜贝尔已出嫁的姐姐和她的两个女儿，一个五岁，一个九岁。他们路过吉米仍旧寄住的旅馆，吉米上楼到他的房间里去拿手提箱。之后他们便去银行。吉米的马车停在那里，等一会儿由多尔夫·吉布森赶车送他去火车站。

大伙走进银行营业室的雕花橡木的高栅栏里——吉米也进去了，因为亚当斯未来的女婿是到处都受欢迎的。职员们都乐于接近那位将同安娜贝尔小姐结婚的、漂亮可亲的年轻人。吉米放下手提箱。安娜贝尔充满了幸福感和青春活泼，她戴上吉米的帽子，拎起手提箱。"我像不像一个旅行推销员？"安娜贝尔说。"哎呀！拉尔夫，多么沉呀！里面好像装满了金砖。"

"装着许多包镍的鞋楦，"吉米淡淡地说，"我准备还给别人。我自己带着，可以省掉行李费。我近来太节俭了。"

艾尔摩尔银行最近安装了一个保险库。亚当斯先生非常得意，坚持要大家见识见识。保险库不大，但是有一扇新式的门。门上装有一个定时锁和三道用一个把手同时开关的钢闩。亚当斯先生得意扬扬地把它的构造解释给斯潘塞先生听，斯潘塞彬彬有礼地听着，但好像不很感兴趣。那两个小女孩，梅和阿加莎，见了闪闪发亮的金属以及古怪的时钟装置和把手，非常高兴。

这时候，本·普赖斯逛了进来，胳臂肘支在柜台上，有意无意地向栅栏里望去。他对出纳员说他不要什么，只是等一个熟人。

突然间，女人当中发出了一两声尖叫，乱成一团。在大人们没有注意的时候，九岁的梅好奇地把阿加莎关进保险库，学着亚当斯先生的样子，关上了钢闩，扭动了暗码盘。

老银行家跳上前去，扳动着把手。"门打不开了。"他呻吟着说，"定时锁没有上，暗码也没有对准。"

阿加莎的母亲又歇斯底里地尖叫起来。

"嘘！"亚当斯先生举起发抖的手说，"大伙都静一会儿。阿加莎！"他尽量大声地嚷道。"听我说。"静下来的时候，他们隐隐约约可以听到那孩子关在漆黑的保险库里吓得狂叫的声音。

"我的小宝贝！"她母亲哀叫道。"她会吓死的！开门！哦，把它打开！你们这些男人不能想些办法吗？"

"小石城才有人能打开这扇门。"亚当斯先生声音颤抖地说。"老天！斯潘塞，我们该怎么办？那孩子——她在里面待不了多久。里面空气不够。何况她要吓坏的。"

阿加莎的母亲发疯似的用手捶打着保险库的门。有人甚至提议用炸药。安娜贝尔转向吉米，她那双大眼睛里充满了焦急，但并没有绝望的神色。对一个女人来说，她所崇拜的男人仿佛是无所不能的。

"你能想些办法吗，拉尔夫——试试看，好吗？"

他瞅着她，嘴唇上和急切的眼睛里露出一抹古怪的柔和的笑容。

"安娜贝尔"，他说，"把你戴的那朵玫瑰给我，好不好？"

她以为自己听错了他的话，但还是从胸襟上取下那朵玫瑰，交到他手里。吉米把它塞进坎肩口袋，脱去上衣，卷起衬衫袖子。这一来，拉尔夫·迪·斯潘塞消失了，代替他的是吉米·瓦伦汀。

"大家从门口闪开。"他简单地命令说。

他把手提箱往桌子上一放，打了开来，从那一刻开始，他就仿佛没有意识到周围的人了。他敏捷而井井有条地把那些闪亮古怪的工具摆出来，一面照他平时干活的脾气轻轻地吹着口哨。周围的人屏声静息，一动不动地看着他，似乎都着了魔。

不出一分钟，吉米的小钢钻已经顺利地钻进了钢门。十分钟后——这打破了

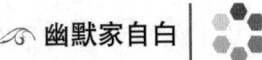

他自己的盗窃纪录——他打开钢闩,拉开了门。

阿加莎几乎吓瘫了,但没有任何损伤,被搂在她妈妈怀里。

吉米·瓦伦汀穿好上衣,到栅栏外面,向前门走去。半路上他模模糊糊听到一个耳熟的声音喊了一声"拉尔夫!"但他没有停下脚步。

门口有一个高大的人几乎挡住了他的去路。

"喂,本!"吉米说道,脸上还带着那种古怪的笑容。"你终于来了,是吗?好吧,我们走。我想现在也无所谓了。"

本·普赖斯的举动有些古怪。

"你认错了人吧,斯潘塞先生。"他说。"别以为我认识你。你的马车在等着你呢,不是吗?"

本·普赖斯转过身,朝街上走去。

幽默家自白

一个毫无痛苦的潜伏期在我身上持续了二十五年,接着突然发作了,人们说我得了这种病。

但是,他们不称它为麻疹,而称它为幽默。

公司里的职员们凑份子买了一个银墨水台,祝贺经理的五十寿辰。我们拥到他的私人办公室里去送给他。

我被推选为发言人,说了一段准备了一星期之久的短短的贺词。

这番话非常成功,全是警句、双关语和可笑的牵强附会,笑声几乎震倒这家公司——在五金批发行业中,它算是相当殷实的。老马洛本人居然咧开了嘴,职员们马上顺水推舟,哄堂大笑。

我作为幽默家的名声,就是那天早晨九点半开始的。

之后好几个星期,同事们一直煽动我自满的火焰。他们一个个跑来对我说,我那番话是多么俏皮,老兄,并且向我解释话中每一处诙谐的地方。

我逐渐发觉他们指望我继续下去。别人可以正经地谈论生意买卖和当天的大事,对我却要求一些滑稽和轻松的话语。

人们指望我拿陶器也开开玩笑,把搪瓷铁器挖苦得轻松些。我是簿记员,假如我拿出一份资产负债表而没有对总额发表一些滑稽的评论,或者在一张犁具的发票上找不到一些令人发噱的东西,别的职员们便会感到失望。

我的声誉逐渐传开,我成了当地的"名人"。我们的镇子很小,因而才有这种可能。当地的日报经常引用我的言论。社交集会上，我是不可或缺的人。

我相信自己确实也有点儿小聪明和随机应变的本领。我有意培养这种天赋，并且通过实践加以发展。我的笑话的性质是和善亲切的，绝不流于讽刺，使别人生气。人们老远见到我便露出笑容，等到走近时，我多半已经想好了使他的笑容变为哈哈大笑的妙语。

我结婚比较早。我们有一个可爱的三岁男孩和一个五岁的女孩儿。当然，我们住在一幢墙上攀满蔓藤的小房子里，过着幸福的生活。我在五金公司担任簿记员的薪水不很丰厚，但可以摒绝那些追随着多余财富的恶仆。

我偶尔写些笑话和我认为特别有趣的随感，寄给登载这类作品的刊物。它们马上全被采用了。有几个编辑还来信鼓励我继续投稿。

一天，一家著名周刊的编辑给我来了一封信。他建议我写一篇幽默的文章，填补一栏地位；还暗示说假如效果令人满意，他准备每期都刊登一个专栏。我照办了。两星期后，他提出与我签订一个合同，报酬比五金公司给我的薪水高得多。

我非常高兴。我妻子已经在她的心目中替我加上了一顶不朽的文学成就的桂冠。那天晚饭，我们吃了炸虾饼和一瓶黑莓酒。这是我摆脱单调工作的机会。我非常认真地同路易莎把这件事研究了一番。我们一致认为应当辞去公司里的职位，专门从事幽默。

我辞职了。同事们为我设宴送别。我在宴会上的讲话非常精彩。报纸全文发表了。第二天早晨，我一觉醒来，看看钟。

"哎呀，晚啦！"我嚷着去抓衣服。路易莎提醒我，如今我已经不是五金和营造材料的奴隶，而是专业的幽默家了。

早饭后，她得意地把我带到厨房旁边的一个小房间里。可爱的女人！我的桌子、椅子、稿纸、墨水、烟灰缸全都摆好了。还有作家的全套配备——插满新鲜玫瑰和忍冬的花瓶，墙上去年的日历、字典，以及在灵感空当时嚼嚼的一小袋巧克力。可爱的女人！

我坐下来工作。墙纸的图案是阿拉伯花叶，或者苏丹宫女，或者——也许是四边形。我的眼睛盯住其中的一个图案。我想到了幽默。

一个声音惊醒了我——路易莎的声音。

"假如你不太忙，亲爱的，"那个声音说，"来吃饭吧。"

我看看表。哎，时间老人已经收回了五个小时。我便去吃饭。

"开头的时候，你不应该太辛苦。"路易莎说。"歌德——还是拿破仑？——曾经说过，脑力劳动每天五个小时已经够了。今天下午你能不能带我和孩子们去树林子里玩玩?"

"我确实有点累。"我承认说。于是我们去树林子了。

不久以后,我进行得很顺利。不出一个月,我的产品就像五金那么源源不断。

我还很成功。我在周刊上的专栏引起了重视,批评家们私下议论说我是幽默界的新秀。我还向别的刊物投稿,大大增加了收入。

我找到了这一行的诀窍。我可以抓住一个有趣的念头,写成两行笑话,挣一块钱。稍稍改头换面,完全可以拉成四行,使产值增加一倍。假如翻翻行头,加一点韵脚装饰和一幅漂亮的插图,便成了一首诙谐的讽刺诗,你根本无从辨认它的本来面目。

我开始有富余的钱了,我们添置了新地毯和风琴。镇上的人也对我另眼相看,把我当作有点儿地位的人;不像从前在我做五金公司职员时,只把我当作一个没有什么了不起的滑稽角色。

五六个月之后,我的幽默仿佛逐渐枯竭了。双关妙语和隽永辞令不再脱口而出。有时我对材料起了恐慌。我开始注意朋友们的谈话,希望从中汲取一些可用的东西。有时,我咬着铅笔,一连好几个小时瞪着墙纸,想搜索一些不经雕琢、愉快诙谐的泡沫。

对于我的朋友们,我成了一个贪婪的人、一个莫洛克、约拿①和吸血鬼。我心力交瘁,贪得无厌地待在他们中间,确实扫他们的兴。只要他们嘴里漏出一句机警的话,一个风趣的比喻,或者一些俏皮的言语,我便像狗抢骨头似的扑上去。我不敢信任自己的记忆力,只得偷偷转过身去,可耻地把它记在那本须臾不离的小本子上,或者写在上过浆的硬衬衫袖管上,准备来日应用。

我的朋友们都以怜悯和惊讶的眼光看待我。我已经判若两人。以前我向他们提供了消遣和欢乐,如今我却在剥削他们。我再也没有笑话供他们逗乐了。笑话太宝贵,我可不能奉送我的谋生之道。

我成了寓言中的可悲的狐狸,老是夸奖我的朋友们——乌鸦——的歌唱,指望他们嘴里能掉下我觊觎的诙谐的碎屑。

几乎所有的人都开始回避我。我甚至忘了怎么微笑,即使听到了我所要窃为己有的话,也不报之一笑。

我收罗材料时,没有一个人、一个地点、一段时间或者一个题目能够逃过。甚至在教堂里,我那堕落的想象也在庄严的过道和廊柱之间追索猎物。

牧师一念长韵颂诗的时候,我立即想道:

---

① 莫洛克是古代腓尼基人信奉的火神,以儿童作为献祭品。约拿是希伯来的带来厄运的预言者。

"颂诗——讼师——包打官司——长韵——长赢——少输多赢。"

说教通过我思想的筛子，只要我能发现一句妙语或者俏皮话，牧师的告诫就全不在意地漏了过去。合唱队的庄严的赞美诗也成了我思绪的伴奏，因为我念念不忘的只是怎么把古老的滑稽加以新的变奏，正如把高音变为低音，低音变为中音一样。

我自己的家庭也成了狩猎场。我妻子非常温柔、坦率、富于同情心，容易激动。她的谈话曾是我的乐趣，她的思想是永不枯竭的愉快的源泉。现在我利用了她。她蕴藏着女人特有的可笑而又可爱的矛盾想法。

这些浑朴和幽默的珍宝本来只应被用来丰富神圣的家庭生活，我却把它公开出售了。我极其狡猾地怂恿她说话，她毫不起疑，把心底话全掏了出来。我把它放在无情的、平庸的、暴露无遗的印刷物中公之于世。

我一面吻她，一面又出卖了她，简直成了文学界的犹大。为了几枚银元，我把她可爱的坦率套上无聊的裙裤，让它们在市场上跳舞。

亲爱的路易莎！晚上我像残忍的狼窥视着柔荏的羔羊那样，倾听着她喃喃的梦话，希望替我明天的苦工找些启发。不过更糟的事还在后面。

老天哪！下一步，我的长牙咬进了我孩子的稚气语言的颈脖。

盖伊和维奥拉是两个幼稚可爱的思想和语言的源泉。我发现这一类幽默的销路很好，便向一家杂志提供一栏"儿时记趣"。我像印第安人偷袭羚羊似的偷偷地接近他们。我躲在沙发或门背后，或者趴在园子里的树丛中间，窃听他们玩耍嬉笑。我成了一个彻头彻尾的无情贪汉。

有一次，我已经山穷水尽，而我的稿件必须在下一班邮件中发出，我便躲在园子里一堆落叶底下，我知道他们会到那儿去玩。我不相信盖伊会发觉我躲藏的地点，即使发觉了，我也不愿意责怪他在那堆枯叶上放了一把火，毁了我一套新衣服，并且几乎送了我的老命。

我自己的孩子开始像躲避瘟神似的躲着我。当我像可怕的食尸鬼那样向他们掩去时，我总是听到他们说："爸爸来啦。"他们马上收起玩具，躲到比较安全的地方去。我成了多么可悲的角色！

我的收入日渐丰厚。不到一年，我攒下了一千块钱，我们生活得很舒服。

可是这花了多么大的代价！我没有朋友，没有消遣，没有人生的乐趣。我的家庭幸福也被断送了。我像是一只蜜蜂，贪婪地吮吸着生命最美好的花朵，而生命之花却畏惧和回避我的螯刺。

一天，有人愉快而友好地笑着向我打招呼。我已经好几个月没有遇到这类事了。那天我从彼得·赫弗尔鲍尔殡仪馆走过。彼得站在门里，向我招呼。我感到

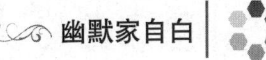

幽默家自白

一阵奇特的难过，站停了。他请我进去。

那天阴冷多雨。我们走进后屋，那里一个小炉子生着火。有顾客来了，彼得让我独自待了会儿。我立刻产生了一种新的感觉——一种宁谧与满足的美妙感觉。我向四周打量一下那一排排闪闪发亮的黑黄檀木棺材、黑棺衣、棺材架、灵车的掸子、灵幡以及这一门庄重行业的一切配备。这里的气氛是和平、整饬、沉寂的，蕴含着庄严肃穆的思想。这里处在生命的边缘，是一个永恒的安静所笼罩的隐蔽场所。

我一走进这里，尘世的愚蠢便在门口和我分了手。在这个阴沉庄严的环境中，我没有兴趣去思索幽默的东西。我的心灵仿佛舒服地躺在一张铺着幽思的卧榻上。

一刻钟之前，我是一个众叛亲离的幽默家。现在我是一个怡然自得的哲学家。我找到了一个避难所，可以逃避幽默，不必绞尽脑汁去搜寻一句嘲弄的笑话，不必斯文扫地博人一粲，也不必费尽周折去找惊人妙语了。

以前我和赫弗尔鲍尔不是很熟悉。他回来时，我让他先说话，唯恐他的谈吐同这个地方的挽歌般美妙的和谐不相称。

可是，不。他绝没有破坏这种和谐。我宽慰地长叹了一口气。我生平从不知道有谁的谈吐像彼得那样平淡得出奇了。同他相比，连死海都可以算是喷泉了。没有一丝风趣的火花或闪光来损害他的语言。他嘴里吐出的字句像空气那般平凡，像黑莓那般丰富，像股票行情自动收录器吐出的、一星期之前的行情纸条那样不引人注意。我激动得微微颤抖，拿我最得意的笑话试了他一下。它无声无息地弹了回来，锋芒全失。我从那时开始就喜欢这个人。

每星期我总有两三个晚上遛到赫弗尔鲍尔那里去，沉湎在他的后房里。那成了我唯一的乐趣。我开始早些起身，快快赶完工作，以便在我的安息所里多消磨一些时间。在任何别的地方，我没法抛弃从周围环境勒索幽默的习惯。彼得的谈话却不同，任凭我拼命围攻，也打不开一个缺口。

在这种影响之下，我的精神开始好转。每个人都需要一点儿消遣来解除工作的疲劳。如今我在街上遇见以前的朋友时，竟然对他们笑笑，或者说一句愉快的话，使他们大为惊异；有时我竟然心情舒畅地同我家里人开开玩笑，使他们目瞪口呆。

我被幽默的恶魔折磨得太久，以致现在像小学生那样迷恋休息日的时间。

我的工作却受到了影响。对我来说，工作已不是从前那种痛苦和沉重的负担。我常常在工作期间吹吹口哨，思绪比以前酣畅多了。原因是我想早早结束工作，像酒鬼去酒店那样，急于到对我有益的隐蔽所去。

我的妻子心事重重，猜不透我下午去哪儿消磨时光。我认为最好不要告诉她；女人可不理解这一类事情。可怜的女人！——有一次她确实受了惊。

一天，我把一个银的棺材把手和一个蓬松的灵车掸子带回家，打算当做镇纸和鸡毛掸子。

我很喜欢把它们放在桌上，联想到赫弗尔鲍尔铺子里可爱的后房。但是被路易莎看到了。她怕得尖叫起来。我不得不胡乱找些借口安慰她。但是我从她的眼神里看出她并没有消除成见。我只得赶快把这两件东西撤掉。

有一次，彼得·赫弗尔鲍尔向我提出一个建议，使我喜出望外。他以一贯的踏实平易的态度把他的账册拿给我看，向我解释说，他的收益和事业发展得很快。他打算找一个愿意投资的股东。在他认识的人中间，他觉得我最合乎理想。那天下午我和彼得分手时，彼得已经拿到了我存在银行的一千元支票，我成了他的殡仪馆的股东。

我得意忘形地回到家里，同时也有一点顾虑。我不敢把这件事告诉我妻子。但是心里说不出的高兴，因为我可以放弃幽默创作，再度享受生活的苹果，而不必把它榨得稀烂，从中挤出几滴博人一笑的苹果汁——那将是何等的快慰！

晚饭时，路易莎把我不在家时收到的几封信交给我。好几封是退稿信。自从我经常去赫弗尔鲍尔那里以后，我的退稿信多得简直吓人。最近我写笑话和文章的速度非常快，文思也非常敏捷。以前我却像砌砖那样迟钝而痛苦地慢慢拼凑。

其中一封是与我订有长期合同的周刊的编辑寄来的，目前我们家的主要收入还是那家周刊的稿酬。我先拆开那封信，内容是这样的：

敬启者：

我社与您签订的年度合同已于本月满期。我们认为有必要奉告，明年不再准备与您续订，深感抱歉。您以前的幽默风格颇使我们满意，并受到广大读者欢迎。但最近两月以来，我们认为尊稿质量有显著下降。您以前的作品表现了左右逢源、驰骋自如的诙谐与风趣，最近却显得苦苦构思，穷于应付，有捉襟见肘，难以卒读之感。

我们再次表示歉意，并通知您今后不拟接受尊稿，诸希见谅。

编者谨启

我把这封信递给我的妻子。她看了之后，脸拉得特别长，眼睛含着泪水。

"卑鄙的家伙！"她愤愤地嚷道。"我敢说你写的东西同过去一般好。并且你花的时间连过去的一半都不到。"那当儿，我猜测路易莎想到了以后不再寄来的支票。"哦,约翰,"她带着哭音说,"现在你打算怎么办呢?"

我没有回答,却站了起来,绕着饭桌跳起波尔卡舞步。我肯定路易莎认为这个不幸的消息把我逼疯了;我觉得孩子们却希望我疯,因为他们拉拉扯扯地跟在我背后,学着我的步子。如今我又像是他们往日的游伴了。

"今晚我们去看戏!"我嚷道,"一定去。看完戏大家再到皇家饭店大吃一顿。伦普蒂——迪德尔——迪——迪——迪——登!"

于是我说明高兴的原因,宣布我已经是一家发达的殡仪馆的合伙股东。

我妻子手里拿着编者的那封信,当然不能说我干得不对,也提不出反对的理由,除了表示女人没有能力欣赏彼得·赫弗——不,现在是赫弗尔鲍尔股份公司啦——殡仪馆后面的那个小房间是多么美妙的地方。

作为结尾,我再补充一点。今天在我们的镇子里,你再也找不到比我更受欢迎,更快活,笑话比我更多的人。我的笑话再度到处传播,被人引用;我再度津津有味地听着我妻子推心置腹的絮絮细语而不存图利之心;盖伊和维奥拉在我膝前戏耍,散播着稚气幽默的珍宝,再也不怕我拿着一本小册子,像恶鬼似的盯在他们背后了。

我们的生意非常发达。我记账,照看店务,彼得负责外勤。他说我的轻松活泼足以使任何葬礼变成一个爱尔兰式的追悼宴席。

人生的波澜

治安官①贝纳加·威特普坐在办公室门口,抽着接骨木烟斗。坎伯兰山脉高耸入云,在午后的雾霭中呈现一片灰蒙蒙的蓝色。一只花斑母鸡高视阔步地走在"居留地"的大街上,愣愣磕磕地叫个不停。

路那头传来了车轴的吱呀声,升腾起一蓬沙尘,接着出现了一辆牛车,车上坐着兰西·比尔布罗和他的老婆。牛车来到治安官的门前停住,两人爬下车来。兰西是个六英尺高的瘦长汉子,长着淡褐色的皮肤和黄色的头发。山区的冷峻气氛像一副甲胄似的罩着他全身。女人穿花布衣服,瘦削的身段,拢上来的头发,显出莫名的不如意的神情。这一切都透露出一丝对枉度青春的抗议。

治安官为了保持尊严,把双脚伸进鞋子,然后挪一下地方,让他们进屋。

"我们俩,"女人说,声音仿佛寒风扫过松林,"要离婚。"她瞅了兰西一

---

① 治安官:英美的一种地方官员,兼理司法事务;乡村的琐细案件由其判决执行,并有权颁发证书等。

眼，看他是不是认为她对他俩的事情所做的陈述有破绽、含糊、规避、不公或者偏袒自己的地方。

"离婚。"兰西严肃地点点头，重复说。"我们俩怎么也不对劲儿。住在山里，即使夫妻和和好好，已经够寂寞的，何况她在家里不是像野猫似的气势汹汹，便是像号枭似的阴阴沉沉，男人凭什么要跟她一起过日子。"

"那是什么话，他自己是个没出息的害人虫，"女人并不十分激动地说，"老是跟那些无赖和贩私酒的鬼混，喝了玉米烧酒就像挺尸那样躺着，还养了一群讨厌的饿狗害得人家来喂！"

"说真的，她老是摔锅盖，"兰西还嘴说，"把滚水泼在坎伯兰最好的浣熊猎狗身上，不肯做饭给男人吃，深更半夜还骂骂咧咧地唠叨个没完，不让人睡觉。"

"再说，他老是抗缴税款，在山里得了个二流子的名声，晚上有谁还能好好睡觉？"

治安官从容不迫地着手执行任务。他把唯一的椅子和一条木凳让给了诉讼人，然后打开桌上的法令全书，细查索引。没多久，他擦擦眼镜，把墨水瓶挪动了一下。

"法律和法令，"他开口说，"就本庭的权限而言，并没有提到离婚的问题。但是根据公平合理的原则，根据宪法和金篇，来而不往不是生意经。如果治安官有权替人证婚，那么很清楚，他也有权办理离婚事宜。本庭可以发给离婚证书，并由最高法院认可它的效力。"

兰西·比尔布罗从裤袋里掏出一只小小的烟草袋。他在桌上抖出一张五元的钞票。"这是卖了一张熊皮和两张狐皮换来的，"他声明说，"我们的钱全在这儿了。"

"本庭办理一件离婚案的费用，"治安官说，"是五块钱。"他装出满不在乎的样子，把那张票子塞进粗呢坎肩的口袋里。他费了很大劲儿，花了不少心思，才把证书写在半张大页纸上，然后在另外半张上照抄一遍。兰西·比尔布罗和他的老婆静听他念那份将给他们以自由的文件：

> 为周知事，兰西·比尔布罗及其妻子阿里艾拉·比尔布罗今日亲来本官面前议定，不论将来如何，双方此后不再敬爱服从。成立协议时，当事人神志清晰，身体健全。按照本州治安和法律的尊严，特发给此离婚书为凭。今后各不相涉，上帝鉴诸。
>
> 田纳西州，比德蒙特县
> 治安官贝纳加·威特普

治安官正要把一份证书递给兰西。阿里艾拉忽然出声阻止。两个男人都朝她看看。他们那男性的迟钝碰到了女人突如其来的、出乎意外的变化。

"法官，你先别给他那张纸。事情并没有完全了结。我先得要求我的权利。我得要求赡养费。男人离掉老婆，她的生活费用分文不给可不行。我打算到猪背山我兄弟埃德家去。我得有一双鞋子，一些鼻烟和别的东西。兰西既然有钱离婚，就得给我赡养费。"

兰西·比尔布罗被弄得目瞪口呆。以前从没有提过赡养费。女人总是那样节外生枝，提出意想不到的问题来。

治安官贝纳加·威特普觉得这个问题需要司法裁决。法令全书上没有关于赡养费的明文规定。那女人确是打着赤脚。去猪背山的路径不但峻峭，而且满是石子。

"阿里艾拉·比尔布罗，"他打着官腔问道，"在本案中，你认为要多少赡养费才合适？"

"我认为，"她回答说，"买鞋等等，就说是五块钱吧。作为赡养费这不算多，但我合计可以维持我到埃德兄弟那儿去了。"

"数目不能说不合理，"治安官说，"兰西·比尔布罗，在发给离婚判决书之前，本庭叫你付给原告五块钱。"

"我再没有钱了。"兰西沉郁地低声说。"我把所有的都付给你了。"

"你如果不付，"治安官从他眼镜上方严肃地望着说，"就犯了藐视法庭罪。"

"我想如果让我延迟到明天，"丈夫请求说，"我或许能想办法拼凑起来。我从没有料到要什么赡养费。"

"本案暂时休庭，明天继续，"贝纳加·威特普说，"你们两人明天到庭听候宣判。那时再发给离婚判决书。"他在门口坐下来，开始解鞋带。

"我们还是去齐亚大叔那儿过夜。"兰西决定说。他爬上牛车，阿里艾拉从另一边爬了上去。缰绳一拍，那头小红牛慢吞吞地转了一个向，牛车在轮底扬起的尘土中爬走了。

治安官贝纳加·威特普继续抽他的接骨木烟斗。将近傍晚时，他收到了他订的周报，就一直看到暮色使字迹模糊的时候。于是他燃起桌上的牛油蜡烛，又看到月亮升起来，算来该是吃晚饭的时候了。他住在山坡上一棵剥皮白杨附近的双间木屋里。他回家吃晚饭要穿过一条有月桂树丛遮掩的小岔道。一个黑黢黢的人形从月桂树丛中跨出来，用来福枪对着治安官的胸膛。那个人帽子拉得很低，脸上也用什么东西遮住一大半。

"我要你的钱，"那个人说，"别废话。我神经紧张。我的手指在扳机上哆嗦呢。"

"我只有五——五——五块钱。"治安官一面说，一面把钱从坎肩里掏出来。

"卷起来，"对方发出命令，"把钱塞进枪口。"

票子又新又脆。虽然手指有些颤抖，不灵活，把它卷起来并不怎么困难，只是塞进枪口的时候不太顺当。

"现在你可以走啦。"对方说。

治安官不敢逗留，赶快跑开。

第二天，那头小红牛拖着车子又来到办公室门口。治安官贝纳加·威特普早已穿好了鞋子，因为他知道有人要来。兰西·比尔布罗当着治安官的面把一张五元钞票交给他的老婆。治安官虎视眈眈地盯着那张票子。它似乎曾经卷过、塞进过枪口，因为还有卷曲的痕迹。但是治安官忍住了没有做声。别的钞票很可能也会卷曲的。他把离婚判决书分发给两人。两人都尴尬地默默站着，慢吞吞地折起那张自由的保证书。女人竭力抑制着感情，怯生生地瞥了兰西一眼。

"我想你要赶着牛车回家去了。"她说。"木架上的铁皮盒子里有面包。我把咸肉搁在锅里，免得狗偷吃。今晚别忘了给钟上弦。"

"你要去你的埃德兄弟那儿吗？"兰西装出漫不经心的神气问道。

"我打算在天黑之前赶到那里。我不指望他们会忙着欢迎我。可是我没有别的地方可以投靠了。路很长，我想我还是趁早走吧。那么我就说再会了，兰西——要是你也愿意说的话。"

"如果谁连再会都不肯说，那简直成了畜生，"兰西带着十分委屈的声调说，"除非你急于上路，不愿意让我说。"

阿里艾拉默不作声。她把那张五元钞票和她的一份判决书小心折好放进怀里。贝纳加·威特普伤心的眼光从眼镜后面望着那五块钱到别人的怀里去了。

他想说的话（他的思潮奔腾着）只有两种，一种使他的地位和一大群富于同情心的世人并列，另一种使他和一小群大金融家并列。

"今晚老屋里一定很寂寞，兰西。"她说。

兰西·比尔布罗凝望着坎伯兰山岭，在阳光下面，山岭现在成了一片蔚蓝。他没有看阿里艾拉。

"我也知道会寂寞的，"他说，"但是人家怒气冲冲，一定要离婚，你不可能留住人家呀。"

"要离婚的是别人。"阿里艾拉对着木凳子说。"何况人家又没有让我留下去。"

"没有人说过不让呀。"

"可是也没有人说过让呀。我想我现在还是动身到埃德兄弟那儿去吧。"

"没有人会给那只旧钟上弦。"

"要不要我搭车跟你一路回去,替你上弦,兰西?"

那个山民的面容绝不流露任何情感,可是他伸出一只大手抓住了阿里艾拉的褐色的小手。她的灵魂在冷淡的脸庞上透露了一下,顿时使它闪出了光辉。

"那些狗再不会给你添麻烦了。"兰西说。"我想以往我确实太没有出息,太不上进啦。那只钟还是由你去上弦吧,阿里艾拉。"

"我的心老是在那座木屋里,兰西,"她悄声说,"老是跟你在一起。我再也不发火了。我们动身吧,兰西,太阳落山前,我们可以赶回家。"

治安官贝纳加·威特普看他们走向门口,竟忘了他在场,便插嘴发话了。

"凭田纳西州的名义,"他说,"我不准你们两人藐视本州的法律和法令。本庭看到两个相亲相爱的人拨除了误会与不和谐的云雾,重归于好,不但非常满意,而且十分高兴。但是本庭有责任维护本州的道德和治安。本庭提醒你们,你们已经没有夫妇关系,你们经过正式判决离了婚,在这种情况下,你们不再享有婚姻状态下的一切权益了。"

阿里艾拉一把抓住兰西的胳膊。难道这些话是说,他们刚接受了生活的教训,她又得失去他吗?

"不过本庭,"治安官接着说,"可以解除离婚判决所造成的障碍。本庭可以立刻执行结婚的庄重仪式,把事情安排妥当,使双方如愿恢复那光明高尚的婚姻状态。执行这种仪式的手续费,以本案而论,一切包括在内,是五块钱。"

阿里艾拉从他的话里得到了一线希望。她的手飞快地伸进怀里。那张钞票像着陆的鸽子似的自在地飘到治安官的桌子上。当她和兰西手挽手站着,倾听那些使他们重新结合的词句时,她那疲黄的脸颊上有了血色。

兰西扶她上了车,自己也爬上去坐在她身旁。那头小红牛又转了一个向,他们紧握着手向山中进发了。

治安官贝纳加·威特普在门口坐下来,脱掉鞋子。他又一次伸手摸摸坎肩口袋里的钞票。他又一次抽起那只接骨木烟斗。那只花斑母鸡仍旧高视阔步地走在"居留地"上,愣愣磕磕地叫个不停。

心理分析与摩天大楼

如果你懂人生哲理,不妨做做这件事:爬上一座高楼的楼顶,俯瞰300英尺下你的同类,把他们看成小爬虫。他们像夏天池潭里的黑水虫一样,有爬的,有窄的，有打圆圈的，反正这帮没头脑的家伙在漫无目标地乱动。从他们的行动看，他们还没有蚂蚁聪明，因为蚂蚁走到哪儿都知道回家的路。蚂蚁是低等动物，但常常是它到了家舒舒服服，你却还没有归宿。

在高楼顶上的哲学家看来，人不过是只慢慢爬的可怜的小甲虫。无论是经纪人、诗人、百万富翁、擦皮鞋的、美女、瓦匠的副工、政治家，走在街上都成了小黑点，在只有你的大拇指宽的街上躲避着比它们大的黑点。

依此类推，只要是站在高处看，城市本身就变成了奇形怪状的建筑物和乱七八糟的线条莫名其妙的汇集；浩瀚的海洋只是养鸭子的池塘；甚至整个地球都会像一只打飞了的高尔夫球。生活的细节全部不复存在。哲学家凝视着头顶浩渺无垠的天空，听凭他的思想在这种新观点的指引下驰骋。他觉得他是永恒的后裔，时间的孩子。由于他与永恒一脉相承，那么宇宙也就属于他；想到将来他的同类能跨过神秘的空间之路，往来于星际之间，他不禁兴奋起来。他站立的这座高耸的钢筋铁骨大楼在地球上如同喜马拉雅山上的一小颗尘埃，而地球又不过是无数旋转的原子中的一个。他的头顶，也就是那些忙忙碌碌的黑爬虫居住的毫无价值的城市的上空，是清澈的、无边无际的宇宙，与宇宙比起来，黑爬虫的雄心、成就、胜利、爱，又算得了什么呢？

哲学家肯定会有这些想法。他们综合了世界所有哲学流派的精神实质，结尾恰如其分用了个问号，代表站在高处的深沉的思想家经过深思熟虑的思想。当哲学家乘电梯下来以后，他的眼界开阔了，心平静了，对宇宙起源的高见无与伦比。

然而，如果你刚好也名叫戴西，年方19，在八马路的一家糖果店工作，住在过道边一间又小又冷40平方英尺①的房间里，每星期挣6元钱，吃一毛钱一顿的中餐。早上6点半起床，干到晚上9点，从没研究过哲学，那么你站在摩天大楼顶上时，对事物也许会另有一种看法。

有两个人为不懂哲学的戴西害着相思病。一个是乔，他开了家店，这是在纽约最小的店，大约就公共建设公司的工具箱那么大，贴在商业区摩天大楼的一个拐角上，活像燕子窝。卖的货有水果、水果糖、报纸、歌曲集、香烟和正当令的柠檬水。到隆冬天寒地冻时，乔缩进店里，水果也搬了进去，这一来，店主、店主的货、一个醋瓶大小的火炉、一名顾客，便把整个店堂塞得满满的。

乔不是异国他乡人，而是个能干的美国青年，正加紧积钱，希望戴西将来能帮他花。他已三次向她求婚。

"戴西，我积了不少钱。你知道我有多想你。"这是他的爱情曲，"我的店

---

① 40平方英尺折合公制为3.7平方米。

算不上很大,不过呢……"

"嗯,还不大吗?"不懂哲学的人答道,"可是我听说沃纳梅克①还想叫你明年让点地盘给他的店。"

戴西一早一晚都经过乔的店的拐角。

每次她经过都要说:"你好,小老板。你店里的货好像又少了嘛!该是卖掉了一大包口香糖吧?"

乔每次总是不急不忙张开笑脸,答道:"我这店虽小,你进来没问题,戴西。什么时候只要你愿意,我连店带人都归你。你就不巴望早有这一天吗?"

"什么店!"戴西把鼻子翘上天,现出不屑的神气,"火柴盒子!你还说要我进来?哎哟,你非得扔掉100磅糖果我才进来站得了脚,乔。"

"扔就扔呗,我不在乎。"乔恭顺地答道。

戴西总是处在一个狭小的天地里。在糖果店里,她夹在柜台与货架间,只能侧着身子走路。自己住的房间要说有什么舒服,就是用不着开步。墙跟墙靠得太近,墙上的纸弄出的声音都会使房间变成一座通天塔②。她可以一只手点煤气,一只手关房门,同时眼睛欣赏镜子里的一头金发。乔的照片放在梳妆台上的描金镜框里,有时候她也会……不过每次她一看就会想起乔那间躲在高楼大厦角落上肥皂箱似的滑稽小铺子,扑哧一笑把感情就笑没了。

继乔之后几个月,又有一个人来追求戴西。这人寄居到戴西住的房子里,叫达布斯特,懂哲理。虽然年纪轻轻,却一望而知是个有学识的人。他的知识是从百科全书和实用手册上取来的,至于说智慧,他甚至还没沾上边。他知道,也会告诉你水是由什么构成的;豌豆炖牛肉有助增长肌肉;能背出《圣经》中最短的诗;能说出钉256块、接头处4寸宽的屋顶板需要多少磅钉;伊利诺伊斯州的卡纳基③有多少人口;斯宾诺莎④的理论;麦凯·通布利先生⑤客厅第二个当差的名字;胡瑟克隧道的长度;母鸡孵蛋的最佳时间;德里夫特至宾夕法尼亚州雷德班克弗尼斯铁路的邮政人员的工资;猫前腿有多少块骨头等等。

达布斯特有这些知识不吃亏。他知道的数据像芫荽菜的嫩尖,如果他认为你喜爱闲谈像喜爱酒宴,他就会给宴席配上这些嫩尖。另外他把这些数据也当

---

① 约翰·沃纳梅克(1838—1922年),美国大业主。
② 古巴比伦有一城叫巴布尔,其人本操同一语言,但因建一通天塔受到上帝责罚,各人操不同语言,塔也未建成。这一典故出自《圣经》。
③ 卡纳基是一个极小的地方。此处作者意图无非是说明达布斯特的知识偏而无实际意义。
④ 斯宾诺莎(1632—1677年),荷兰哲学家。
⑤ 麦凯·通布利未见经传,有可能并无其人,系作者的杜撰。

作餐桌上发起攻击的掩体。他会向你打排炮似的问起你一连串的数字。例如1.5英尺×5.75英寸的铁条的重量；明尼苏达州斯内灵堡的平均年降雨量。就趁你只有招架之功没有还手之力的时机，一叉子把盘子里最好吃的一块鸡肉叉到了手。

这一位手中有利器，而且还算英俊，头发油光，又正当年，看来只有个可怜巴巴小店的乔遇上了劲敌。乔还没有武器御敌，而且即使有，他的小店也没地方可放。

一个星期六下午4点左右光景，戴西和达布斯特双双到了乔的小小商店前。达布斯特戴着顶丝礼帽。戴西呢，戴西是个女人。那顶帽子是故意炫耀给乔看的，看过了才能再装进帽盒里。他们来表面上是为买一块菠萝口香糖。乔把口香糖递给了站在店外的这两人。他见到丝礼帽既没脸发白，也没腿发软。

戴西介绍过两位追求她的人认识后说："达布斯特先生带我到楼顶看风光。我还从没上过摩天大楼。我想楼顶上一定好玩极了。"

"哼！"乔说。

"站在高楼顶上不仅看得远，而且使人受益不浅。戴西小姐去一趟一定会玩得高兴。"达布斯特先生说。

"楼顶上跟这地方一样。那儿风大，戴西，你穿的衣服够吗？"乔问道。

戴西见他的眉毛皱了起来，羞涩地笑着说："那当然！我里面的衣服穿得多。乔，你活像装在箱子里的木乃伊。你刚才是多进了货吧？多进了一品脱花生还是一个苹果？你的货架满得都堆不下啦！"

戴西开过这个常开的玩笑后便咯咯笑起来，乔只好也跟着笑。

达布斯特说："这——这位先生的地盘跟这栋大楼比起来是小了点。我看大楼边这块地方大约有340英尺长，100英尺宽。按比例计算，你占的地方是半个比卢奇斯坦①，你旁边的大楼有美国落基山以东地区再加一个安大略省②和比利时那么大。"

"是这样吗，万事通？"乔坦然说，"你算数目真行呀！请问，如果你闭上嘴安分15/8秒，一头公驴能吃下多少平方磅打成包的干草呢？"

几分钟以后，戴西和达布斯特先生走进电梯，上了摩天大楼的顶楼。然后再上一段短而陡的楼梯，到了屋顶。达布斯特牵着她的手走到栏杆边，让她看地面人街上移动的小黑点。

"那是什么呀？"她问道，一边直发抖。她以往从没有到过这么高的地方。

---

① 未查到比卢奇斯坦在世界何地，很可能也是作者杜撰。

② 安大略省位于加拿大，面积为94533平方千米。

这一来达布斯特就得充当高楼顶上的哲学家这个角色,启发她的思想,让她认识宇宙的广阔。

"两条腿的动物!"他严肃地说,"你想想看,仅仅到了340英尺的高空,它们就变得这样小,只不过是漫无目的来来去去乱爬的虫。"

戴西突然叫了起来:"哎呀,不是什么虫,是人!我看到了一辆汽车。哎呀,天啦!我们就站得这么高?"

"你到这儿来。"达布斯特说。

他让她往远处看,一座大城市变成了一片排列整齐的玩具。尽管时间尚早,因为是冬天的下午,有的灯已经亮了起来,这儿一盏,那儿一盏,像是星星。南面与东南的海湾和海与天空混为了一体。

"我不爱看。我们下去吧。"戴西说,蓝眼睛里流露出不安的神情。

然而哲学家哪里会放过这个机会?他要让她看到他思想的博大,对无限的宇宙的了解,以及对数字的惊人记忆力,这样,她就不屑于去纽约最小的货摊上买口香糖。于是他滔滔不绝地谈论着人类的渺小,感慨就是站在这么一点点高的地方往下看,人竟然变得只有一块一元银币的1/30大小,所以,人们应该信奉恒量系之说和艾皮科蒂塔①的箴言,随遇而安。

"你不该把我带来。照我看,到了这么高的地方,人看起来像跳蚤,我心里直害怕。我看到的有个人也许就是乔。得了吧,吉米!我们还不如去新泽西州!得啦,我在这儿害怕!"

哲学家不知趣地笑着。

"整个地球在宇宙里也只有一颗麦粒大。你看天上吧。"他说。

戴西往天上细看着。短短的一天即将过去,天上的星星越来越多。

达布斯特说:"那儿的一颗星是金星,就是俗称的'晚星',离太阳6600万英里。"

"胡说!"戴西说着激动起来,"你把我当什么人啦!我们店里的苏齐·普赖斯,她哥哥给了她一张到旧金山的票,才3000英里。"

哲学家不以为然地笑着。

"我们这个世界距太阳9100万英里。比太阳还远21101313倍的一等星恒星有18个。如果其中一个熄灭,3年内我们还能看到它的光。六等星的恒星有6000个,它们的光到达地球需要36年。用18英尺的望远镜,我们能看到4300万颗星,

---

① 艾皮科蒂塔(60—120年),希腊斯多亚派哲学家。该派哲学认为美德乃善之最高形式,同时人不应为情感或生活中所发生之事物所动。

包括十三等星的星,它们的光到地球需要 2700 年。这些星的每一颗……"

"你在乱说一气!"戴西气得大叫着,"你就想吓唬我。你叫我害怕了,我要下去!"

她直跺脚。

"牧夫座中的一等恒星……"哲学家又开口了,语气温和。但他没再往下说,因为广阔的天空中出现了奇观,他不是想借机发一番感慨,而是想根据记忆进行解释。在讴歌大自然的人眼中,天空的星星发出柔光是为了地上散步的幸福情侣。如果你在 9 月的某个夜晚挽着你心爱的人,你会觉得踮起脚能伸手摸得着星星,哪儿会想到星光到达地球要走上 3 年呢!

原来,是西边天上突然出现一颗流星,把摩天大楼顶照得如同白昼,在空中划出一道闪光的弧,直伸到东边。流星一边飞一边嘶嘶响,戴西吓得尖叫起来。

"带我下去!"她扯开嗓门直嚷,"你——你满脑子就只有算术!"

达布斯特带她到电梯边,进了电梯间,她横眉瞪眼,电梯缓缓下降时她还在打哆嗦。

一出摩天大楼的旋转门,哲学家就不见戴西了。她跑得无影无踪,他站着发愣,纵有满脑子数据也无济于事。

乔这时没生意,正闲着。他挤在满店的货物中好不容易才转过身点着根烟,把只冰冷的脚踏到微微发热的炉子上。突然门开了,戴西闯了进来,又笑又叫,把水果、糖果撞得满地都是。她一头扑进乔的怀里。

"哟,乔,我刚从摩天大楼顶上下来。还是你这里暖和,舒服,像个家!乔,你什么时候叫我来,我就来。"

看 病

于是我去求医了[①]。

"你多长时间滴酒没沾了?"他问。

我把头偏到一旁,答道:"嗯,很久了。"

这位医生年轻,少则 20 岁,多则 40 岁,戴副淡紫色眼镜,长得很像拿破仑。我非常喜欢他。

"我这就让你看看酒精对你的血液循环的影响。"他说。我记得他说的是血

---

① 此处原文即如此。

液循环，其实他很可能说的是"做广告"。

他挽起我的衣袖，让我露出左下臂。又拿出一瓶酒，叫我喝下去。这时他更像拿破仑了，他越像我越喜欢。

然后他把我的上臂绑紧，用手指按住脉搏，另一只手捏一只橡皮球，橡皮球连着个竖起的表，这表像温度计。水银上升又落下，似乎并没在什么地方停，但医生说读数是237与165。反正，是诸如此类的数字。

"现在你看到了酒精对血压的影响。"他说。

"这真有趣，"我答道，"可是做一次够吗？来吧，试试另一只手吧。"然而，白想！

接着他紧抓着我的手。我以为得了绝症，他要向我道别。然而他不过只是要把一根针扎进我的指尖，取出一滴血与他贴在一张卡片上的许多五角扑克筹码进行对比。

"这是血红素试验。你的血的颜色不对。"他解释道。

"我知道我的血是蓝色的①，可是我们这个国家就是混血人种的国家。我的有些祖先是骑士，可是他们又与楠塔基特岛的一些人关系太密切②，所以……"

"我是说你的血的红色太淡。"医生说。

"原来你是比较颜色深浅，不是讲血统纯不纯。"我说。

医生又狠狠敲打我的胸部，这使我想起拿破仑和纳尔逊之间的一场鏖战③，但我说不上主要想起什么。敲打过后他的神情变得严肃，说出了一大串病，但其中绝大部分不是这个"炎"，就是那个"炎"。我一听，马上掏出了15元。

"请问其中会不会有一种或几种致命的病呢？"我问道。我想，既然事情与我有关，我问一问也是理所当然。

"所有病都可致命。"他乐呵呵答道，"不过呢，病情是可以控制的。只要注意保养，坚持对症下药，你可以活到85至90岁。"

他说完我盘算起医生会要多少钱来，心想："85元肯定会够。"我又拿出了10元。

医生又多了份热心，说道："首先，你应该找一家疗养院全休一段时间，让你的神经得到放松。我可以亲自陪你跑一趟，帮你挑选一所合适的疗养院。"

---

① 此处作者用了个双关语。英语中 blue blood 意为"贵族血统"，但 blue 一词的最基本含义是"蓝色的"。
② 楠塔基特岛属马萨诸塞州，在大西洋中，面积57平方英里，夏季避暑胜地。
③ 纳尔逊（1758—1805年），英国海军上将，特拉法尔加海战中因战胜拿破仑而享盛誉，并在该战殉职。在这里作者做了极度夸张，把医生与指挥战争的拿破仑和纳尔逊相比，把检查病人胸部说成打一场恶战。

后来他把我送到了卡茨基尔的一所疯人院。疯人院在一座光山上，常光临的只有世上不常见的常客。举目一望，看到的是大石头、小石头，一片片积雪，零零落落几棵松树。接待我的那年轻医生再好不过。他给我酒喝时没有把我的手臂绑紧。当时正是吃午饭的时候，我们被请去吃饭。餐厅的小桌边坐了20来人，年轻医生走到我们桌边说："这里有个习惯，来的人都不把自己当病人，而只认为是疲劳过度，需要休息。再小的病闲谈时都不提。"医生叫一位服务人员把我的一份中餐端了上来，喂狗的面包[①]，加磷酸甘油酸的莱姆酱，溴塞尔泽薄饼，以及番木鳖树种汤。这些东西一端来，顿时响起一片声音，很像风突然吹过松树的响动，其实是餐厅的座上客都开了口，说："神经衰弱！"但有一个鼻子灵敏的人例外，我清清楚楚听见他说："慢性酒精中毒。"我现在还希望能再见到这人。医生转身走了。

吃过饭后一小时左右，医生把我们带进一个车间，离住地50来码远。已把其他客带去那里的是医生的助手。这人穿件蓝色毛线衫，个儿特别高，你都看不到他的脸，不过这样的人包装公司倒很愿意录用。

医生说："我们这里的客人用从事体力劳动的办法消除以往的精神紧张，体力劳动其实是消遣。"

这里有车床，木工的器械，做泥模型的工具，纺车，织机，磨粉机，大鼓，蜡笔画用具，铁匠的炉子，反正，神经有毛病的客人出了钱进第一流疗养院，爱干什么这儿就有什么，各种东西一应俱全。

医生轻声说道："在角落里做泥饼的那位就是长篇小说《为什么爱情会爱》的作者露露·露林顿。她完成那部大作后，现在做泥饼只是为了让脑子得到休息。"

那部书我见过。"为什么她不另写一部小说让脑子得到休息呢？"我问道。

这一问你能看出来，我的情况没有他们估计的那么严重。

医生又说："把水往漏斗里倒的那一位是华尔街的经纪人，因操劳过度而得病。"

我扣上了衣服。

另外他还指给我看了一些人。有几位在玩诺亚方舟的是建筑师，看达尔文的《进化论》的是牧师，锯木头的是律师，与穿蓝毛线衫的医生助手谈易卜生[②]的是已心力交瘁的女社交家，一位躺在地上睡大觉的是百万富翁，拖着辆红色小马

---

① 指专供狗吃的面包。

② 易卜生（1828—1906年），挪威戏剧家及诗人。

车满屋转的是位杰出的画家。

"你看来身体结实，"给我治病的医生说，"使你脑子放松的最好办法是往山下扔小块的石头，扔下去又捡上来。"

我拔腿跑出100多码，医生才抓住我。

"你这是怎么啦？"他问。

"还怎么啦？"我说，"可惜这儿没飞机，我只好高一脚低一脚在山路上跑。跑到山下的车站，一见到运煤的快车我就跳上车回城里去。"

"嗯，也许你说得对，这地方对你来说根本就不合适。"他道，"可是你需要的是休息，充分休息，加上运动。"

当天晚上，我走进了市内一家旅社，对服务员说："我需要的是充分休息加上运动。你能不能给我安排一个房间，里面有张活动床，派人在我休息时轮班把床摇上摇下？"

服务员抹去指甲上的一点脏东西，转过头对坐在门厅里戴白帽子的高个子使了个眼色。高个子走过来，彬彬有礼地问我从西边门进来时有没有看到小树丛。我没有看到。于是他指给我看，然后上下打量了我一番。

"你原来有过病？"他依然和颜悦色，"不过我猜你现在还正常。老兄，去找医生瞧瞧吧。"

过一个星期，医生又量了我的血压，但是没有叫我先喝酒。他的模样在我看来不太像拿破仑了。然而他的袜子带褐色，我不大喜爱。

"你需要的是海边的空气和有人陪伴。"他下结论说。

"难道美人鱼……"我刚开口他就拿出医生的派头打断了我的话。

"我亲自去一趟，"他说，"带你到长岛附近的博奈宾馆，让你恢复健康。那地方安静舒适，你能很快复原。"

博奈宾馆名不虚传，是一座有900间客房的现代化大宾馆，在一个海岛上。凡是衣冠不整的人进餐厅，就会被推到旁边一个小房间里，叫你只吃泥龟和香槟。海湾是有游艇的富翁理想的休憩场所。我们到达那天，"海盗"号船停泊在那里。我看到摩根先生①站在甲板上边吃干酪夹肉面包边眼巴巴望着宾馆。然而，住这地方又划得来，谁都可以不破钞。离店时你只要把旅行包丢下别带，偷上一条小船，趁夜色划过海就行。

在这地方住了一天后，我在服务台拿了一叠电报单，给所有的朋友拍电报催

---

① 摩根（1837—1913年），美国财政家。作者在这里也是用的夸张手法，说那家宾馆连摩根都只能望馆兴叹。

还借款。医生带我在高尔夫球场打了槌球,然后在草地上睡了一觉。

回城以后他好像突然想起了一件事,问道:"你现在觉得怎样?"

"好多了。"我答道。

现在要找的是顾问医生①。顾问医生有所不同。他不知道自己能否得到钱,所以你就面临两种可能,一种是他特别精心,另一种是无所用心。给我看病的医生带我去找了一位顾问医生。他不善猜,对我特别仔细。我非常喜欢他。他叫我做了协调性动作。

"你的后脑勺痛吗?"他问。我告诉他说不痛。

"闭上眼睛,双脚并拢,往后跳,看你能跳多远。"他说。

闭上眼睛往后跳是我的拿手好戏,于是我照办了。谁知浴室的门开着,只离3英尺远,一跳,头碰上了门的边。医生表示抱歉。他没注意到门开着。他把门关上了。

"你再用左手的食指摸鼻子。"他说。

"在哪里呢?"我问。

"在你脸上。"他答道。

"我是问我右手的食指。"我解释道。

"噢,对不起。"他说。他又打开了浴室的门,我让门夹着的手指这才松了开来。做完用手指摸鼻子这件大事后,我说:

"大夫,我有病就不瞒你吧,其实我的后脑勺好像有点儿发痛。"

他并没有理睬我说的这个症状,拿出最新式的听筒细细检查我的心脏。我觉得很失望。他说:"现在你学马跑,在屋子里跑5分钟。"

我一本正经地模仿着被取消资格牵出赛马场的名贵马。跑完了,他却一个钱也不丢,反而听我的心跳。

"大夫,我家从没出过患马鼻疽②的人。"我说。

顾问医生伸出食指,放在离我的鼻子不到3英寸远处,吩咐道:"看我的手指。"

"你有没有尝试过……"我开口说,但他还是把检查抓紧进行了下去。

"现在看远处的海湾。看手指。看海。看手指。看手指。看海。看海。看手指。看海。"这样左看右看,看了近3分钟。

他解释说这是检查脑的反应速度。我觉得这不难,一次也没把他的手指当成海湾。要是他说:"睁大眼,好像什么心事也没有,向外看,也就是平视,看地

---

① 顾问医生不直接替病人治病,但为替病人治病的医生提供他对病情及治疗的意见。

② 马鼻疽是马的一种疾病,人并不会感染。医生先叫病人指鼻子,然后学马跑,所以病人才说出这句幽默话来。

平线方向，可以说还包括下面水在流动的海口。现在收回来，就是把你的目光转到近边，转到我举起的手指上。"要是他这么发号施令，那么我敢打赌，检查合格的只有亨利·詹姆斯一人①。

再问过我是不是有哪位叔祖伯祖脊椎骨弯曲，或者哪位堂兄表兄之类亲属踝骨肿大，两位医生躲进浴室，坐在浴缸边上磋商。我吃了个苹果，又一会儿注视手指，一会儿注视海湾。

医生出浴室时沉着脸。可以说，脸像墓碑一样叫人望而生畏。他们开了张食谱，叫我得严格按食谱进食。上面列出的我该吃的东西，我全听说过，唯一例外是蜗牛。而且，如果蜗牛不是追上了我，还先咬我一口，我也从来不吃它们的。

"这食谱你必须严格遵守。"两位医生说。

"我倒愿意遵守，可就是这上面的东西还不知能不能弄到1/10。"我答道。

他们接着又说："除此之外最重要的是新鲜空气和户外活动。这里还有一张处方，你服了处方上开的药会大有好处。"

然后我们各自干各自的事。他们拿起了他们的帽子，我走我的路。

我到一家药店，拿出了处方。

"一盎司装瓶，每瓶2元8角7。"药剂师说。

"请你给我一节包装绳。"我说。

我把处方钻了个洞，绳穿进洞里，挂到脖子上，再塞进衣服里。我们大家多多少少信点儿迷信，我迷信的是护身符。

当然，我没有检查出病，可是又病得厉害，不能工作，睡不着，吃不下。没有人可怜我，除非是我4天不刮脸。就是4天不刮，还是会有人说："老兄，你结实得像头牛，连牛毛都长出来了呀？"

有一说倒提醒了我，我不能缺少新鲜空气和户外活动。于是我到了南方约翰的家。根据一位教士的考证，约翰是我的远亲。这位教士可不寻常，他站在一圈菊花中，手拿一本小书时，曾有10万双眼注视着他。约翰有所房子在乡下，离派思维尔7英里。房子地势高，处在蓝岭，又有气派，你不容置疑。约翰像一眼能看透的云母片一样，为人坦诚，云母是比黄金更宝贵的。

他到派恩维尔来接我，我们乘电车到他的家②。他家住房很大，但没有邻居，四周山连山。我们在他家的专用小车站下车，约翰的孩子和阿默丽莉丝到车站热

---

① 亨利·詹姆斯（1843—1916年），美国很有影响的小说家，晚年入英籍。其小说注重心理描写，语言较为晦涩，也就较难为一般读者欣赏。但作者利用病人之口把亨利·詹姆斯的风格加以了夸张。

② 电车只有城市才有，而且欧·亨利时代的电车是有轨电车。说乘电车到他家是疯人的呓语。本文这类话还很多。

情的接我们。阿默丽莉丝看着我时的神态似乎是有些为我担忧。

还没走到他房子，一只野兔窜了出来往山上跑。我放下手提箱快步追了过去。才追了20码，野兔眼见跑得无影无踪。我坐到草地上伤心地哭起来。

"我再也追不到野兔啦，活在世上还有什么用哟，不如死了强。"我边哭边说。

"哎呀，这是怎么回事？怎么回事，约翰哥？"我听见阿默丽莉丝问。

"神经有点欠正常，"约翰不急不忙答道，"别急，起来吧，追兔子的人。先到屋子里去，别让烤圆饼凉啦。"这时天色渐渐暗了下来，群山的雄姿与默弗丽小姐①描写的一个样。

吃过饭，我对大家说我这一觉可睡一两年，包括法定假期在内。于是，主人把我带进了一间房，又大又冷，跟花园差不多，而房子里的床宽得像草地。过了不久，整所房子的人全睡了，四周变得静悄悄。

以往多少年我都没见过真正的安静。安静必须是绝对的。我用手肘支撑着头，仔细地听。睡着谈何容易！如果我能听得见星星眨眼睛，草叶碰草叶就像刀碰刀一样，那么我能安下心睡着觉。有次我似乎听到了一个声音，像是单帆小船的帆在微风中改变方向时发出的响声，但那不可能，十有八九我认为是地毯里的钉在作响。我继续听着。

突然，一只晚归的小鸟落在窗台上。显然这只鸟已睡意蒙眬，叫了几声，人们表示这种叫声用的字通常是"唧唧唧"。

我猛地跳得老高。

"嘿！楼下出什么事啦？"约翰在我上面的房间大声问。

"没什么，只不过我的头不小心撞着了天花板。"我答道。

第二天早上我到屋外的走廊上看着山。能见到的有47座。我不寒而栗，忙走进大客厅里，从书架上拿起一本潘科斯特所著《家庭医药》来看。约翰走进来，拿走我手里的书，把我领到屋外。他的农场占地300公顷，也有谷仓、骡、农工，还有耙，同样是断了3根齿的。我在小时候就见过这些东西，马上变得无精打采。

这时约翰谈起紫花苜蓿，我立刻又来了精神，说："噢，对，原来合唱队里不是——我们去看看究竟……"

"这东西你认识，绿色，无硬枝，春天一过便犁进地里。"约翰说。

"这我知道，犁过以后让草长。"我说。

"很对。看来你对庄稼还在行。"约翰说。

"我是对庄稼汉在行。"我说，"等以后有一天，一把又快又大的镰刀把他

---

① 玛丽·默弗丽（1850—1922年），美国小说家，长短篇小说均有，但其短篇更受好评。

们会全砍了。"

在回来的路上,一个漂漂亮亮但说不上名目的家伙在我们面前走了过去。我不由自主着了迷,站住瞪大眼看。约翰耐心地等,边抽烟。他是个现代派庄稼人。等了10分钟,他说:"你打算在这儿站上一天,就呆呆看着那只鸡?早饭快做好了。"

"原来是只鸡?"我问道。

"再说具体些,是只奥屏顿白母鸡①。"

"奥屏顿白母鸡?"我兴致勃勃地说。那只鸡神气活现地慢慢走着,我在后面跟,像孩子跟着位鼎鼎大名的英雄。约翰又让我看了5分钟,然后拉着我的衣袖,领我去吃早饭。

住了一星期,我心不安了。我能吃能睡,又开始真正享受到了生活的乐趣。对像我这种得了无可奈何的病的人来说,这样下去不行。于是我溜到电车站,乘电车到派恩维尔,找了全市最好的医生。到现在我对求医时该怎么办,已知道得一清二楚。我把帽子挂到椅背上,一口气不停地说:

"大夫,我的心脏硬化、动脉硬化、神经衰弱,还发炎,急性消化不良,现在正是病后恢复时期。我打算严格按食谱进食,还在晚上洗温水澡,早上洗冷水澡。我也会尽量保持精神愉快,脑子只想叫人高兴的事。至于药物治疗,我每天吃3次红磷片,每次一片,最好在饭后。另外服龙胆、金鸡纳、桉树粉、小豆蔻的酒混合剂。调羹里再加入番木鳖子酒溶液。最开始一滴,以后每天加一滴,直加到最大剂量。我用滴药的滴管来滴,哪个药房都有卖,价钱便宜。再见。"

我拿起礼帽走了出去。关上门又想起有件事情忘了说,我又打开门。医生还坐着没动弹,见我又进来倒吃了一惊。

"我刚才忘记说,我还要全休,要运动。"我说道。

这次请教过医生后,我觉得心安多了。我再次知道我的病已无药可医,放下了心,几乎又变得萎靡不振。患神经衰弱症的人最怕的是病又好转,精神振作。

约翰对我精心照顾。见我对奥屏顿白鸡发了痴,他想方设法分散我的注意,夜晚特地把鸡舍锁上。渐渐地,山上有滋补作用的空气,有益健康的食物,以及每天在山间的几次散步使我的病情减轻许多,因此我成了条可怜虫,意志完全消沉了。我听说附近山里有位乡间医生,便去找了他,把什么都告诉了他。他的胡须已经灰白,明亮的蓝眼睛周围布满皱纹,身上穿一套自己家做的斜纹布灰色衣裤。

---

① 奥屏顿是英格兰肯特郡西部的一个村镇,因所产的鸡大而闻名。

为了节省时间，我自己先给病下了诊断，还用右手的食指指了鼻子，敲了膝盖，把腿敲得弹了起来，还敲打胸部，伸出舌头，问他派思维尔公墓的地皮价。

他点着烟斗，足足看了我3分钟，又过了好大一会才说："老弟，你病得实在是不轻。现在倒有线希望过关，然而非常渺茫。"

"希望在哪里呢？"我急切地问，"我服用了砒霜。吞了金，吃了红磷、番木鳖子、可待因、芳香铵精，做过水疗，搞过运动，也休息过，也兴奋过。就不知药典上还有什么良方没有试过呢？"

医生说："这山里生长着一种植物，是开花植物，能治好你的病，大概能治的也就只有它了。这种植物与天地齐寿，但近来已非常稀少，不易找到。要找，得你我两人都去。现在我年岁大了，不开业治病，但你的病我还是给你治。你每天下午来，帮我找这种植物。城市的医生对新发明非常内行，但对大自然的百宝箱里的药却是外行。"

于是每天这位医生带着我在蓝岭翻山越岭找万应灵药。我们一道爬陡坡。秋天树叶落在坡上，坡很滑，我们要边爬边抓住小树枝。我们闯过长着齐腰深的月桂和羊齿植物的峡谷和山沟；沿山间小溪一走数英里，像印第安人一样有时穿过密密的松树丛，有时是沿路走，有时是沿山坡走，有时又是沿河走，到处寻找那种神奇的植物。

老医生说得清楚，这种植物非常稀少，很难找到，但我们锲而不舍。每天我们下到山谷，攀上山峰，踏过台地，寻找那种神奇的植物。他这位山里人似乎从来不知疲倦。回到家我常什么事也干不了，就往床上一躺，直睡到第二天上午。就这样我们找了一个月。

一天下午我跟着老医生跑了6英里路回来后，我又与阿默丽莉丝在路旁的树下散了一会儿步。我们看到群山披上了深紫色长衫，准备入夜后安安静静地睡。

"看来你的身体已经复原。"阿默丽莉丝说，"刚来时你的模样真难看，我以为你真有病。"

"身体又好啦！"我几乎尖声叫了起来，"你难道不知道我只有千分之一的希望活下去吗？"

阿默丽莉丝诧异地看着我，问道："怎么啦？你结实得像头牛，一天睡10至12小时，把我们的家当都快吃空了。你还想怎么样？"

我答道："告诉你吧，除非我们遇上了奇迹，就是找到那种植物，否则，我就无药可医了。医生是这么对我说的。"

"哪位医生？"

"塔特姆大夫，就是住在黑树岭半山腰的那位老医生。你认识他吗？"

"从学会讲话起我就认识他。你原来每天出去就是做这个事——就是让他带着你到处跑,翻山越岭,这才恢复了健康,有了精神?那位老医生真行!"

正在这时,老医生赶着他那辆吱吱呀呀的破马车慢慢在路上过来了。我向他挥着手,大声说明天我仍在约好的时间去。他勒住马,把阿默丽莉丝叫了过去。他们谈了5分钟,我一直等着。谈完老医生赶着车走了。

走进屋阿默莉丽丝搬出本百科全书找一个字,边说:"医生说了,你再去他那儿不再是病人求医,已经没那个必要了。你成了朋友,什么时候去他都欢迎。接着他叫我到百科全书找到我的名字,把这个词的含义告诉你。这个词既是一种开花植物的名字,又是西奥克里特斯与弗吉尔诗中一个乡下姑娘的名字[①]。你说医生这样做是什么意思呢?"

我答道:"我知道他的用意。现在知道了。"

他是告诉我,我得了心烦意乱的神经衰弱症。

的确有定规。尽管常常举棋不定,闭锁在城市里的医生也开出了正确的处方。

至于运动,你得找住在蓝岭山的那位高明医生塔特姆。你要走往右边的路,到美以美会在松树丛中的会议室。

全休与运动!

与阿默丽莉丝坐在树阴下,用第六感官阅读西奥克里特斯式的不用文字写的田园诗,也就是看着沐浴在金色的夕阳下的蔚蓝色群山一座座依次走进夜大厦,难道还有比这更能治病的休息吗?

战睡神

我怎样也弄不明白汤姆·霍普金斯为什么会闹出那个差错,因为他在继承姑母的遗产前已在医学院念了一期书,而且公认治疗学学得不错。

那天晚上我们一道出去了一趟。然后汤姆又到我房里抽烟、聊天,却没有先回到自己的豪华套间。他坐了会儿,我有事在我的另一间房里待了一会儿,忽然听到汤姆大声叫唤着:

"喂,比利,我想吃4颗奎宁,没关系吧?我冷得全身发颤发抖,大概是感冒了。"

[①] "阿默丽莉丝"的英文为Amaryllis。如将第一个字母小写,则指成伞形开花的植物宫人草,如大写则指乡下姑娘。西奥克里特斯是公元前3世纪的希腊诗人,弗吉尔是公元前1世纪时的罗马诗人,两人诗中的牧羊女都有名叫Amaryllis。

我答道:"你吃吧,药瓶在第二个架子上。吃奎宁时你加上一调羹桉树酏剂,味道就没那么苦。"

我从另一间房出来后我们俩坐在火边,抽着烟斗。过了大约8分钟,汤姆不知不觉睡着了。

我走到药柜前看了看。

"这不中用的乡巴佬!"我骂了起来,"生锈了的笨脑子,花钱也白搭!"

架子上吗啡瓶的塞子打开了,是汤姆忘了塞上。

我找来住在楼上的另一位年轻医学博士,跑过两个街口去请老大夫盖尔斯。汤姆·霍普金斯钱多,不能单叫刚开业的新手侍候。

盖尔斯来了以后,我们对他采用了医学上能采用的一切方法处理,金钱是在所不惜的。我们喂给他吃了好几次咖啡碱柠檬酸盐、浓咖啡以及更强的兴奋剂,然后又扶着他在两层楼之间上上下下。盖尔斯老大夫掐他,打他的耳光,为眼见能得到的大笔钱卖尽力气。楼上请来的那年轻医学博士抬起腿狠狠一踢,想踢醒他,踢过又对我说了声抱歉。

"实在是迫不得已。"他说,"我有生以来还没踢过一个百万富翁,也许这种机会今后再不会有第二次。"

过了两小时,盖尔斯大夫说:"现在他没事了。但这一个小时别让他再睡着。你们得跟他说话,还不时摇摇他。他的脉搏与呼吸恢复正常后,可以让他睡。现在我走了,就由你们看着他吧。"

我们把他扶到一张榻上,然后汤姆只由我单独照看。他一动不动,眼半开半闭。我施展开本领不让他再睡着。

"老弟,你这次真险啦!我们总算把你救过来了。汤姆,你上课时,难道没听教授说过吗啡与奎宁是两回事,更不会用4粒的剂量吗?"我说,"不过我是不会来扶你了,要起来你得自己站。汤姆,你对药本应该很内行,叫你开处方你都蛮够资格。"

汤姆看着我现出一丝傻笑。

"比利,"他用低低的声音说,"我就觉得昏昏沉沉。你别吵我,我想睡了。"

他说想睡就睡着了。我使劲摇他的肩。

"你听着,汤姆,这可不行。"我厉声说,"老医生说了,至少你这一小时不能睡。快把眼睛睁开。别糊涂,你会有危险的!醒来!"

汤姆·霍普金斯体重198磅。他咧开嘴又笑了一下,睡得更熟。我想扶着他在房间里走,可是谈何容易。汤姆呼吸时直喷鼻息,在吗啡中毒的情况下,这就意味着有生命危险。

我开始动脑子想办法。我不能搬动他的身躯，但必须使他的大脑活动。惹他发火！一个主意油然而生。这是个好办法，但怎样惹呢？汤姆的一身盔甲可谓天衣无缝。这家伙可让我捞到了好差事！他生性温和，待人殷勤，纯洁坦诚。他是南方某地人，而南方人是讲究信仰与礼仪的。他喜爱纽约，但没有染上纽约的一套坏习气。对女人他有着传统的、骑士式的敬重，这一来——对，有主意了！拿尤丽嘉这姑娘做文章！我很快定下了妙计，想到会用这种事来刺激汤姆·霍普金斯，我不禁笑出了声。我一把抓住他的肩，使出浑身力气摇。他懒洋洋地睁开了眼睛。我装出副鄙夷的神气，手几乎点着他的鼻子。

"霍普金斯，你好好听着。"我一字一句说得清清楚楚，声气咄咄逼人，"我俩本是要好的朋友，可是你现在得放明白点，你已经做了对不起人的事，无情无义的家伙，今后我要跟你一刀两断。"

汤姆听了若无其事。

"怎么啦，比利？"他心平气和地问，"是不是你的衣服不合身？"

我又说道："如果我是你——谢天谢地，我还不是——恐怕我连人都不敢见。你还记得至今仍在南方冷清清的松树林里痴痴等着你的那姑娘吗？你有了几个臭钱，就把她忘到脑后啦？哼，我说的全是正经话。你原来只是医学院的一个穷学生，她一片真心对待你。现在你成了百万富翁，就不认人啦。这姑娘有教养，懂得南方的男子汉不是一般人，应该敬重，要是让她知道了这些人的作为，心里不知会怎样想！霍普金斯，这些话我也是迫不得已才说起，怪只怪你原来把什么都瞒得铁桶一般，玩尽花招。我还以为那种不是人干的勾当你干不出来呢。"

汤姆也真可怜。看到他让镇静剂迷得狼狈不堪，我几乎扑哧一声笑了出来。他当真动了肝火，这也难怪。汤姆有着南方人的脾气。现在他的眼睛开了，还冒出一两点火星。但是药物还麻醉了他的头脑，也使他的舌头转动不灵。

"我要——要揍你。"他结结巴巴地说。

他想站起身来，他身子重，现在没力气撑得起。我一只手把他又扳倒了。他躺着直瞪眼，像一头跌进了陷阱的狮子。

"好家伙，这你总该清醒一阵了。"我心里暗想。烟瘾上来，我起身点着烟斗。又在房间里走了两圈，为自己的好主意而得意杨杨。

我听到一声鼾响，回头一看，原来汤姆又睡着了。我走过去，在他下巴上来了一家伙。他满不在乎，还傻乎乎一副乐呵呵相。我横眉怒目，向他狠狠啐了一口。

"我叫你放清醒点，能起身了就从我房间里滚出去。"我不客气地说，"我把话都已经向你说明了。如果你还顾点脸面，还能规矩些，你就别再起心跟正派人沾上边。这姑娘可怜巴巴的，不是吗？"我挖苦道，"我们发了财，她太土气，太赶不上时髦，哪儿还配得上我们？带着她在五马路逛都没光彩，你说呢？霍普金斯，你真卑鄙龌龊到了极点。谁稀罕你几个钱？我才不哩。那姑娘肯定也不。要是你没得到这几个钱，也许你多少还像个人样。可是现在呢，人家一片真心待你，你却伤透了人家的感情。你这种人趁早滚开。"说汤姆·霍普金斯伤害了人家的感情，这也太冤枉他了！

我背朝汤姆，对着镜子直眨眼。听到他在起身，便猛地转过脸。我不想让一个198磅的大个子从后面扑来把我压到地上。但汤姆只是翻转了半边身，一只手臂搁在脸上。他说了几句话，说得比刚才清楚得多。

"比利，要是我听到有人……造你的……谣，我才不会……说这样的话。你等……等着瞧，我站……站得起来了，非敲断你的脊梁骨不可。你记着。"

他这一说，我的确问心有愧。但为救汤姆，出于无奈。到早上我解释清楚后，我们都会哈哈大笑。

过了20来分钟，汤姆平静、自然地睡着了。我摸摸他的脉，听听他的呼吸，没再叫醒他。一切都正常，汤姆已脱离危险。我走进另一间房，一骨碌躺到床上。

第二天上午醒来时，汤姆已经起身，穿好了衣服。他已恢复常态，只是动作不稳，舌头像块白橡树的木头片。

他感慨地说："我真成了个大傻瓜。我记得吃药时还想过，奎宁瓶怎么会看起来不大对头。你把我救过来一定不容易吧？"

我告诉他的确不容易。事情的经过似乎他已记不清楚。我看他已忘了我用什么办法才没让他再睡着，决定不提起，打算过些时候，等到精神好了，再当笑话说说。

汤姆刚走，连门都没来得及关又站住了。

他握着我的手，不急不忙地说："老兄，非常感谢，你煞费苦心救了我，特别是谢谢你说的那些话。我下楼去给那姑娘发个电报。"

失语症患者逍遥记

那天早上妻子和我分手时的情形与往常一样。她还没来得及喝第二杯茶便跟着我走到家门口。在家门口她替我拔去衣领上走了丝的纤维（所有女人都用这个动作表示夫妻关系），叮嘱我注意冷暖，但其实我并不冷。接着，用一吻告别，完全是家里人普普通通的一吻。反正她天天这样吻，我也习以为常。然后用手轻轻一拍我的领带夹，只是弄巧成拙，倒把别得端端正正的领带夹拍歪了。我关上门，听到她拖着拖鞋啪嗒啪嗒走回去喝那快凉了的茶。

我离家时没想到，也没预感到以后会发生的事。病来得突然。

这几个月里，我几乎是夜以继日地忙于一件铁路大案，几天前才赢了官司。事实上，好些年来我潜心法律工作几乎没休息过。

好心的沃尔尼大夫劝过我一两次。他既是朋友又是我的医生，说："贝尔福德，你如果不松口气，会说垮就垮，不是神经便是大脑要受不了。你说说看，有哪个星期你没见到报纸上登载患失语症的事？没见到有人走失，自己的姓名、身份、往事完全忘光？还不是由于脑子过度疲劳或者心事太重造成的？"

"我看这些事实际上是报社的记者脑子里想出来的。"我答道。

沃尔尼大夫摇摇头。

"这种病的确有。"他说，"你需要换换环境，或者去休息。法庭，事务所，家，你总离不开这3个地方。要说你还有什么消遣，那就是看法律书。你不听劝告会后悔莫及。"

我辩解说："每个星期四晚上，我太太跟我玩纸牌。每个星期天晚上，她给我念她妈妈这周来的一封信。要说看法律书不能算消遣，至今还没谁立下这条规矩呢。"

那天早上，我边走边回想沃尔尼大夫的话。我的心情与平日一模一样，也许还更好。

我醒来时发现我原来躺在了普通客车上的狭小座位上，已睡了很久，全身肌肉痉挛，动弹不得。我把头靠在座位上，左思右想。过了好大一会儿，这才想起来我该是有名有姓的人。我摸遍了所有口袋，没有找到名片，也没有找到信，或者字据，或者有姓名开头字母的物件。但是在上衣口袋里我翻到了几张大面额钞票，共3000元。"当然我是有名有姓的人。"我还是这么想，又开始回忆。

车厢里人很多，大家都没分彼此，而且心情很好，所以我想一定是所有人原来就有过往来。有一个人点头一招呼，坐到我旁边的空位子上，打开张报纸。这人个子高大，戴副眼镜，身上散发着肉桂与芦荟味。看过报纸后他与我攀谈起近来发生的事，这也是旅途中常见的现象。我发现自己还行，谈起这类事能应付自如，至少是还记得。后来坐在我旁边的人说：

"你肯定跟我们是一道的。这时候西部有大批的人来。幸好原来的集会都在纽约。我还从来没到过东部。我名叫阿·皮·博尔德，在密苏里州希科里格罗夫的博尔德父子公司。"

人在遇到该紧急应付的事情时，尽管无精神准备，也能进行应付。

现在我的生命得重新开始，再进行一次洗礼，而且我既是新生儿，又是牧师、

欧·亨利 短篇小说

父母。我脑子迟钝,但感觉倒敏锐,救了我一把。坐在旁边那一位的浑身药味使我受到了启发;再一看他的报纸,见上面登了条醒目的广告,更打定了主意。

我信口说道:"我名叫爱德华·平克默。是开药房的,家在堪萨斯州科纳波里斯①。"

"我早知道你是药剂师。"同座亲切地说,"我看到你右手的食指有老茧,是药杵磨出来的。不用说,你也是我们行业全国代表大会的代表。"

"这些人都是医药界同仁吗?"我不禁问道。

"全都是。这趟车从西部开来。而且这些人是老派药剂师,不同于他们卖专利药片药粉的。他们卖药叫顾客往机器孔里投币,不用配方柜。我们自己过滤药,自己滚药丸,春天还经营一点花种,也卖糖果和鞋。告诉你吧,平克默,这次代表会上我要提出一个建议,他们稀罕的就是新主意。你知道柜台上瓶装的吐酒石和洛瑟尔盐,一种有毒,一种对人体无害。它们的标签一个是 Ant. et. Pot. Tart,另一个是 Sod. et. Pot. Tart,很容易混淆。大多数药房怎么摆呢?办法是尽量隔开些,不放在一个货架上。这就不对头。依我说,应该并排摆,这一来每次你拿药时都得把一个与另一个比较,避免差错。你理解了吗?"

"我看这建议很好。"我说。

"那就行!等开会时我提出来,你就表示支持。那些东部的老行家自以为市场上只有他们行,这一来就会傻了眼。"

我热心起来,说:"要是我还起得了什么作用,那两个瓶里装的——呃……"

"酒石酸锑钾和洛瑟尔盐。"

"从此以后得并排放在一起。"我毫不迟疑地说。

博尔德先生说:"还有一件事。做药丸时的赋形剂你是用氧化镁、碳酸盐呢,还是用粉末状的甘草根呢?"

"那——嗯——用氧化镁。"我答道。氧化镁比其他两种东西易说②。

博尔德先生躲在眼镜后那双眼怀疑地看了看我。

"我用碳酸镁。"

过了没多久,他把报纸递过来,指着一篇报道,说:"又是一例假失语症。这类事情我不相信。我看十有八九是骗人的。有些家伙对什么都腻了,想轻松轻松,就偷偷溜出去。等你找到他,他就装出失去了记忆,自己的名字忘了,甚至连老婆孩子也不认。失语症!怎么在家里时他们就忘不了?"

---

① 据查,美国州以下行政区并无一个科纳波里斯(Conopolis),看来真是说话人信口开河。

② 在英文原文中,"氧化镁"一词比其他两词易念。

我接过报纸，只见十分醒目的标题下登着一篇报道：

丹佛6月12日讯：一位名叫埃尔温·西·贝尔福德的杰出律师3天前离家未归，原因不明，多方寻找仍未见其下落。贝尔福德先生名望极高，办案甚多，屡屡胜诉。已婚，住宅漂亮，私人藏书在全州首屈一指。失踪当天，他从银行提取了一大笔钱。离开银行后无人见其去向。贝尔福德先生生性好静，爱家，以家为乐，以事业为乐。究其突然失踪原因，可能与其数月来潜心办理铁路公司一件大案有关。人们怀疑过度劳累对其大脑有所影响。为寻找失踪人下落，现仍在尽一切努力。

看过这篇报道后，我说道："博尔德先生，你似乎疑心太重了些。我觉得这件事情是真。这个人事业顺利，婚姻美满，又受人敬重，为什么会把一切都抛开不要呢？我知道确有这种丧失记忆力的事，有些人的确把名字忘了，自己的往事忘了，连家也忘了。"

"哼，没那么回事！"博尔德先生说，"他们是想快活快活。现在有知识的人太多。大家知道了失语症，就以此为借口。女人也老练得很。等到事情过去了，她们会一本正经盯着你，说：'他把我也弄糊涂了。'"

就这样博尔德使我消磨了时间，但他的高见与哲理于我并无益。

夜晚10点左右我们到达纽约。我乘马车到了一家旅店，登记的名字是爱德华·平克默。写下这名字时，我感到一阵从未有过的痛快，一种如释重负的轻松，一种初获自由的喜悦。我刚降生到人世，原来套在手上和脚上的枷锁已经解锁，且不论这些枷锁是什么。我像初生婴儿，站在坦荡的道路的起点，而我走上这条路时已经有了人生的知识与阅历。

我记得旅社的服务员足足看了我5秒钟。我没有带行李。

"来开医药界大会。"我说，"行李箱没有及时到。"我拿出了一沓钞票。

"哟，西部来的代表住本店的很多。"他说，露出颗大金牙，摇铃叫来一名当差。

我很想装得像个样，说：

"我们西部代表准备采取一个重要行动，向大会提出建议，将酒石酸锑钾和洛瑟尔盐在货柜上摆在一起。，"

"男客人住314。"服务员说。我便被领进了我的房间。

第二天，我买了一口箱子和衣服，用爱德华·平克默的名字开始了新的人生。我懒得绞尽脑汁去解开过去的一些难题。这座滨海的大都会请我喝的是杯芳香、多泡的美酒，我痛痛快快饮了下去。只有能适应曼哈顿①生活的人才能在曼哈顿生活。你如果不做这座城市的客人，就会在这座城市完蛋。

接着几天的生活可谓多姿多彩。我这位爱德华·平克默虽然诞生不久，却走进了一个光怪陆离、无拘无束的极乐世界，享受到不寻常的快活。在剧院和屋顶花园，我像是坐上了魔毯，飞进了奇妙的佳境，听着轻快的音乐，看着漂亮的姑娘，欣赏着表现人类千奇百怪的滑稽剧。我今天在这里，明天到那里，随心所欲，不用顾忌时间地点，也无所谓该不该。我进那种有音乐助兴的餐馆吃饭，边吃边听匈牙利音乐和放荡的画家、雕刻家狂呼乱叫。到了夜晚，去灯光像电影一样变幻无穷的地方，也就是珠光宝气的人和使人有珠光宝气的人在一道开心消遣、大饱眼福的地方。就是在上述这些场所，我获得了一条前所未有的经验，就是自由不在于认可，而在于合群。你必须买票入伙，入了伙你就进入了自由王国。在灯红酒绿的地方，在喧闹的地方，繁华的地方，放纵的地方，我看到都存在这条规律，尽管无人在强制执行，却也不可违背。所以，在曼哈顿，你必须遵守这儿的不成文法律，遵守了你就会成为自由人中最自由的人。如果你有所违抗，你就得桎梏加身。

有时候，我也内心不安，会走进摆着棕榈树的餐馆吃饭。来这里的人都出身高贵，教养有素，他们举止端庄，谈吐文雅。然而去过以后我又会乘船在水上游，船上载满乱七八糟的人，他们吵吵嚷嚷，穿着妖艳，纵欲无度，坐了船是去海滩上胡乱快活的。百老汇是每日必至的地方，这里阔气，灯火辉煌，变化多端，叫你捉摸不定，最使人称心，我少不了百老汇就像有的人少不了鸦片一样。

一天下午，我进旅店后，一个长着大鼻子和黑八字胡须的大个子在走廊里挡住了我的去路。我想绕开他，却不料他亲热地先招呼起我来。

"你好，贝尔福德！"他大声说，"奇怪，你怎么会来纽约？原来你不是说什么也不肯离开你那书房吗？你带了太太来呢，还是一个人来办点小事呢？"

"先生，你错了。"我甩开他的手，冷淡地说，"我姓平克默。对不起。"

那人让开路，惊得目瞪口呆。我走到服务台时，听到他叫来一个勤杂工，要他拿空白电报单来。

我对服务员说："我现在结账，请你把我的行李过半小时叫人提下楼来。有骗子想骗人的地方我不愿意再住。"

当天下午我搬进另一家旅店，在下五马路，是家幽静的老式旅店。

在离百老汇不远处有家餐馆，你可以在露天进餐，餐馆里种着许多荫凉的热

---

① 曼哈顿是纽约的一个区，该地的鸡尾酒很有名。此处曼哈顿又借指纽约。

带植物。这儿幽静、豪华、服务周到,是理想的进餐和休息的地方。一天下午,我朝一张摆在羊齿植物丛中的餐桌走去时,有人扯住了我的衣袖。

"贝尔福德先生!"一个优美动听的嗓音说。

我忙掉转头,只见一个女人独自坐在餐桌边,30岁左右,两只眼分外美丽动人,直望着我,好像我曾是她亲密的朋友。

"你从我身边过也不招呼一声。"她用责备的口吻说,"我不相信你没认出我来。我们分别15年了,就不握握手吗?"

我马上与她握手,隔着桌子坐在她对面。我使个眼色叫来服务员。那女人在喝冰橘水,我要了杯酒。她的头发黄里透红。你不会去欣赏她那一头秀发,因为你离不开她那双眼睛。然而你会知道她有一头秀发,就像临近黄昏时,尽管你望着森林的深处,你也知道夕阳的美丽。

"你当真认识我吗?"我问道。

"谈不上什么当真。"她笑着回答。

我有些迫不及待地说:"如果我对你说,我是堪萨斯州科的波里斯人,名叫爱德华·平克默,你会怎样想呢?"

"我会怎样想呢?"她学着我的口气说,看眼神内心在暗自发笑,"那还用说!自然会想你为什么没把你那位贝尔福德太太带到纽约来。你要是带来了该多好,我很想见见玛丽安。"她把声音放低了些又说,"埃尔温,你没变多少样。"

我感到她那双漂亮的眼睛直盯着我的眼,还仔细观察着我的脸。

"不对,你变了。"她又说道,声音轻而带着高兴,"我现在看出来了。你并没有忘记。你哪年哪月,哪日哪时都没忘。我早对你说过,你永远忘不了。"

我发了急,想在酒杯里找救命草。

我让她那双眼盯得不大自在,说:"非常抱歉。但麻烦就出在这里,我已经忘了,把一切忘得精光。"

她根本不在乎我矢口否认。她似乎在我脸上看出了什么名堂,开心地笑着。

"我常听人说起你。"她又道,"你是西部很有名气的大律师。住在多佛,对吗?要不就是洛杉矶。玛丽安嫁给了你一定觉得很有福气。我猜你也知道,你结婚以后半年我结婚了。你也许看了报纸。仅仅鲜花就花了2000元。"

她说的事在15年前,而15年是很漫长的时间。

我有些胆怯地问道:"现在向你道贺是不是为时太晚了呢?"

"只要你有勇气,还为时不晚。"她无所顾忌地答道,这一来我反而开不了口,只是用拇指的指甲刮着桌布。

"有件事你得告诉我。"她说着把头向我靠了过来,显得心情迫切,"是一件多年来我一直想知道的事。当然,是出于女性的心理。自从那个晚上以后,你有没有勇气再碰一碰,闻一闻,或者看一看白玫瑰,那些挂着雨滴或者露珠的白玫瑰?"

我抿了一口酒。

"你再说也无济于事,这些事情我都回忆不起来。"我叹了口气答道,"我的记忆已完全丧失。不用说我有多惋惜。"

那女人双手支在桌上,听到我的话,眼里又现出不相信的神情,两道目光仿佛要直穿透我的心。她轻声一笑,但笑里的表情非同寻常,既是高兴的笑,满足的笑,又是痛苦的笑。我不敢再看她。

"你说谎,埃尔温·贝尔福德。"她得意扬扬说,"哼,我知道你说谎!"

我呆呆地看着羊齿植物。

"我名叫爱德华·平克默。"我说,"我来参加医药业全国代表大会。准备提出一个建议,把酒石酸锑钾瓶与洛瑟尔盐瓶摆的位置变动一下,对这种事情你是不会有多大兴趣的。"

一辆闪亮的马车停到门口。那女人站起身。我拉起她的手,鞠了一躬。

"非常抱歉,我失去了记忆。"我对她说,"我也可以解释,但是只怕你不会理解。你不相信我姓平克默,但说实话我也完全想不起什么——什么玫瑰之类的事。"

"再见,贝尔福德先生。"说着她现出丝又甜又苦的微笑,坐进了马车。

这天夜晚我上了剧院。回到旅社,一个穿黑色衣服的人奇迹般出现在我身边。看来他有个习惯:爱用一条丝手帕擦食指的指甲。

"平克默先生,我想找您谈谈,不知您肯不肯赏光?这儿有间房。"他说,一边直忙着擦指甲,表情自然。

"请吧。"我答道。

他把我领进一个小房间,里面有一男一女,那女的本长得绝色,但脸上罩着层愁云。她的身材、肤色、脸在我看来都无可挑剔,身上穿着出门远行时的衣,眼紧盯着我,显得忧心如焚,手按住胸口直发抖。我猜她本来想起身扑过来,但那男的断然一挥手制止了她。然后,他向我走过来。这人40岁,两鬓斑白,看那脸他像是很有主见和心计的人。

"贝尔福德,"他热情地对我说,"我总算又见着你了。我们有把握,知道没问题。我早劝过你,叫你别太累。现在你跟我们回去,要不了多久你会恢复正常。"

我冷冷地一笑。

"我老被人叫作'贝尔福德',都已经习以为常了。再叫下去我要听腻了。

我名叫爱德华·平克默,从来就没有见过你,你相不相信就只好悉听尊便了。"

还没等男的答话,那女人哇地一声哭了起来,挣脱他的手,喊了声"埃尔温"便扑到我身上,紧紧搂着我。"埃尔温!"她又喊了一声,"别叫我伤透了心。我是你妻子。叫我一声吧,叫一声都行。你变成这个样比死了都让我看着难受。"

我很有礼貌然而毫不犹豫地挣脱了她的身。

"太太,对不起,我看你是认错了人。"我严肃地说,接着我想到一件事,忍不住一笑,又道,"可惜这位贝尔福德和我不像一瓶酒石酸锑钾,一瓶洛瑟尔盐,为了区分清楚,得在货架上并排摆。你们如果要懂得这个比喻,得随时注意医药业全国代表大会的进程。"

那女人转过身抓着男人的胳膊。

"怎么回事,沃尔尼大夫?你说说,这是怎么回事?"她着急地问。

那男的把女人领到房门口。

我听见他说:"你在自己房里先等等,我留下与他谈谈。难道他脑子不行了?我想不会,只是大脑出现部分故障。我相信他会康复。到你自己房间去,让我来跟他谈。"

女人走了出去。穿黑衣服的人也走了出去,还是在聚精会神地擦指甲。我猜他其实是在走廊里等着。

"平克默先生,我想再跟你谈一会。"留在房间的那人说。

我答道:"那行,想谈就谈吧。对不起,我不客气了。我有些累。"我往靠床的一张榻上一躺,点着根烟。他拿了张靠椅坐到我近边。

"我们别拐着弯谈。你不是姓平克默。"他用温和的声气说。

"这事我跟你一样,都明白。"我冷冰冰说,"可是人总得有名有姓。老实说吧,并非我特别喜爱平克默这个姓。但是仓促之间给自己取一个名,也难得想周全。就是叫一个别的名字又怎么样呢?我看,平克默这个姓我想得还是很不错。"

那人严肃地说:"你的名字是埃尔温·西·贝尔福德。你是多佛第一流的律师。由于得了失语症,你已经把你是什么人忘了。疾病产生的原因是你操劳过度,也许再加上生活太单调、乏味。刚从房里出去的那位太太是你妻子。"

我想了一会儿,说道:"我觉得她是一位漂亮女人,我特别欣赏她一头金发的颜色。"

"这样的妻子很难得。两个星期前你失踪了,她几乎一直没合过眼。一位名叫伊西多·纽曼的人从多佛到纽约,拍来个电报,我们才知道你的下落。他说他在这儿的一家旅店遇上了你,但你说不认识他。"

"我似乎记得有这回事。"我说,"如果没记错的话,那人是叫我'贝尔福德'。现在请问你的尊姓大名。"

"我叫罗伯特·沃尔尼,也就是沃尔尼大夫。我与你有20年的深交,给你当医生也当了15年。一接到电报,我跟你太太就来找你。埃尔温,你老弟可得好好想想!"

我眉头一皱,问道:"想想有什么用?你不是说你是医生吗?失语症可不可治?人要是失去了记忆,得慢慢恢复,还是会很快恢复?"

"有的人需要经过一个过程,而且恢复不全;有的人突然丧失,也突然恢复。"

"你愿不愿意治疗我的病呢,沃尔尼大夫?"我问道。

他回答:"老朋友,我愿竭尽全力,运用一切医学上已有的办法为你治疗。"

"好极了。"我说,"那你就把我当成你的病人吧。从今以后请严守机密——医生的机密。"

"那自然。"沃尔尼大夫说。

我从榻上站了起来。不知是谁在房子当中的桌上放了瓶白玫瑰,是一束刚洒过水、散发着芳香的白玫瑰。我把它远远扔到窗外,然后又在榻上躺下。

我说:"博比,最好是让我一下就痊愈。说实在的,我也觉得腻了。你现在去把玛丽安带进来吧。可是,唉,大夫——"我叹了口气说,接着飞起一脚踢到他胫骨上,"高明的老大夫,我算是过了神仙日子!"

一笔通知放款

那些日子养牛的人最富。他们是草大王,牛大王,主宰着草原,垄断了牛肉、牛骨头。如果当真心血来潮,他们坐得起金马车。养牛人的钱堆积如山,他们自己都觉得消受不了。不过他们花钱也够大方。他们买的表镶着大钻石,大得刺痛肋骨;加利福尼亚马鞍上钉着银钉,鞍是安哥拉产的皮制的;请客喝威士忌,一请就是全酒店的人。已经做到了这一步,还叫他们怎么花钱呢?

那些有了妻室的牛大王花钱就不是这个样。由于没有机遇,这些有了枕边人的花钱天才也许会沉睡多年,但各位须知,却绝不会渐渐泯灭。

且说这种人中有一位名叫朗·比尔·朗利,也已娶亲,原在弗里奥河的支流巴瑟克尔河边养牛。他手头已有50万,而且收入还在稳步上升。他要从草原到城市里来享受享受发家后的快乐。

朗·比尔原来在荒郊野地过惯了。他走运、节俭、头脑冷静,一双千里眼最会认没打烙印的牛和离群的牛,于是从牛帮工变成了牛主。接着养牛业走红,命运女神殷勤得很，偏不怕荆棘刺，把财富送到养牛人的门口。

朗利在边境小城查珀罗瑟花大钱建了所住宅。这一来他成了俘虏，被捆到了社会生活的战车上。他免不了要成为有名望的人物。他像匹野马那样，进了栏还要挣扎一阵，后来就无计可施了。他无所事事，难以打发时间，最后便组织了查珀罗瑟第一国民银行，被选为行长。

有一天，一个患消化不良症，戴高倍老花眼镜的人把一张看来是官方证件的纸片塞到第一国民银行出纳员的窗口里。5分钟后，全行职员在银行检查大员的指挥下忙得团团转。

这位大员是杰·埃德加·托德先生，办事一丝不苟。

检查完毕，大员戴上礼帽，把行长比尔·朗利先生叫到一间单独的办公室。

"检查结果怎么样？"朗利的低嗓门不急不忙问道，"你有没有查出不规矩的事来。"

托德答道："朗利先生，你这家银行还经得起检查。你们的借贷符合要求，但是有一项例外。有一笔贷款问题严重，办得非常糟糕，我想你一定还不知道给你造成的后果的严重性。我发现有笔一万元的通知放款[①]贷给一个叫托马斯·默温的人。不但数量超过了给个人贷款的最高法定限额，而且未经批准，没有担保。这样，你就触犯了国民银行法中的两条规定，政府可以对你进行刑事起诉。有关这件事的报告——我是非写不可的——往金融监察长那儿一送，肯定又会转司法部处理。你看，这问题多严重。"

比尔·朗利舒舒服服靠在转椅的高背上慢慢转动着椅子，手搁在脑后。他把椅转过一点后脸便正对着了检查员。检查员看见银行家的闭得紧紧的嘴竟然慢慢笑开了，浅蓝色眼睛还若无其事地眨了眨，不禁觉得奇怪。如果他认识到了事情的严重性，脸上绝不会出现这种表情。

"你一定不认识汤姆。"朗利说，还有些扬扬得意，"这笔贷款我知道。除了汤姆·默温一句话，没有任何担保。然而我早就发现，如果一个人言而有信，他的话就是最好的担保。当然，我知道政府的想法不同。为这件事看来我得去找汤姆。"

托德先生的消化不良症似乎突然加重了。他那双戴着高倍老花镜的眼睛呆呆地望着大草原来的银行家。

朗利干脆利落地做了解释："是这么回事：汤姆听说里奥格兰德的罗基福德有2000头两岁的牛，每头8元可到手。我估计是什么地方偷搞来的货色，只求

[①] 所谓通知放款是银行可以随时通知借款人偿还的贷款。

赶快脱手。这批牛运到堪萨斯市，活的每头可值 15 元。汤姆知道行情，我也知道行情。他有 6000，我借给他 10000 做成这笔买卖。他的亲弟弟爱德 3 个星期前赶了牛去卖，现在该拿着钱回来了。他一回来汤姆就能归还贷款。"

银行检查员大吃一惊。按职责他该到电信局将情况电告主计长。然而他没有。他与朗利谈了 3 分钟，话干脆而有效果。他使银行家明白了大祸临头的危险。接着，他网开一面。

他对朗利说："今晚我要去希尔斯代尔检查那儿的一家银行，回来时再到查珀罗瑟，明天 12 点到你们行。如果我来时这笔贷款已经还清，我的报告上便不提起。否则，我就要公事公办。"

检查员说完一鞠躬走了。

第一国民银行的行长在椅上又靠了半小时，然后点着根烟，往汤姆·默温家去。默温是个农场主。他穿着褐色衣，坐着正在结生皮马鞭，一双脚搁在桌上，两眼聚精会神。

朗利靠到桌边，问道："汤姆，爱德已经有消息了吗？"

默温不停地结马鞭，答道："还没有。我猜爱德过不了几天就会回来。"

"今天有个银行检查员跑来多管闲事，查到了你的贷款。"朗利说，"你知道，我对这笔款放得下心，但借这笔钱违反了银行法。我没担心过，知道不等来人查银行，你的钱就还清了，可谁想这小子偏逮着了我们，汤姆。现在我手头没现款，要不然我会让你拿了钱去还债。规定的期限是明天 12 点，到时我得拿出那笔贷款的现金，要不然……"

"比尔，要不然就怎么啦？"默温见朗利没往下说，问道。

"嗯，我看嘛，山姆大叔①就会不客气喽。"

"我来想办法，让你及时拿到钱。"默温说，还是只顾结他的马鞭。

"好吧，汤姆，我早知道你能想办法就会有办法的。"朗利说完转身朝门外走。

默温扔下马鞭去了城里唯一的另一家银行，是由库珀与克雷格办的私人银行。

"库珀，"他对前一个老板说，"我要用一万块钱，不是今天就是明天得到手。我在这儿有房子和地皮，能值 6000，可作抵押。别的抵押品虽然没有，但有笔牛生意正在做，过几天赚的钱还不止那个数。"

库珀听了咳嗽起来。

默温说："这事你千万得答应我。这笔钱我是欠了别人的。现在非还不可，

---

① "山姆大叔"可指美国政府或人民，此处指政府，画中的山姆大叔是一个高而瘦的人，穿红白蓝三色燕尾服上衣和条子裤，戴高顶帽。此名源于 1812 年战时的纽约州。

而借钱的人与我一起放牛守树林有过10年的患难交情。他要什么我都会给，就是要我放血我都会答应。他现在等着这笔钱。这人倒霉，会……反正他是要钱用，我得帮他的忙。库珀，你知道我是守信用的人。"

"这没问题，"库珀毫不怀疑地说，"但是你知道我还有个合伙人，不能想借钱出去就借钱出去。默温，即使你手头有最硬的抵押品，筹拢这笔款我们至少还得花一星期时间。我们眼下要送15000给罗克德尔的迈尔兄弟收购棉花。今天晚上这笔钱要上路。这一来我们的现金出现短缺。对不起得很，这事我们办不到。"

默温回到自己的小天地又编起马鞭来。下午4点来钟，他走进第一国民银行，靠在朗利办公桌前的栏杆上。

"比尔，那笔钱我今晚——实际上要到明天——为你想办法。"

"没关系，汤姆。"朗利满不在乎地说。

这天晚上9点，汤姆·默温悄悄走出他住的小木头房子。房子地处小城的边缘地带，附近到了这时候已见不到几个人。他腰里插着两支6发左轮手枪，头上戴顶垂边软帽。他快步穿过一条寂静的街，走过一条与窄轨铁路平行的铺沙的路，到了离城区两英里远的水池。默温在这里站住了，把一条黑色丝手帕蒙住下半边脸，又把软帽往下拉一拉。

过了10分钟，开往罗克德尔的火车从查珀罗瑟开了过来，停在水池边。

默温一手提着一支枪，从一丛荆棘后站了起来，向车头走去。但是，没等他走出3步，身后两只又长又有力的手把他先举了起来，然后脸朝下摔倒在草地上。接着一只重重的膝盖压到他背上，他的手腕被双铁钳般的手夹住了。他像个孩子般被制服得不能动弹，眼见机车加足水，起动了，慢慢加速，跑得无影无踪。他这才被放了开来，站起身一看，原来是比尔·朗利。

"汤姆，事情哪儿用得着这么办呢？"朗利说，"今天晚上我找了库珀，听他讲了你们俩说过的话。后来我连忙赶到你家，就见你插着枪出来，便一路跟踪。回去吧，汤姆。"

两人肩并肩往回走了。

默温过了会说："我想不出别的办法。你通知我还款，我应该尽力量还。比尔，如果他们跟你认起真来，你怎么办呢？"

"如果他们跟你认起真来，你又怎么办呢？"朗利反问道。

默温说："我做梦也没想到过，有一天我会拦劫火车，可是通知放款不同，我知道通知了便得还。比尔，再过12小时那找麻烦的家伙就会来，我们总得凑点现款应付他们。也许我们能——哟，老天有眼啦！你听到了吗？"

默温飞跑起来，朗利也跟着跑，又听见远处传来悦耳的口哨声，夜晚听得分明,有人在吹《牛仔怨》,调子悲悲切切。

默温边跑边喊:"他就会吹这一首。我敢打赌……"

两人到了默温的家门口后,踢开门,没提防让放在房子当中的一个旧提包绊倒了。床上躺着个被太阳晒得发黑的、风尘仆仆的四方下巴的年轻人,在抽棕色的雪茄。

"消息好不好,爱德?"默温气吁吁地问。

"还可以。"能干的年轻人慢声慢气说,"刚坐9点半的车到。货全出了手。我看你也不想再踢那提包啦,29000元现钞全在里面。"

剪狼毛

杰夫·彼得斯说起他这行的职业道德来,总是口若悬河,滔滔不绝。

他说:"我和安迪事事配合默契,唯独对骗子的道德标准所见不同。安迪有安迪的想法,我有我的见解。我不会赞同安迪一点不择手段、见人就捞钱的做法,而他埋怨我瞻前顾后,考虑合伙人的利益少,有时我们争得不可开交。有一次,我们你一言我一语都不相让,最后他竟把我比作洛克菲勒[1]。

"我说:'安迪,我知道你这话的用意,但我们是多年的朋友,我听了不会计较,你到以后冷静下来再想想,也会觉得后悔不该挖苦人。法院送传票的人至今还没上过我的门[2]。'

"一年夏天,我和安迪商量好,到肯塔基州山区一个叫青草谷的小镇休息一段时间。我们装成是贩马的正派人,去那儿避暑。我们在青草谷完全歇了手,没做任何惹人恨的缺德事,甚至没让人看过空头橡胶园开发计划书的一字一句,也没亮出过个什么巴西钻石[3],所以当地人对我们很有好感。

"有一天,青草谷最大的五金商闲逛到我和安迪住的旅店,与我们在侧厅里一道抽烟,谈天说地。我们跟他很熟,因为下午常在县政府的院子里丢圈套桩玩。他嗓门大,脸色红润,呼吸费力,胖得出奇,但也最讲究体面。

"我们谈完当天要闻后,这位默基逊先生(他姓此姓)小心翼翼而又满不在乎地从衣兜里摸出封信给我们看。

---

[1] 美国石油大王洛克菲勒曾捐出大笔钱作为慈善事业,但又由于非法活动多次受法院传讯。彼得斯被安迪比作洛克菲勒是讽刺他既要行骗又要顾道德。

[2] 这是十分委婉的劝告,意即如果安迪逢人就骗,总有一天会被法院传讯。

[3] 此处所提的两件事都是诈骗行为的例子。

"他打着哈哈说：'你们看，竟然有这种事！把这种乌七八糟的信寄给了我！'

"我和安迪不用过目便知道是怎么回事，但我们装糊涂，把信从头到尾看了一遍。原来是个换伪钞的老把戏，用打字机打的，说用一千元真钞票可以换五千元行家也难分真假的伪钞。信上还说伪钞是用华盛顿财政部一个职员偷出的版印制的。

"默基逊还说：'异想天开，把这种信寄到我这儿来！'

"安迪说：'收到这种信的人多着哩！如果你根本不回信，他们只好作罢。回了信他们会再写信来，叫你带钱去做交易。'

"'可是把信寄到我这儿是异想天开！'默基逊说。

"过几天他又来了，说：

'伙计们，我知道你们是好人，所以信得过你们。我开玩笑给这群混帐回了信。他们来信叫我去芝加哥，说动身时打个电报给一个叫杰·史密斯的人。到那里后，去某个街口等着，会有一个穿灰衣服的人来，故意把一张报纸掉在我面前。见到他，我问一句掺了多少水，他便知道我是来人，我也知道他是接应的人。'

"安迪摇着头说：'果然，就是那老把戏。这种事我在报纸上见过多次。接上了头他把你带进旅店的一个房间，里面一个叫什么琼斯之类的人就等着剥你的皮。他们向你亮出崭新的真钞票，然后你要多少都换给你，以1换5。你眼见他们替你把钱装进一个小包，以为没问题。以后你打开一瞧，不用说，成了一堆废纸。'

"'哼，他们要骗我是做梦。'默基逊说，'我如果傻乎乎没头脑，哪能在青草谷干得了最赚钱的买卖？塔克先生，你说他们给你看的是真钞票，对吗？'

"'我每次都——我看报纸上都是这样说的。'安迪说。

"默基逊说：'伙计们，我有把握，这帮家伙骗不了我。我把两千元放到衣兜里，到那儿捉弄他们一次。只要我比尔·默基逊的眼睛死死盯着他们拿出来的钱，他们就别想再混回去。他们出5元换1元，只要有我对付他们，看他们不吃5换1的亏！我比尔·默基逊惯会做买卖，有这个本事。就这么办，看我的吧，我去芝加哥，跟杰·史密斯1换5。我叫他偷鸡不着反蚀一把米。'

"我和安迪劝默基逊别打如意算盘捡这种便宜，可是越不懂行的人偏偏越要充内行，默基逊听不进劝告。我们算是白说，他下定了决心与社会公害较量，叫那些玩假钞骗术的家伙搬起石头砸自己的脚。也许他们会得个好教训。

"默基逊走了以后，我和安迪坐着，好大一会儿没吭声，在冥思苦想打鬼主意。平常闲着什么事也没有时，我们总是各用心计提高本领。

"过了好大一会儿，"安迪说：'平常我们闲聊时，你说干事要讲点良心，我从来没赞成过你那一套。也许我做得不很对。这次例外，我看我们会想法一致。我觉得我们不能让默基逊先生单独去芝加哥跟换假钞票的家伙打交道。去了绝不会有好结果。要是我们从中帮上一把，别让这种事发生，你说说，我们都会乐意吧？'

"我站起来长时间握着安迪的手。

"'安迪，我也许多少有些埋怨过你做事没心肝，现在那些话我全收回。原来你是嘴硬心肠软。你这就更了不起。你说的这件事我刚才也在考虑。'我说，'默基逊眼见错打了算盘，要是我们听之任之，那不光彩，没脸面。现在既然他下了决心去，我们就跟着他，别让骗子得手。'

"安迪赞同我的话。更可喜的是他一心一意要让骗子摔个跟斗。

"我说：'我这人不信因果报应，也不爱讲仁义道德，但是眼见别人要把劳神费力、千辛万苦积起来的家业往不择手段、危害社会的骗子手上送，那我也不能见危不救，袖手旁观。'

"'说得对，杰夫。'安迪说，'如果默基逊一定要去上这个当，我们就一路跟着他。把自己挣的钱这么白白扔掉，我见了过意不去。'

"于是我们去找默基逊。

"他说：'两位，芝加哥有这种便宜捡难道我还会不捡？我非煎出点油不可，要不就把锅砸了。但是有劳你们的大驾，烦两位跟我跑一趟，我真是三生有幸。也许以后到1换5的彩票兑现时，你们能帮点忙。有了你们两位在一起，跑这一趟就算是消遣好玩。'

"默基逊在青草谷放出的风是他要跟彼得斯先生和塔克先生到西弗吉尼亚州去几天，谈一笔铁矿买卖。他给杰·史密斯发去一份电报说他于某日前往拜望。这样我们3个便动身去了芝加哥。

"一路上默基逊净想美事，不但预测结果，而且乱吹事成之后回想起来会如何高兴。

"他说：'在沃巴什路与莱克街的交叉路口西南角有个穿灰衣的人。他故意把报纸掉在地上，我问他掺了多少水。唉哟，哟，哟！'说完他放声大笑，笑了5分钟。

"有时候默基逊脸上没有了笑容，不知在想什么。到这种时候，无论想着什么，他就话特别多。

"'伙计们，这件事在青草谷我绝不会说出去，给我一万元也不说，说了在那儿还会有我的立足之地吗？但我对你们两位很放心。我想收拾这些危害社会的强盗，匹夫有责。让我来给他们一点颜色看看。1换5！杰·史密斯出了这个价，他是跟比尔·默基逊打交道，出了这个价就得照这个价做买卖。'

"晚上7点我们到了芝加哥。默基逊与穿灰衣的人约好九点半会面。我们在一家旅店吃过晚饭后到默基逊的房间消磨时间。

"默基逊说：'现在我们来商量商量，想出个对敌的万全之策。伙计们，假设我在与那穿灰衣服的家伙装模作样谈买卖，两位走了过来。当然是碰巧遇上。你们假装又意外又亲切，叫一声你好，默克，还与我握手。我把那人拉到一旁，说你们是青草谷开杂货食品店的詹金斯和布朗，人品可靠，现在到了外地也许愿意碰碰运气。'

"'肯定他会叫我把你们也带去，只要你们愿意换。你们说说看，这主意妙不妙？'

"安迪看看我，问道：'杰夫，你说呢？'

"我答道：'行啦，现在听听我的办法。依我看，这件事在这里马上了结，用不着再浪费时间。'我从衣服里掏出支镀镍的0.38手枪，把圆筒转了好几圈，弄得咔咔响。

"'你这丧尽天良、作恶多端的坏蛋，把两千元拿出来放到桌上！'我对默基逊说，'痛快点，要不然有你的好瞧。我本是个软心肠人，可现在也只能走极端。'他把钱掏出来以后我又说，'就是有了你这种人，才非设监狱和法院不可。你到这儿来是为抢别人的钱。你以为别人想剥你的皮，你就可以抢别人的钱吗？这可不行，先生。你不让别人发不义之财，却自己要发不义之财，比换假钞的坏10倍。你在老家上教堂，装成正人君子，现在跑到芝加哥当强盗，想来个黑吃黑。你起心抢劫的那些家伙其实是靠对付像你今天这样也想占便宜的卑鄙小人，才有了条稳稳当当的生财之道。你怎会知道换假钞的人骗几个钱是因为家里老老小小还有一大帮人靠他活命！就是你们这些伪君子想不劳而获，就是你们搞得这个国家乌七八糟，卖彩票，开空头矿，做股票交易，窃听机密。没有了你们，这些事会绝迹。你想打劫的换假钞的人也许花了多年苦功才学到了这一行。他们每干一次都得拿自己的钱冒险，甚至得准备坐牢、掉脑袋。你到这儿来骗他们靠着正派人的身份打掩护，仗了块自己店的漂亮招牌做幌子，堂堂正正，有恃无恐。要是他们拿了你的钱，你可以叫警察，要是你拿了他们的钱，他们只好当了一身灰衣吃晚饭，哑巴吃黄连。我和塔克先生早看透了你的底细，这才跟着来，让你吃点苦头遭报应。你这个伪君子，这钱就算你贡献出来了。'

"我把两千元塞进衣服里面的口袋，都是20元一张的。

"我对默基逊说：'再把表拿出来。不是我想要。把表放到桌上，你坐在椅子上，等表转过一小时才能走。要是你喊叫起来，或者不到时间就走，我们就把你的丑事在青草谷闹得满城风雨，人人皆知，你在那地方是有地位的人，我想你的地位总不只卖两千元吧？'

"说完，我和安迪走了。

"安迪在火车上好久没言语，后来才说：'杰夫，我想问你一件事，行吗？'

"我答道：'十件百件都行。'

"他问：'难道我们跟着默基逊刚走时你就打好了这个主意？'

"我说：'那当然。难道我还会有别的打算不成？你不也是这样想的吗？'

"安迪又有半小时没言语。我发现有时候安迪并不完全理解我脑子里的一套伦理道德。

"他说：'杰夫，等你以后有闲工夫时，你把你的良心道德画成一张图表，再加上图表说明，让我有时也参考参考。'

决　斗

奥林匹斯山①上，众位神明躺在悬崖边，身旁放着琼浆玉液，一齐注视着凡间，发现各城市还有所不同。你会认为，他们眼下的城市一定像大大小小的蚁丘，无所谓特色，其实不尽然。据神话说喝琼浆玉液是他们的唯一消遣，因此在喝着琼浆玉液时，在这样高的地方研究蚂蚁的习性就不是为消遣了。然而，他们在比较村庄与城市时，无疑会觉得还有些趣味。他们自然也早知道（也许，许多凡人也知道），纽约在全世界的城市中首屈一指，无与伦比。我马上要向一对夫妇讲的一个小小的故事就是以纽约为题材。丈夫穿着双安息日用的拖鞋，坐在椅子里抽烟。妻子抓着张报在看，也许是因为菜还在锅子里煮，也许是因为孩子没醒，她有了空闲。我常坐在地上对人讲国王丢掉性命的悲剧，也会先来些这样的话。

纽约市居住着四百万神秘的陌生客。他们来这儿的方式多种多样，原因也各异，有上美术学校的，有伪造钞票的，有卖鹳的，有参加一年一度的服装业年会的，有为宾夕法尼亚铁路的，有因爱钱的，有为上舞台的，有图旅费便宜的，有施展才智的，有应聘的，有要实现伟大抱负的，有经长途跋涉来的，也有爬货车来的，还有漂洋过海来的，反正来了就要算进纽约的人口。

---

① 奥林匹斯山位于希腊东北部，为古代神话中众神所住之处。

决斗

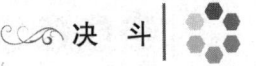

但是,每个人一踏上曼哈顿①的石头路,就得开始搏斗,直打到或者是他取胜,或者是他的对手取胜。没有回合之间的休息,因为根本没有回合可分。这场搏斗从一开始就是不急不忙进行的,但一直要打到底。

你的对手是纽约市。从渡船把你送上岸开始,你就得与他交手,直打到或者是你战胜它,或者是它征服你。这一来,你或者会腰缠万贯,或者只剩一星期的房租。

这场决斗会决定你将成为纽约人,或者成为被踩在脚下的外人与仇敌,二者必居其一,不可能出现第三种结果。你或者赞成,或者反对;或者爱,或者恨;或者是知心朋友,或者被抛弃。你得明白,纽约是格斗场上的将军。它不但想用武力征服你,而且会用女妖的法力迷惑你。妖妇的、名将的、美酒的、音乐的以及药物的本领,纽约兼而有之,而且登峰造极。

在别的城市,你虽为异乡之客,但你想游荡或居住多久就可游荡或居住多久。比如说,波士顿曾养育了你,在芝加哥你可以住到头发变白,可以喋喋不休地谈孩童时的往事,不会有人来骂你一顿。在别的城市你也许会成为那儿的栋梁,在纽约却休想。在别的地方你可以嘲笑那儿的建筑,说当地的与你老家的相比如何相形见绌,不会有人来为难你。但是,在纽约,你或者得做纽约人,或者就成了现代特洛伊木马②中的敌兵,你对故乡的眷恋就是你藏身的木马。

以上这一大段冗长的说教仅仅是一个引子,为的是引入两个小人物——威廉与杰克。这两人都是从西部来的,在西部时他们是朋友。他们到这座大城市来碰运气。

刚到渡口,纽约挥起右手一拳打在一人的鼻子上,左手一拳打在另一人的下巴上,告诉这两人搏斗从此开始。

威廉经商,杰克学美术。两人都年轻,有抱负,于是他们还手了,紧紧咬住对方。他们大概是内布拉斯加州人,要不就是密苏里州或明尼苏达州人。他们出门是为闯个功成名就,为奋斗,为金钱,所以他们像两员名将一样,毫不示弱,直取这座城市的要害。

过了4年,威廉与杰克吃午饭时相遇了。商人吹着口哨,像阵3月的风一般进了餐馆,把丝礼帽往服务员那一扔,一屁股坐到给他端过来的椅子上,接过菜

---

① 曼哈顿是纽约的市中心区,摩天大楼林立。此处借指纽约。
② 古希腊传说,特洛伊王子帕里斯访问希腊,诱走王后海伦。希腊人因此远征特洛伊,围攻9年不下。第10年,希腊将领奥德修斯献计,把一批精兵埋伏在一匹大木马腹内,放在城外,佯作退兵。特洛伊人以为敌兵已撤,把木马移到城内。夜间伏兵跳出,打开城门,于是希腊兵一拥而入,攻下特洛伊城。现在通常用来比喻在敌方营里埋下伏兵里应外合的行动。

单,尽挑名贵菜。而画家呢,到这时才得以点点头。点过头以后,他脸上露出了得意的笑。

"比利,你算是完啦。"他说,"纽约使你变了样。这地方制服了你,按它的模式把你捏成了另一个人,在你全身打上了它的烙印。你与我今天见到的成千上万个人已经是一模一样,要不是因为你那洗衣店的标志,我还认不出你来。"

"法国软干酪。"威廉最终点的是这东西,"你怎么啦?哟,你这是第一次来纽约呀?我觉得这里什么都好。我已经满足了。你听我说,原来我以为西部就是整个世界,除了西部别的地方都没有什么了不起。我会在一望无际的大平原上无拘无束地到处跑。在杂货店里我挖苦过东部来的肥皂推销员。但那时我没见到纽约,杰克。这里我觉得什么都好。现在六马路对我来说就是西部。你有没有听过克鲁索①唱歌?他满足于一个荒岛。"

"得了吧,比利。"画家轻轻弹着香烟,说,"你还记得我们到东部来时在路上谈起这座了不起的大城市是怎么说的吗?我们慷慨激昂地说要打败它,绝不让它占我们的上风。我们原来怎么样以后也怎么样,绝不让纽约摆布我们。老兄,你现在被打翻了。你已从西部人变成东部佬啦!"

"我不懂你这话是什么意思。"威廉说,"我现在不像在老家那样,逢到该穿漂亮衣服的场合会穿蓝裤子,印度条子布背心,羊驼呢上衣。你说我被纽约按它的模式捏成了另外一个人,可是请问,这个模式有什么不好呢?如果你在罗马,你得学南欧人的那一套。我觉得,与纽约比较起来,别的所谓城市都成了仅在打信号旗时火车才停的车站,在我脑子里的火车时刻表上,芝加哥、圣乔、法国的巴黎是带星号的车站,就是说,你得摇红旗,每隔一周的星期四才上客的车站。我喜欢哈德逊河畔的这块地方。无论什么时候都有事干,有人打交道。我卖自动泵,一年挣 8000,生活阔绰得像帝王。昨天人家介绍我认识了约翰·盖茨②。我还带了个酒商的妹妹坐汽车兜风,亲眼见到电车压死两个人。晚上看埃德娜·梅演出。谈起西部来我得告诉你件事,前几天晚上我大喊大叫把旅社的人全吵醒了。我做了个梦,梦见我在奥什科什的木板道上散步。杰克,你对纽约有什么不满呢?我不喜欢的事只有一件:得摆渡。"

画家呆呆看着墙纸,说:"纽约像条蚂蟥,吸整个国家的血。凡是来这儿的人都得进行一场搏斗。如果不把它比作蚂蟥,也可以把它比作神像、火神爷、魔王,全国的天真的人,有天才的人,还有长得美的人,都得向它顶礼膜拜。每个

---

① 指英国作家丹尼尔·笛福(1659—1731年)著名小说《鲁滨孙漂流记》中的主人公鲁滨孙·克鲁索。
② 约翰·盖茨(1885—1911年),美国金融家,靠垄断倒钩铁丝生产发迹,后因在纽约进行股票投机蚀本。

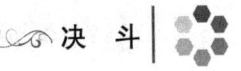

外来人都必须与这个庞然大物交手，拼搏一场。比利，你打败了。纽约永远战胜不了我。我憎恨它像人们憎恨罪恶，瘟疫，或者说——讨厌它像讨厌低劣杂志的彩色画。我不稀罕它地盘大，势力大。在我所见的城市中，它的百万富翁是最贫穷的，伟大人物是最渺小的，乞丐是最神气十足的，美人是最难看的，摩天大楼是最低矮的，娱乐场所是最枯燥无味的。老兄，它撞倒了你，而我离它的战车轮还很远。纽约讲究外表的华丽，在财富主宰的城市中我过得下去，在贵族主宰的城市中也过得下去，然而这座城市是最乌七八糟的。它标榜文化，却又无比野蛮；吹嘘自己高尚，其实卑贱已极；把外面的一切都贬得一文不值，殊不知自己眼光最为狭隘。我要的是西部世界纯洁的空气，开阔的胸怀。如果我能明天回到那儿，我绝不会拖到后天。"

"这块牛身上最嫩的肉片你不喜欢吗？"威廉问道，"得啦，别胡闹，毁掉这地方有什么好处？这地方最了不起！在萨克拉门托的大酒店，自动泵我一台也卖不了，这儿一家可卖 20 台。你看没看萨拉·贝纳尔演①的《安德鲁·麦克》？"

"比利，纽约算是把你毁啦。"杰克说。

"那怕什么？"威廉说，"明年夏天我要在莱克龙孔科马买栋别墅。"

半夜里，杰克打开窗，坐到窗口。眼下的景色使他舒了口气，尽管他已见过一百次，也一百次有过感慨。

窗下的纽约市像个奇怪而美丽的梦境。高低不一的房屋像断崖，排列在深谷和蜿蜒的溪边。有的如山峰高耸，有的排成长行，像荒凉的峡谷边一长线单调的玄武岩岩壁。这座美妙而无情、迷人而叫你眼花缭乱、会把你毁灭的城市的主体是这些房屋。但主体部分凿有数不胜数的平行四边形、圆形、正方形，里面透出五颜六色的亮光来。从幽暗处传出的人的声音、气味、动静像是这座城市的灵魂，反映出种种无节制的欢乐、爱、恨及其他种种人类的情感。种种事情都摆在他眼下，有好的也有坏的，世界各地有的这里都不缺，或给你教益，或使你高兴，或使你激动，或使你富裕，或使你贫穷，或使你高升，或使你跌落，或使你受益，或使你完蛋。他看到的纽约就是这个样，了解的纽约就是这个样。

有人敲门。是给他送来份电报。西部发来的，有这么几个字：

回归即答应你。多利②

---

① 萨拉·贝纳尔（1844—1923年），法国著名女演员，以其音色与演技见长。

② 上为女子名。

他请送电报的人等了10分钟,写了回电:暂不能归。写完他又坐到窗边,观赏纽约的夜景。

说起来,这个故事算不上是故事,但我想知道其中的两个人物,哪一个在与纽约的较量中取胜了。所以,我找到一位见多识广的朋友,把两人的情况告诉了他,他回答说:"请别来打搅我。我要去买圣诞节的礼物。"

所以,这个问题还悬着,你就自己判断吧。

各有所长的结局

春天向《艺神》杂志的编辑韦斯特布鲁克飞来一个媚眼,使他乱了分寸。他照例在百老汇一家大饭店吃过中饭后本要回办公室,走着走着,抵不住春姑娘的引诱,脚变得不由自主。这就是说,他往东走进了二十六大街,穿过春日里车水马龙的五马路,又在生机盎然的麦迪逊广场的行人道上溜达。

这块空气清新的小天地的景色很可比作一首田园诗。其主色是绿色,无论植物的颜色或者人装饰的颜色,主要都是这个色。

人行道间新冒出的草呈钢绿色,绿得不祥,使人想起那些夏秋时节来这里的无家可归的人。不知为什么,树上的嫩芽会使人想起吃4毛钱一餐的饭时,那条鱼上撒的东西。头上的天空是发暗的蓝绿色。眼前唯一绿得自然、真实的是那些新油漆过的长凳,其色调介于腌黄瓜与隔年买的很快发黑的雨衣之间。然而,在纽约生纽约长的编辑韦斯特布鲁克看来,这里的景色美不胜收。

现在,无论你是夹在进还是出麦迪逊广场的人群中,你都得大致了解一下这位编辑的心情。

韦斯特布鲁克正春风得意,踌躇满志。不到10天时间,4月份的一期《艺神》已销售一空,基奥卡克的一位代销人来信说,他本来可以再卖出50本,只可惜无货。杂志社的老板给他(编辑)加了薪。他家新雇了个手艺好的厨师,只是这位厨师很怕警察。当天的早报全文刊登了他在出版商宴会上讲话的全文。清晨他离开上城区的家时,他那位年轻美貌的妻子唱了首歌给他听,悠扬的歌声现在仍在耳边回响。近来她迷上了音乐,天天早上苦练。他称赞她技艺日见长进,太太听了喜不自胜,一把搂着他。他把春天看成一位训练有素的护士,温柔而技术高超,复苏的城市看成一座医院,现在这位护士正轻移细步,在巡视病房。

韦斯特布鲁克编辑在广场的一排排长凳间信步荡着,长凳上坐满了人,有流浪汉,也有无法无天的孩子的保护神。突然有人扯住了他的衣袖。他以为遇上了叫花子，转过冷冰冰的脸，打算分文不给。一看，才知扯住他的人是道尔——沙克尔福德·道尔，一身不干不净，衣都快破了，再加上还有一条一条的皱，都看不出他竟然还是位文人。

趁编辑惊心未定时，且介绍一下道尔的略传。

道尔爱写小说，与韦斯特布鲁克早就相识。有段时期，他们堪称朋友。当时道尔还有两个钱，住在一所像样的公寓里，离韦斯特布鲁克家相距不远。他们两家常一道看戏上餐馆，道尔太太与韦斯特布鲁克太太成了莫逆之交。后来命运开了个小小的玩笑，断了道尔的财源，让他搬到了格拉墨西公园附近。那地方房租便宜，天花板有8盏枝形吊灯，墙上有大理石壁炉，往日应很气派，但现在你坐在自己的大箱子上可以看到老鼠公然在房间里玩游戏。道尔想以写小说为生。他时不时也能卖出一篇。他给韦斯特布鲁克送去许多，《艺神》采用了一两篇，其余的退了稿。每退一篇稿，韦斯特布鲁克都要认认真真、一本正经写封信，详细说明不能采用的原因。对于什么是好小说，韦斯特布鲁克编辑自有他的一套标准。道尔也有自己的一套。道尔太太关心的主要是能筹集到什么盘中餐。有一天，道尔向太太谈一些法国作家如何如何写得高明，喋喋不休，结果到吃饭时两人吃的却是一个小学生饿肚皮时一口都能吞下去的东西。道尔遭了她的埋怨。

道尔太太说："这一顿饭像莫泊桑[①]的小说一样，不成样子，算不上佳作。不过呢，我的确希望你像马里恩·克劳福德[②]那样写出长篇巨著来，还能写出埃拉·惠勒·威尔科克斯[③]式的十四行诗，吃得上餐后甜点心。我现在还吃不饱饭。"

沙克尔福德拽住韦斯特布鲁克的衣袖时就是在这种处境，离功成名就还长路漫漫。好几个月，编辑一直没见过道尔。

"哟，沙克，你就这样呀！"韦斯特布鲁克说过这话后又有几分尴尬，因为这样说等于是笑对方已经落魄。

道尔还拉扯着他的衣袖没放，说："坐一会儿吧，这地方就是我的办公室。我这个模样不能到你那儿去。嗯，坐下吧，坐坐不丢脸。别的凳上的倒霉鬼会以为你是个志得意满的小偷，绝不会知道你只是个编辑。"

"抽支烟吧，沙克。"韦斯特布鲁克编辑说着小心翼翼地在难看的绿色长凳

---

① 莫泊桑（1850—1893年），法国作家，一生共写300多篇短篇小说和6部长篇小说，以其短篇创作而跻身于最优秀的作家之列。看来道尔模仿莫泊桑，但并不成功，他太太因此说出这话。

② 马里恩·克劳福德（1854—1909年），美国小说家，他一生创作了很多作品，有时一年里竟写出3部长篇，尚未问世出版商便预付一万元稿酬。

③ 埃拉·惠勒·威尔科克斯（1850—1919年），美国记者与诗人，曾出版20本诗集。

上坐了下来。每次他即使退让，也不会失去翩翩风度。

道尔见了烟像是王鱼见了翻车鱼，也像女孩子见到巧克力奶油，伸手抓了过去。

"我刚刚……"编辑刚开口。

"嗯，我知道，你不用说。"道尔说，"给我根火柴。只耽误你10分钟时间。你是怎么躲过了我的门卫①的眼睛闯进我的圣地来的呢？你看门卫现在也走了，拿手里的棍子赶狗，因为狗不认识牌子上的字'勿踏草地'。"

"你的创作进展如何？"编辑问。

道尔答道："你看看我的样就知道如何。你的眼神是又为难，又带善意，又坦率，可是你别这样望着我，你也别问我为什么不去找份工作，比方说卖酒，赶马车。我决心拼搏到底。我知道我的小说写得好，有一天你们也得承认好。我会使你改口，不说'很遗憾'，而说'拿钱去'，但到那时我又不愿再跟你打交道。"

韦斯特布鲁克躲在眼镜后的一双眼睛里流露出的是惋惜、同情、怀疑，心里却什么都明白，执掌稿件生杀大权的编辑遇到稿件采用不了的作者时，都会有这种神情。

"我寄给你的新作你看了吗？就是那篇《惊魂》。"道尔问。

"仔细看过了。这篇小说使我犹豫了好一阵子，沙克，这一点不假。的确有些可取之处。我还写了封信给你，以后退稿时一道寄给你。只可惜……"

"有什么就直说吧。"道尔冷冷地说，"反正说可惜既不起安慰作用，也不会觉得刺耳。我想知道的是为什么。你请说吧。先说优点。"

韦斯特布鲁克轻轻叹口气，不急不忙说："全篇的情节有独到之处。描写呢，数这一篇最好。至于结构，也还不错，只是有几个薄弱环节，还要做些修改、加工。倒是篇好小说，然而……"

"我的文字没问题，对吧？"道尔打断他的话问。

编辑说："我一直肯定你有你的文风。"

"那么问题出在……"

"还是那个问题，在高潮出现前你像位画家，但高潮一到你就成了拍照片的人。"韦斯特布鲁克编辑说，"沙克，我不知道你究竟中了哪门子邪，你写起东西来确实就是这个样。我看把你比作拍照片的人还不恰当。拍照尽管不可能用平面表现立体，但毕竟记录下了一瞬间的真实。你每篇结尾都让你那只秃笔毁了，写得平淡无奇，我已给你指出过多次。如果在起伏的情节后，你把小说引向高潮，

---

① 道尔的解嘲说法，指警察。

用艺术作品需要的鲜明色彩着上颜色,那么邮递员送到你家的厚厚的、自己写好信封的稿就要少得多。"

"哼,少不了小提琴演奏和脚灯!"道尔大声挖苦道,"你脑子里就少不了那个俗套。要是写绑架,绑架人就得长黑八字胡,被绑架的小姑娘贝西一定是金发,她妈妈一定会跪在聚光圈里举起双手说:'苍天在上,如果绑架我爱女的恶贼不遭报应,做母亲的不报仇雪恨,我誓不甘休!'"韦斯特布鲁克编辑无动于衷,得意地一笑,说:"我想,在实际生活中,做母亲的会说出这样的话,或者是类似的话。"

"除了舞台上,什么时候什么地方也不会有这种事。"道尔不让步地说,"我告诉你,她在现实生活中会怎样说吧:'什么?贝西让一个不认识的人带走啦?哎呀呀,真是祸不单行!把我另一顶帽子拿来,我这就去警察局。怎么就没有人看着她呢?奇怪!得了吧,别碍手碍脚,让不让我收拾好呀?不是这一顶帽子,是那顶棕色的,镶了天鹅绒帽带。贝西一定是叫鬼迷了。平常她见了生人就害怕。粉是不是扑得太多啦?见鬼!我算是倒了大霉!'"

道尔接着说:"她会说出这种话。现实生活中人们感情冲动时不会一下子变成英雄,讲话也像念诗。完全不可能有这种事。在这种时候如果他们还能说出什么的话,也会使用每天都使用的语言,甚至还有些语无伦次,思路不清。"

韦斯特布鲁克编辑也加重了语气说:"你有没有从地上抱起过被电车压得血肉模糊的孩子的尸体,放到已吓得发呆了的母亲面前呢?你有没有做过这种事,有没有听到母亲在悲哀绝望中说起话来滔滔不绝?"

"我没有。难道你有过?"道尔反问。

韦斯特布鲁克皱皱眉,说:"当然没有。不过我完全能想象她会说什么。"

"我也能。"道尔说。

到了这种地步,韦斯特布鲁克编辑得进行开导,叫这个不知天高地厚的作者哑口无言。《艺神》杂志中的小说主人公说些什么话岂能容未出茅庐的人信口开河,与杂志的编辑唱反调呢?

他说:"你得听我说,沙克,我对生活再外行也知道,人的内心如果突然出现极度悲伤,感情的表达形式必须与这种变化一致、协调、相称。表情与感情的必然一致在多大程度上需要自然,多大程度上应该作艺术加工谁都难说。李尔[①]

[①] 李尔即莎士比亚悲剧《李尔王》中的李尔。把王国平分给大女儿与二女儿,其真爱父亲但不善逢迎的小女却一无所得。后李尔被两个得了王国的女儿赶出门,死在荒郊。

当国王时的连篇妙语，水平远在年迈昏聩时吹的胡话之上，失去幼狮的母狮发出的狂吼远比平日的咆哮恐怖。但是，人无论男女都有一种所谓下意识的神秘知觉，这种知觉是由一种深刻和强烈的感情引发的，是不知不觉地从文学作品中和舞台上获得的，同时又促使文学作品与舞台具有这两者的价值和戏剧性效果的语言，表达那一类感情，这也是千真万确的事。"

"我倒想请教大编辑，文学作品与舞台的技艺从何而来？"道尔问。

"实际生活。"编辑扬扬得意地答道。

小说作者站了起来，做出一连串手势，却没有说话。他还没有找到恰当的言辞表达他的歧见。

附近长凳上一个邋遢流浪汉睁开一双红眼睛，觉得非在道义上帮他遭作践的兄弟一把不可。

"杰克，揍他一顿。"他用沙嗓门对道尔喊。

"爷们到广场来是为想正经事，谁叫他跑到这地方嚼舌头！"

韦斯特布鲁克装作满不在乎地看看表。

"你说具体些吧，《惊魂》有哪些不足之处，你该往一边扔？"道尔问，心急得像火烧。

韦斯特布鲁克答道："加布里埃尔·默里从电话里知道他未婚妻被闯进屋的强盗用枪打死了时，他说——我记不起原话，但……"

"我记得。"道尔说，"他是这样说的：'总机老是拆我的线。'（接着对他的朋友说）'汤米，你说说看，一颗三二子弹会不会打出个大窟窿来？这事够倒霉啦，可不？汤米，你给我把架上的酒拿来。不对，是当中的，旁边没酒。'"

编辑没等道尔来得及争辩，又说道："还有，贝伦尼切拆开丈夫的信，看到他跟修指甲的女人私奔了时说——让我想想——"

作者插话道："她说的是'得啦，这是怎么搞的！'"

韦斯特布鲁克说："这些话说得荒唐，把高潮毁了，使小说突然一落千丈。更糟的是，违背了现实生活。没有人在突然遇到不幸的事件时，会说出这些太俗气的话来。"

道尔不服输，没刮胡须的嘴哑得直响，说："不对，无论男女，人们在真遇到意外的事情时，说话不会文绉绉，会自然，还带点粗野。"

编辑站起身，那神气完全是以内行自居。

道尔把手按在他衣服的翻领上，问道："我们刚才谈的那两部分人物的行为和话语，如果你认为符合生活的真实，韦斯特布鲁克，你就会采用《惊魂》，对吗?"

编辑回答:"我如果认为符合,很可能会。但我已对你说得很清楚,我不这样看。"

"如果我能证明我做得对呢?"

"沙克,对不起,恐怕我现在没有时间再跟你辩论下去了。"

道尔说:"我不想辩论,只想向你用生活实例证明我的看法正确。"

"那你怎么办得到?"韦斯特布鲁克诧异地问。

作者认真地说:"你听着吧,我自有办法。我就盼着杂志社承认我的小说忠实于生活。我奋斗3年只是为了这一天。现在我不但囊空如洗,而且欠了两个月房租。"

编辑说:"我为《艺神》杂志选稿时搞的一套与你的看法相反,销售量已经从9万上升到……"

"40万,其实本可以到100了。"道尔说。

"你刚才不是说可以用实例证明你的高见吗?"

"是的,如果你能给我半小时时间,我就能证明我对。我以路易丝为实例。"

"你太太?怎么啦?"韦斯特布鲁克大声道。

"是这样,并非她出了事,而是她可以证明。"道尔说,"你知道路易丝一直很爱我,对我很钟情。她认为我是一块真金。正因为我怀才不遇,受人冷落,她才对我爱得更深,更钟情。"

"她的确是位可爱、难得的终身伴侣。"编辑表示赞同,"过去她跟我太太还是形影不离的朋友。沙克,有这样的好太太,我们两人真是好福气。过几天,你晚上带你太太来,我们一道吃顿有火锅的便饭,以往我们总聚餐。"

"等以后吧,"道尔说,"等我买了件新衬衫再去。现在我把我的想法告诉你。吃过早饭——就喝了点茶和燕麦片粥——我快从家里出来时,路易丝对我说她要去八十九大街看她姨妈,下午3点钟回家。她总是很守时,一分钟也不误。现在是……"

道尔朝编辑放表的口袋看了一眼。

"3点差27分。"韦斯特布鲁克看过表后说。

"我们正好来得及。"道尔说,"我们马上去我家。我写一封短信给她,放在桌上,她一进门就可以看到。我和你躲到餐厅的门帘后。我在信上说,我带着位相好走了,从此以后永不见她,因为她不理解我的文艺天性需要什么,而相好的很理解。我们可以观察到她看过信后的行动,听到她说的话。这样我们就能知道谁说的一套对,是你的还是我的。"

"那可不行！"编辑边说边摇头，"这样做是不择手段。怎么能拿你太太的感情开这种玩笑呢？我不赞成。"

"你放心吧。"作者说，"你能体贴她，难道我反而不？这样做不但对我有好处，也对她有好处。我写了小说总得推销出去。你别担心路易丝。她身体好，又有头脑，心敲敲打打都碎不了。只观察一分钟，一分钟后我出来向她作解释。韦斯特布鲁克，非常感谢你给我一次机会。"

韦斯特布鲁克尽管不大情愿，总算答应了。他跟我们所有人一样，也想看看活体解剖，所以会答应下来。谁要是没动过手术刀，就请站出来为他设身处地想想吧。可惜世界上的野兔和豚鼠的数量还不够。

两位要做文艺试验的人离开广场，先脚步匆匆往东，然后往南，走到了格拉墨西公园。小小的公园四周围着高高的铁栏杆。公园换上了漂亮的绿春装，喷泉像面镜子，映照着它的风采。铁栏外是一片年久失修的房子，往日曾住过有身份的人，现在一幢幢东倒西歪，好像在窃窃私语，埋怨往日的荣耀已被人遗忘。却道是，荣华已如流水去！

在公园以北的一个街口，道尔带着编辑又往东，没走多远后进了一所高而窄的公寓，公寓的正面装点得过于花哨。两人好不容易爬上五楼，道尔已气喘吁吁，打开了一套前房的门。

门一开，韦斯特布鲁克编辑只见房间里空空荡荡，恻隐之心油然而生。

道尔说："哪儿有椅子你坐哪儿，我来找笔和墨水。哟，这是什么东西？路易丝写的信。一定是今天上午她出门时留下的。"

他拿起放在房间当中桌上的一封信，撕开信封，抽出信大声念起来，从开头一直念到结尾，韦斯特布鲁克每个字都听到了。信是这样写的：

亲爱的沙克尔福德：

你看到这封信时我已在百里之外，而且越走越远。我在西部剧团的歌舞团找到了工作，今天中午12点动身。我不愿饿死，所以决定自谋生路。我不会再回来。韦斯特布鲁克太太跟我一道去。她说她守着个既像留声机，又像冰山，又像字典的人再也过不下去了，也不会再回来。我们悄悄练唱歌跳舞，练了两个月。希望你功成名就，万事顺利！再见。

路易丝

道尔丢下信，双手颤抖着，声音也颤抖着，捂住脸大喊：

"苍天，你为什么要赐给我这杯苦酒？既然她虚情假意，那么让上苍最珍贵的礼物——忠诚与爱情成为叛徒与恶贼的别名吧！"韦斯特布鲁克编辑的眼镜掉到了地上，嘴唇发白。他用一只手摸着上衣的纽扣，不由自主地说：

"沙克，怎么会见到这种鬼信？这不是要人的命吗，沙克？你说，沙克，真是见鬼，是吗？"

绿色门

你不妨假设此刻你吃过了晚饭，在百老汇路①上走，打不定主意该看悲剧消遣，还是到杂艺场看点正经东西②，结果一支烟抽了10分钟才抽完。突然有人抓住了你的手。转头一看，原来是个漂亮女人，长着双动人的眼睛，珠光宝气，穿的是俄国黑貂皮衣。她把一个热腾腾的奶油圆面包往你手心一塞，亮出把小剪刀，一刀剪下你大衣上的第二颗纽扣，莫名其妙地说了声"平行四边形"，便飞也似地往横街跑，边跑边回头望，就怕你追上来。

这种事情纯粹是奇遇。你会追那女人吗？不会。你一定是窘得脸发烧，一声不响扔掉圆面包，沿百老汇街继续走着，边摸摸第二颗纽扣的扣眼。只有极少数幸运儿的猎奇之心尚未泯灭，如果你不是这种人，一定就是那个样。

一心猎奇的人历来不多。书中所载的冒险家大都为办成一件事，只是方法各异而已。他们的行动有着明确的目的，或为寻金羊毛③，或为寻圣杯④，或为得女人之爱，或为得财宝，或为得王位，或为得美名。而单纯碰巧的人并无明确目的，机缘莫测，以后遇上什么全在未知之列。这种人中可算是典型的就是浪荡子，在他想回头的时候，尤其如此。

不畏险但不求奇的人有勇气，是好汉，古往今来为数极多，今日去帕利塞

---

① 百老汇路是纽约的著名大街，为剧院与夜总会集中区。
② 杂艺场是表演各种短节目的场所，有演唱、演奏、舞蹈、技艺、笑话等，典型的消遣地。作者此处用的是反语。把看悲剧说成消遣，杂艺场的节目说成正经东西。
③ 典出古希腊神话，金羊毛是一只飞山羊身上的一根奇毛。羊被人献于天神宙斯，金羊毛献于伊奥尔克斯（Iolcus）国王伊森（Aeson）。伊森将金羊毛挂在一橡树上。后其子贾森（Jason）率希腊数位大英雄远渡重洋寻得金羊毛。从异母兄弟手中索回王位。
④ 圣杯为耶稣在最后的晚餐所用之杯。耶稣在十字架受难时所流之血有一部分滴入此杯。后有一传说为接血，人将杯带到英格兰后圣杯失踪，另一传说为天使将杯从天上带到人间，交一群勇士保管，置到一山顶。凡有罪孽的人寻至山顶，圣杯便不翼而飞。

德①的人都在此列。他们使历史和小说变得丰富多彩，也给写历史小说这行的人带来了财富。但他们个个有身手要显，有利益要图，有美名要留，有怨恨要泄，所以，这些人并不真追求奇遇。

在我们这座大城市里，姻缘与奇遇像两个形影不离的伙伴，日夜不停地在街上寻找着真正的有心人。当我们在马路上走时，它们暗暗瞅着我们，变换各种方式挑逗。例如，偶一抬头时，我们可能看到某个窗户里伸出个头，那脸与我们心目中理想人物的很相像；在一条熟睡了的大街上，我们冷不防听到一所紧闭着门窗、没人住的房子里发出声痛苦而恐惧的尖叫；马车夫没把我们送到熟悉的人家，却把车停在一个不认识的人家门口，门一开有人笑脸相迎请我们进屋；一所不知谁住的高楼上会飘下一张纸，就落在你跟前，纸上写着字；在来来往往的人群中，我们与某个陌生人的眼光不期而遇，双方都流露出憎恨、喜爱或畏惧；天突然落下一阵雨，与我们共伞的竟是位素昧平生的姑娘或郎君。随时随地我们都可能遇到人掉手帕，打手势，丢眼风，这都是奇遇的引线，有无意失落的，有单独放出的，有高兴时抛下的，神秘莫测，变化多端，带着危险，让我们拾到了。然而我们没几个人愿意抓住这些引线，沿着引线追踪。陈规像根棍棒，把我们制服得不能动弹。我们会随手扔掉这些引线。等到有一天，一辈子的枯燥生活要完结了，我们才会醒悟，发觉我们的情场经历无声无色，不过是结一两次婚，或者是用保险柜收藏一个丝绸蝴蝶结，或者是跟一个脾气大的人闹一生别扭。

鲁道夫·斯坦纳是个真心追求奇遇的人。他几乎天天夜里要从他住的公寓出来，想遇到些意料不到的不寻常事。在他看来，生活中最有意味的事，只要你再走过一个街口就会发生。有时候碰运气的心理使他走上了迷途。他曾在车站待过两夜，被狡诈的骗子骗过好些回，有次让人灌了花言巧语的迷魂汤，损失了表和钱。但他依然兴致勃勃，不放过一切机会追求奇遇。

一天晚上，鲁道夫在老市中心沿着一条穿城马路闲逛。两旁人行道上行人如潮，有脚步匆匆往家里赶的，也有在家里闷得慌，出来光顾餐馆吃晚饭的。

这位兴致勃勃的年轻人衣冠楚楚，悠闲地走路，眼睛四下里瞧。白天他在一家钢琴店站柜台。他的领带上装饰的不是根别针，而是黄晶圈。有一次他写信给一家杂志的编辑说，利比②小姐写的《朱尼的爱情考验》是对他的生活最有影响的书。

走着走着，他听到人行道旁有牙齿发颤的响声，觉得奇怪，一看，原来是摆

---

① 帕利塞德是美国纽约州及新泽西州沿哈德逊河西岸的绝壁。

② 利比是作者杜撰的作家。

在一家餐馆前的玻璃盒里的假牙发出的,再瞧瞧,又发现餐馆边房子的楼上高挂着牙科诊所的霓虹灯招牌。一个大个子黑人穿得怪里怪气,上身是红绣花衣,下身是黄裤子,头戴军帽,见到行人有愿意接他的名片的,他才送上一张。

牙科医生做广告的这种方式,鲁道夫已司空见惯。往常他从这种散发牙科医生名片的人身边过时不接名片,但这天晚上例外,黑人手巧,竟塞给了他一张,他非但未拒绝,而且一笑,佩服他的高招。

往前走了几步后他瞟了一眼名片。竟有他没想到的事,原来名片的一面是空白,觉得有趣,把名片翻过来再看看。另一面写着3个字:绿色门。再一抬头,只见前面3步外的一个人把黑人给他的名片扔了。鲁道夫捡了起来。上面印的是牙科医生的姓名和住址,还有"补牙""架桥""镶牙"时间表及吹嘘手术"无痛"等大话。

热心奇遇的钢琴店售货员站在十字路口旁想了一会儿。然后他横过马路,走过一个路口,再横过马路,混进了人流中往回走。再从那黑人身边过时,他故意没有瞧那黑人,只顺手接过递给他的名片。走出10步他一看,见上面仍写着"绿色门",笔迹与第一张名片上的完全相同。地上前前后后的行人扔掉的三四张,空白面朝上。鲁道夫把它们翻过来,发现都印着牙科诊所自吹自擂的话。

鲁道夫·斯坦纳本是个一心求奇遇的人,但难得使奇遇之神向他招两次手。现在已经招了两次手,他于是就开始追寻。

鲁道夫掉转身慢慢向大个子黑人走去,那黑人仍站在装着格格发响的假牙的玻璃盒边。这次他从他身边过时没接到名片。尽管黑人的穿着花哨古怪,神态却是粗犷中有庄重,遇上愿接名片的人他会彬彬有礼地送上一张,遇上不愿接的并不强求。每隔半分钟他会像车上的售票员那样,也像在演大歌剧那样,拉开粗嗓门吆喝一声,吆喝的什么也听不清。这次他不但没有给名片,而且鲁道夫觉得他那黑得发亮的大脸现出了冷淡的、近似鄙夷的表情。

这表情让追求奇遇的人见了不大好受。他认为尽管没有说,那黑人只当自己高抬了他。无论那张神秘的纸片上写的几个字是什么意思,反正黑人两次都只当他与众不同,值得送。现在黑人似乎是怪他既不聪明,又少灵性,不配解开这个谜。

年轻人站到人流外,把他认为一定会有奇遇的房子上上下下看了一眼。房子共五层,底层是家小餐馆。

二楼关着,似乎堆放着帽子和毛皮衣。三楼的霓虹灯招牌一亮一灭,是牙科医生的诊所。往上的招牌五花八门,有手相师的,有裁缝店的,乐队的,内科诊所的。再往上的窗户挂着窗帘,窗台上放着白牛奶瓶,显然是住房。

鲁道夫打量一番后,快步走上高高的石头台阶进了屋子。他一口气爬了两层铺了地毯的楼梯,在楼梯口站住了。走廊上光线暗淡,点着两盏小气灯,一盏在他右边,离得远,一盏在左边,离得近些。他朝离他近的一头望,看见昏暗的灯下有一扇绿色的门。犹豫了一会儿后,他仿佛看到了那会拿名片变戏法的黑人鄙夷的目光,便直朝那张绿门走去,敲了敲。

他敲过以后好大一会儿里面才有声响,可见当真会有奇遇。各种各样的事都出在这种绿色门后!有聚赌的,有滑头鬼设下巧计勾人上当的,有美人儿胆大幽会的,因此到了这种地方,冒冒失失一敲门,各种可能性都会出现,或遇险,或出人命,或得爱情,或大失所望,或受到奚落。

房间里隐隐有衣裙的响声,接着门慢慢开了。门里站着位姑娘,不到20岁,脸无血色,脚发软。她放开了门把手后,身子有气无力地晃起来,伸出一只手想抓住什么。鲁道夫赶忙抱起她,放到靠墙的一张掉了色的卧榻上。他关上门,借着闪闪烁烁的煤气灯把房间四下里看了一眼。干净倒是干净,但主人穷到了极点。

姑娘躺着一动不动,像是昏了过去。鲁道夫急了,眼到处望,想找个圆桶。昏过去的人得放在圆桶里滚。但再一想又不对,是溺水昏过去的才用圆桶滚。他取下帽子给她扇着。这一招见效了,因为帽边碰着了她的鼻子,她睁开了眼睛。年轻人这才发现,姑娘的脸是他的心久久向往的脸。灰眼睛里的眼神坦率,小鼻子稍稍往上翘,棕色头发卷曲着,像豌豆藤上的小须。他追求奇遇的目的就在这里,这一次看来不虚此行。可惜的是,这张脸又瘦又惨白。

姑娘定睛看着他,然后一笑。

"我昏过去了,是吗?"她用微弱的声音问道,"哎,有谁能不昏过去?叫你也3天什么都不吃,你试试看!"

"我的妈呀!"鲁道夫说着一跃而起,"你等等,我马上就来。"

他冲出绿色门,跑下楼梯。20分钟后,他赶回来了,用脚尖踢着门,叫她开。他双手搂着一大堆吃的,有杂货店买的,也有餐馆买的,往桌上一放,是奶油面包、各色冷肉、蛋糕、馅饼、腌黄瓜、牡蛎、一只烤鸡、一瓶牛奶、一瓶滚烫的茶。

"真是荒唐,人还能够不吃饭?"鲁道夫大声说,"这种事以后千万别再干!现在吃饭吧。"他把她扶到桌边坐下,问道,"有杯子倒茶吗?"姑娘答道:"窗口边的架上有。"等他拿了茶杯再转身时,只见她高兴得眼闪闪亮,已开始吃起来,而且凭着女人心细的天性,挑的是纸袋里一条大腌黄瓜。他笑着抢走她手里的黄瓜,倒了满满一杯牛奶,嘱咐道:"先喝牛奶,再喝茶,然后吃只鸡翅膀。等到恢复了元气,明天才可以吃腌黄瓜。我作为你的客人,我们一道吃,行吗?"

他端来另一把椅子。喝过茶,姑娘开始有了血色,眼也变明亮了。她狼吞虎咽般大口吃起来。桌边还坐了个年轻人,她满不在乎,吃的东西是人家买来的,她只当没关系，这倒不是因为没把陈规放在眼下，而是因为饿得慌，理所当然要抛开人为的客套。但是等到渐渐地体力恢复，有了精神后，她也感到该讲点应有的礼节，向他说出了自己究竟出了什么事。原来，这种事每天发生上千起，纽约人已习以为常。她原在商店当售货员，工资微薄，还受到"罚款"（是进商店老板腰包的罚款），后来又生病上不了班，接着丢了饭碗，陷入绝境，却没料这位追求奇遇的人来敲她的绿色门。

但在鲁道夫听来，她说的经历就像诗《伊里亚特》①和小说《朱尼的爱情考验》一样感人肺腑。

"没想到你会受这种磨难。"他说。

"说起来是够凄惨了。"姑娘的声气庄重。

"你在纽约没有亲戚或者朋友吗？"

"一个也没有。"

鲁道夫没马上接话，过了会儿才说："我在这世上也是孤身一人。"

"我看这样更好。"姑娘的话来得唐突，但年轻人一听她竟然巴不得他孤身一人，内心很有几分高兴。

突然她撑不开眼皮，深深叹口气，说："我很想睡了，现在我恢复了正常。"

鲁道夫起身拿好帽子。

"那我就告辞了。夜晚睡上一大觉对你有好处。"

他伸出只手，姑娘握着手说了声"再见"。但是看眼神她还有所求，内心的思想表露得那么明显、坦率、叫人感动，年轻人用言语做了回答。

"好，我明天再来看看你身体恢复得怎样。短时间你还少不了我。"

她似乎就关心他是怎样来的，倒忘了他来救了她，走到门边时问道："你怎么会敲我的门呢？"

他看了她好一会儿，想起那两张纸片，心头突然觉得又酸又难受。如果它们落到了另一个与他同样追求奇遇的人手中，结果会如何呢？他当即打定主意，不把事实真相告诉她。绝不能让她知道，他心中完全有数，她是出于痛苦的生活所迫，才采用了这种少有的权宜之计。

"我们店有位顾客住在这楼里，我是说走错了，敲了你的门。"他说。

绿色门关上之前，房间里什么他都没看见，只看见她的一丝微笑。

走到楼梯口他站住了，出于好奇心看了看四周。然后他沿走廊走到尽头，再折回来，爬上另外一层，要看个究竟。他发现这所房子每扇门都是漆成绿色。

---

① 《伊里亚特》为希腊著名史诗，相传为荷马（Homer）所作。

他迷惑不解，下了楼，回到人行道上。那穿得怪里怪气的黑人还在。鲁道夫拿着两张纸片走到他面前。

"请问，你为什么给我这两张纸片，它们是怎么回事？"

黑人咧开大嘴笑着，态度亲切，表现出得了老板拉生意的那手真传劲儿。

他往前面一指，说："先生请看那儿，不过恐怕第一场你已赶不上了。"

鲁道夫顺他指的方向看去，见到一家剧院大门的霓虹灯亮着新上演剧目的剧名：绿色门。

黑人说："先生，我听说这剧好看得很呐。剧院的人给了我一块钱，叫我在散发医生的名片时也帮他散发几张。医生的名片你要不要？"

回到他住处近旁的街口，鲁道夫喝了杯啤酒，点了根烟。出店门后，烟还没抽完，他扣上衣服，往后挪挪帽子，对着街口的灯柱毫不犹豫地说：

"反正是一回事。我相信是命里注定，鬼使神差我见到她。"

有人因追寻奇遇而得姻缘，现在这件事的结局肯定说明，鲁道夫·斯坦纳便是这种人之一。

经验与狗

没多少天以前，我的一位老朋友从热带地区回到纽约。他叫杰·皮·布里杰，任美国驻拉托纳岛①领事。我们在一起痛痛快快吃玩，参观了烫斗大厦②，可惜差两个夜晚没赶上看布朗克斯利斯巡回动物展。后来有一天退潮时，我们沿着条与百老汇平行、似百老汇却远不及百老汇的马路闲逛。

一个相貌出众却显俗气的女人从我们身边经过，牵了条黄哈巴狗。这狗四条短腿摇摇摆摆走着，边哼哼，一副坏心肠。它绊到了布里杰的腿，却反怪布里杰，气冲冲叫着咬了一口。布里杰一脚踢得这狗快断气，开心地笑了。那女人放连珠炮般吐出一大串形容词，她把我们看成了什么人你可想而知，但我们没理会。往前走了10来步，遇上个一头白发乱蓬蓬的老太婆讨钱，其实她的存折就塞在破披肩下藏着。布里杰停住脚步，从漂亮的背心里掏出个2角5分的银币给了老太婆。

到街口时见到个人穿得倒讲究，但体重足有五百斤，下颚垂着的一块肉又大

---

① 拉托纳岛系作者杜撰。
② 该大厦现已不为人知。

又白,像扑了米粉,链条牵着条魔鬼般的牛头犬①,前腿特别短,连猎獾狗②都不如。他站在街口。一个戴顶过了时的帽子的小个子女人对着他直哭,任他低声骂。一个骂起来出口成章,一个显然除了哭别无办法。

布里杰又笑了,是暗自发笑。这次他掏出个小记事本,把这件事记了下来。如果不向人作应有的解释,他这样做就不应该,我坦率地向他说了。

布里杰答道:"我在拉托纳听到了一条经验之谈。现在我到处搜集例证,证实这一说。向世人公开的时机还不成熟,但我可以告诉你。你听了以后不妨想想你所认识的人,看看这条经验之谈有没有道理。"

于是,我把布里杰带到一家偏僻的有假棕榈树的酒店,他给我讲了件亲身经历的事。现在我把这件事用我的话转述如下,是否属实责任由他负。

一天下午3点,拉托纳岛上有个孩子在海滩上一路跑一路叫:"'帕哈罗'号来啦!"

这一叫大家就都知道了他耳尖,判断声音准确无误。

在拉托纳,谁要是首先听到还见不着影的轮船并大声吆喝起来,而且把船名说得准确,谁就成了个小小的英雄,别人要夺他的位子得等下一艘船。所以,拉托纳岛上光着脚的小子互不相让,但小帆船进港时吹的海螺与远处轮船的汽笛声音相差无几,听错上当的人不少。有人则不然,当汽笛声还不及吹过椰子树的风声响时,他们就能对你说出船的名称,如果你的耳朵没他们灵敏的话。

这一天叫"帕哈罗"号来了的孩子当了英雄。拉托纳岛的人侧耳细听,没多久果然低沉的声音越来越大,越来越近,最后看到低洼处的一线椰子树树梢冒出了两个黑烟囱,水果船慢慢向港口驶了过来。

各位须知,拉托纳是位于南美一个共和国以南20英里的一个岛屿,该国的港口。它安卧在平静的海中,无忧无虑,得福于地处富裕的热带,这里万物迅速"成熟,死亡,走向坟墓"。

沿马蹄形小港有个绿树成阴的村庄,村里的800人过着悠闲自在的生活。他们大多是西班牙人与印第安人的混血儿,血液中既有戈多明戈土著人的贡献,也有西班牙官员的遗传,还掺杂着三四个早先来的白色种族留下的成分。

光顾拉托纳的只有水果船,是顺路到岛上接香蕉贩,同时送来星期天的报纸、冰块、奎宁、腊肉、西瓜、疫苗。拉托纳与外界的往来也就此而已。

涨潮时"帕哈罗"号威风凛凛驶来,在平静的海港外掀起一股股白色海浪,

---

① 牛头犬是一种猛犬,身体结实,嘴方,头大,毛短。
② 猎獾狗是一种身长腿短的猎犬。

停在海港口。村里早有两条小船划了过来，一条送香蕉贩，另一条接卸下的货物。轮船停稳时，小船已划出一半路程。

香蕉贩连人带船上了轮船，"帕哈罗"号驶往大陆装水果。

另一条小船回拉托纳时载了"帕哈罗"号卸下的冰块，一捆报纸，还有一名乘客，名叫泰勒·普伦基特，肯塔基州查塔姆县[①]的警长。

美国驻拉托纳领事布里杰这时在离海20码的一株面包树[②]下的小官邸里擦枪。领事在他那个政党的队伍中的位置接近队尾，乐队的车离他远，传到他耳里的音乐已微乎其微。美差归了别人，布里杰被派到拉托纳当领事等于只吃到一口残羹剩饭。但话说回来，一年900美元在拉托纳花销绰绰有余。而且布里杰在他的官邸附近水里打鳄鱼打上了瘾，并不是过得不快活。

他仔细检查过枪机后，一抬头，发现门口站了个体格健壮的人。这人虽健壮，却走路听不到脚步声，行动也迟缓，皮几乎晒得焦黄，年纪已45，穿的是家织布，一身倒干净，头发又稀少颜色又浅，黄中带灰的胡须修剪得很短，淡蓝色眼里显现出温和与单纯。

"阁下就是领事布里杰先生吗？他们说你住在这里。"体格健壮的人说，"请问沿海边种的鸡毛帚似的树上结的那一大串一大串东西是什么？看起来活像葫芦。"

领事叠好擦枪布，说："你坐那椅子吧。不对，是另一把，那把竹椅吃不消你。你看到的那些东西是椰子，青椰子。没成熟时椰子有些发青。"

来客小心翼翼地坐下，说："非常感谢。我不愿不问个明白就对老家的人胡乱说见到了橄榄树。我姓普伦基特，是肯塔基州查塔姆县的警长，受权到这个岛来抓捕一个人归案，有该国总统签署的引渡公文，手续齐备，公文就在我口袋里。罪犯名叫韦德·韦廉斯，现在的职业是种植椰子。两年前他害死了他妻子，逮捕他就是为这件事。现在他在哪里？"

领事眯起一只眼往枪管里看。

"这岛上没人姓威廉斯。"他说。

"这我早料到了。"普伦基特满不在乎地说，"他会随便换个名。"

布里杰说："而且，除了我，拉托纳只有两个美国人，一个叫鲍勃·里夫斯，一个叫亨利·摩根。"

"我要抓的人是卖椰子的。"普伦基特提出了线索。

[①] 经查，肯塔基州并无查塔姆县。实际上佐治亚州与北卡罗来纳州才有查塔姆县。

[②] 面包树是热带植物，果实形似面包，烧烤后有面包状蜂窝窗，故得名面包树。

"你看见延伸到尖角那线椰子吗？"领事说着手朝敞开的大门一挥，"那一线是鲍勃·里夫斯的。往下岛上的椰子一半归亨利·摩根所有。"

警长说："韦德·威廉斯一个月前给查塔姆县的一个人写信说出了实情，把地址和近况讲得清清楚楚。谁知信让人捡到交了出来。他们派了我来抓，我有正式公文。可以肯定，他在你们这里经营椰子。"

布里杰说："那你该有他的照片。这人不是里夫斯就是摩根了。真是太可惜，像他们俩这样的好人，你开着汽车一天也难遇上一个。"

普伦基特为难地说："你猜错了，威廉斯的照片没办法弄得到，我又没亲眼见过他。我才当了一年警长。不过他的模样我还是知道得很清楚。身高约5.11英尺，黑头发、黑眼睛，鹰钩鼻，肩又宽又厚，牙齿雪白，一颗也没掉，爱笑，健谈，爱喝酒，但从不过量，说话时眼老盯着你，年龄35岁。你这里的人哪个是这模样？"

领事咧开嘴笑了。

他放下枪，戴上黑色脏羊驼①毛帽，说："我看这样办吧，普伦基特先生：你跟我走，我带你去见这两个人。只要你能判断哪个与你说的外貌特征更相符，我甘拜下风。"

布里杰领着警长出了门，沿没有沙的海滩走。村里的房子都小，稀稀拉拉，紧靠这线海滩。村背靠一线林木茂密的小山。领事带着普伦基特沿挖出的泥土阶梯走上一座小山。在阶梯的尽头有座芳草盖顶的木头屋，才两间房。屋外一个加勒比女人在洗衣。领事把警长领到朝海港的那间房门口。

房间里有两个人，只穿件衬衣，正要坐下吃饭。他们细看并不相像，但哪个都与普伦基特说的特征相符，无论身高，头发的颜色、鼻子的形状、体格、举止都均能对上号。他们是美国人的典型，开朗、机灵、有气量，在异乡客地结成了伙伴。

一看见领事，两人同声叫道："你好，布里杰！进来一起吃饭！"说完这才发现跟在领事身后的普伦基特，虽然奇怪，却热情地迎上前来。

"先生们，"领事说话的声音变得分外庄重，"这位是普伦基特先生。普伦基特先生，这两位是里夫斯先生和摩根先生。"

两位椰子大王高高兴兴地向来客表示欢迎。里夫斯比摩根似乎高一英寸，但笑声没他大。摩根的眼是深棕色，里夫斯的眼是黑色。里夫斯是这屋子的主人，连忙给两位来客端过两把椅子，又吩咐加勒比女人再摆两套餐具。据说，摩根住在下面一间竹棚里，但每天两人都在一起吃饭。趁主人在忙活，普伦基特站着没

---

① 羊驼是南美洲产的一种很像山羊的动物。

动,用浅蓝色眼睛四处打量着。布里杰感到内疚,心神不安。

后来两套餐具摆好了,四人这才就位。里夫斯与摩根面对面各站在桌子一边,客人也各站在一方。里夫斯略一点头,示意都落座,却不料普伦基特威严地打个手势,眼睛既没正视里夫斯也没正视摩根。

"韦德·威廉斯,你因人命案被捕了。"他不露声色地说。

里夫斯与摩根立刻互相看了一眼,眼神是怀疑里夹杂着几分惊讶。然后同时转向刚刚说那话的人,眼神变成迷惑中夹杂着明显的不满。

摩根坦然说:"普伦基特先生,我们不明白你这话的意思。你刚才是说'威廉斯'吗?"

里夫斯对着领事一笑,问道:"布里杰,这开的是哪门子玩笑?"

没等布里杰答话,普伦基特又开口了。

"我来解释吧。"他说,仍然不露声色,"你们两人中有一个是不用我做任何解释的,但另一个还需要。你们有一个是肯塔基州查塔姆县人,叫韦德·威廉斯。两年前的5月5日,你害死了你妻子,死前她受过你五年的虐待和辱骂。我领了正式公文逮捕你归案,你得跟我走。明天水果船送香蕉贩回岛,我们乘水果船返回。先生们,我承认我弄不清你们哪一位是威廉斯,然而希望你们明白,明天韦德·威廉斯得回查塔姆县。"

摩根和里夫斯哈哈大笑起来,笑声传到了远处宁静的海港。停在海上的一溜渔船上,两三个渔民抬头望着小山上美国人的房子,心中暗自奇怪。

摩根好不容易止住笑,说道:"我的好普伦基特先生,饭菜都快凉了,我们坐下吃吧。我就想喝鱼翅汤,快等不及了。公事等吃了饭再说吧。"

里夫斯热情地说:"请坐请坐,先生们。我相信普伦基特先生不会反对。也许不急着办对普伦基特先生辨认应该逮捕的人反而有利。"

"当然不会反对,我也饿了。"普伦基特说着一屁股坐到了椅子上,"我先得讲明来意才能接受款待,没别的目的。"

里夫斯把酒瓶和酒杯摆到桌上。

"法国科尼亚克产的白兰地,苏格兰烈性酒,稞麦酒都有,请各位自便吧。"他说。

布里杰说要喝稞麦酒,里夫斯给自己倒了3指深的苏格兰酒,摩根喝的也一样。警官一再推让,往杯里倒了满满一杯水。

里夫斯端起酒杯,说:"来,为威廉斯先生干一杯,祝他吃饭胃口好!"摩根又笑又喝酒,结果呛得把酒吐了出来。四人吃了起来,菜的确炒得美味可口。

"威廉斯！"普伦基特突然厉声叫道。

几个人都抬起头，莫名其妙。里夫斯看到警长和蔼的眼光落到自己身上，脸有些红了。

他带着几分不满说："你得明白，我姓里夫斯，不希望你也……"一转念，他觉得这件事可笑，结果打起哈哈来。

摩根往牛油果里慢慢倒着佐料，说："普伦基特先生，我想，你一定知道，如果你抓错了人，回到肯塔基州会惹出大麻烦来。当然，我只是说如果你非要抓个人回去不可的话。"

警长说："谢谢你的指点。不过，人我非带回去一个不可，而且是你们两位中的一位。不错，如果抓错了人，得吃不了兜着走，这我也知道，但我自有办法，逮着该抓的人。"

摩根笑嘻嘻一眨眼，把身子凑过来，说："我告诉你一个办法吧：你把我带走。我心甘情愿跟你去。今年的椰子生意不景气，我想从你们吃公事饭的人身上捞点外快。"

"那可不行。"里夫斯来凑热闹，"上次一船货每千我才挣了16块。普伦基特先生，把我带走吧。"

警长耐性好，说："我会带走韦德·威廉斯的，要不然我交不了账。"

摩根装作发抖，说："这餐饭像是跟鬼在一块吃，还是杀人犯的鬼魂。威廉斯先生这么坏，谁敢给他的鬼魂递根牙签呢？"

普伦基特满不在乎，仿佛还是在查塔姆县自己家吃饭。他一点也不挑食，头一回尝热带饭菜也吃得津津有味。他才不出众，貌不惊人，甚至行动迟缓，看起来完全缺乏办案警官的机灵。他甚至没有再留心观察眼前两个人，就是这两人中有一个犯有杀妻大罪，他蛮有把握领了使命要逮捕归案。现在他的确面临一个难题，万一解错，他便要栽个大跟斗，然而他似乎没想这些，一心一意在品味从未吃过的清炖鬣蜥蜴片汤①。

领事倒是非常为难。里夫斯与摩根早成了他的莫逆之交，然而论公务论道义他都得帮肯塔基州来的警长一把。于是唯独布里杰坐着一声没吭，估量着眼前这局面。他的看法是，根据对他们一贯的了解，里夫斯与摩根两人都思路敏捷，在普伦基特说明他的来意那一刻——闪电般短促的一刻——都会猜想到对方也许当真就是罪犯威廉斯，而且就在那一刻下了决心，别出卖朋友，一定要帮朋友度过

---

① 鬣蜥蜴是美洲热带地方所产一种大蜥蜴。

危难。领事就是这样分析的,如果他是位出版斗智斗法死里逃生的书的书商,那他一定会给这位从肯塔基州查塔姆县来的警长出尽难题。

吃完饭,加勒比女人收走了菜盘和桌布。里夫斯往桌上撒了把名贵香烟,普伦基特也没例外,点了一根,显然高高兴兴。

摩根望着布里杰一笑,一眨眼,说:"我也许脑子笨,但还是想看看究竟笨不笨。依我想,普伦基特先生是在开玩笑,吓唬吓唬没见过世面的人。请问这位威廉斯是真有其人呢,还是假有其人?"

"威廉斯!"普伦基特郑重其事地纠正道,"我这辈子还从没开过玩笑。如果我没把握把韦德·威廉斯带回去,怎么会跑两千英里路讨这份苦差干呢?先生们!"警长边说边用一双和蔼的眼睛打量那两个人,并看不出他怀疑上了谁,"这种事哪会是开什么玩笑?现在我说的话,韦德·威廉斯句句都在听着,但是出于礼貌,我只当他是局外人。在长达五年时间里,他把妻子当成一条狗——不对,这个比喻不恰当。肯塔基州哪条狗过的日子都比她好。妻子挣钱他花钱,不是拿去赌赛马就是拿去打牌,要不就打猎,跑马。这人对朋友很讲交情,但在家里却是冷面恶魔。亏待了她五年不够,最后还用拳头揍,那拳头就像石头一样硬,可怜他妻子受尽折磨时还正害着病,身体虚弱。第二天妻子死了,他逃之夭夭。就是这么回事。这已构成犯罪。我从没见过威廉斯,但认识他妻子。我这人说话不愿说一半留一半。他妻子认识他时,与我已经在做伴。那女人去路易斯维尔做客,见到了他。老实说,他马上把我的希望毁了。当时我住在坎伯兰山区的边缘地带。韦德·威廉斯害死妻子后一年,我当选为查塔姆县警长。我到这里逮捕他归案是公事公办,但我也愿承认,还有一个个人感情问题。他得跟我回去。里夫斯先生,你给我一根火柴好吗?"

摩根把脚跷到墙上,说:"威廉斯太没头脑,会动手打肯塔基州的女人。我好像听说过,那些女人一个个都很小气。"

里夫斯又倒了些苏格兰酒,说:"反正威廉斯坏透了顶。"

这两人话说得轻松,但领事看得出来也觉察得出来,两人的动作和声音都拘谨,心里在害怕露出破绽。他暗暗想着:"好样的,他们俩都真够朋友,你想袒护我,我也想袒护你。"

这时,一条狗走进了他们坐的房间,是一条长耳朵猎狗,有黑毛也有黄毛,大摇大摆,蛮有把握会受到欢迎。

普伦基特转过头看着狗,狗并不害怕,站住了,离他坐的椅子才几英尺。

突然,警官咬牙切齿骂了一声,走过去,抬起穿着又大又重的鞋子的脚使劲狠踢一脚。

猎狗毫无防备，又吃惊又痛又伤心，扇着耳朵夹着尾巴尖叫一声。

里夫斯与领事坐在椅上没动，也没开口说话，但见到查塔姆县来的人突然干出这种异乎寻常的事来，都吃了一惊。

但摩根立刻脸红脖子粗，跳了起来，挥起一只拳头对着客人。

"你——你怎么干出这种事来！"他气冲冲大叫着。

但是风波转眼平息，普伦基特含含糊糊说了句表示歉意的话，又坐下来。摩根好不容易压住心头火气，也回到了座位上。

摩根刚坐下，普伦基特像老虎一样一转身扑到桌子另一边，把手铐套到了他手上，他还呆若木鸡。

普伦基特大声嚷着："你爱狗如命却害死了妻子！做好准备去见你的上帝吧。"

听布里杰说完，我问道：

"他抓对了人吗？"

"抓对了。"领事说。

我有些迷惑不解，又问："他怎么会认得准呢？"

布里杰答道："普伦基特第二天押着他上了小船，再转乘'帕哈罗'号轮。上小船前，他与我握手，我也问了他这个问题。"

他说："布里杰先生，我是肯塔基州人，人和动物都见得多，还从没见过一个爱马爱狗如命的人对女人不心狠的。"

几位侦探

在纽约这座大城市，人会突然失踪，音讯全无，就像根蜡烛可以一口吹灭一样。要寻找你得求助于各种寻人的行家，例如熟悉道路的警察，了解纽约这座迷宫底细的侦探，善于分析推理而可以足不出户的能人。最常出现的结果是这个人再也见不着了。有时候会不知从什么地方冒出来，自称姓"史密斯"或别的什么，很长一段时间的事已忘得精光，包括欠杂货店的债。有时候，你在河里到处捞，又在各家餐馆跑，巴望在他等可口的牛肉时撞见他，最后却发现他原来只迁居到隔壁一所房子。

这类失踪之快像黑板上粉笔画的人被一刷子就抹掉了的事是编剧人最爱写的题材之一。

玛丽·斯奈德的失踪说来该不致索然无味。

有一天,一位姓米克斯的中年人从西部来到纽约,寻找他的姐姐玛丽·斯奈德太太。他姐姐年已52岁,遗孀,在一个人口高度密集地区的一所穷苦人住的公寓里住了一年。

走到她的住处时,这人发现她一个月前搬走了,新住址又无人知道。

米克斯先生出屋子后,找了站在街口的一位警察,说明他的难处。

"我姐姐很穷,我非找到她不可。近来我经营铝矿赚了好些钱,希望让她也能过上好日子。登报找她没有用,因为她不识字。"他说。

警察扯扯八字胡,沉思一阵,显得把握十足,米克斯见了,几乎感到她姐姐喜悦的泪花已经滴到了他鲜艳的蓝领带上。

"你去运河街吧,找一份赶大车的活,要赶最大的车。"警察说,"那一带总少不了有老太太让车撞倒,也许撞倒的老太太里就有你姐姐。如果你觉得这办法不好,就到局里去,请一位能干的警察帮你找。"

米克斯到警察局果然没白跑一趟。寻人通告发到了全城,玛丽·斯奈德弟弟带来的照片复制后各所都有。桑树路的所长指派马林斯侦探协助找寻。

马林斯把米克斯带到一旁,说:

"这件事不很难办。刮干净胡须,口袋里多装好烟,今天下午3点到沃尔多夫宾馆找我。"

米克斯照办了,马林斯果然在宾馆等。他们要了一瓶酒,侦探边喝边问失踪人的情况。

马林斯说:"虽说纽约城市大,但我们干侦察工作的有一个完整的网络。找你姐姐有两个可行的办法,我们先试一个。你说她52岁,是吗?"

"早已满52岁。"米克斯说。

侦探把西部人带到最大一家日报的广告部,写了一则广告,交给米克斯:

紧急招聘妙龄歌女100名排演新歌剧。百老汇路××号全日接待。

米克斯一看生了气。

"我姐姐是卖苦力的穷老婆子,登这种广告跟找她有什么相干?"他说。

"不登就不登。"侦探说,"我看你还不知道纽约的事。既然这办法你反对,我们用另一个。准奏效,只是费用大。"

"多花钱没关系,我们试试。"米克斯说。

侦探领他回到沃尔多夫宾馆，说道："租两间卧室一间客厅，我们上楼吧。"

米克斯也照办了。两人被领进四楼的一个豪华套间。米克斯一看觉得奇怪。侦探往天鹅绒靠椅上一坐，摸出烟盒。

"老兄，我刚才忘记提醒你，房子该按月租，他们收取的费用就不会这么高。"他说。

米克斯大声道："按月租！这是为什么？"

"嗯，用这种办法寻人得慢慢见结果。我有言在先，这办法你花的费用大。我们要等到明年开春，到那时新城市指南才会出版，很可能你姐姐的名字和住址里面都有。"

米克斯二话没说甩开了市里的侦探。第二天，有人给他出主意，叫他请纽约有名的私人侦探沙姆罗克·乔尔恩斯，虽然他收费高，但有神通，善解疑难，破奇案。

米克斯在大侦探的套间的外屋等了两小时才被引见。乔尔恩斯穿着紫色晨衣，坐在嵌着象牙棋盘的桌边，面前摆了本杂志，想解开"他们"之谜。众人皆知这位声名赫赫的侦探脸瘦，智多，目光炯炯有神，说话字斟句酌，无须赘叙。

米克斯说明了来意。沙姆罗克·乔尔恩斯开价道："事情办成你得付500元。"

米克斯没还价，鞠躬表示同意。

乔尔恩斯这才说："米克斯先生，你的事情我愿意办。我对查找纽约失踪的人一直有兴趣。记得一年前我就办成了一件。一家姓克拉克的人家突然去向不明，原来他们住在一个小套间里。为了找出线索，我对公寓进行了两个月的观察，有天突然注意到一个送牛奶的人和一个杂货店的伙计送货上楼走的方向反常。再一回想，记得天天如此。这一发现给了我启发，经过一番思考很快找到了这家人的去向。原来他们搬进了走廊另一头的一套房间，把姓改为克雷尔。"

沙姆罗克·乔尔恩斯和委托人到了玛丽·斯奈德原住的房子。侦探进了她的住房查看。自她搬走后，这间房还没人租过。

房间又小又脏，家具简陋。米克斯坐在一张破椅上发愁，大侦探在墙上、地上、几件破旧家具里搜寻线索。

半小时后，乔尔恩斯搜集到了几件看来并无关紧要的东西，有一根廉价黑帽针，一张撕掉了一大块的剧院节目单，小半截破卡片，上面写"左"字和"C12"。

沙姆罗克·乔尔恩斯靠在壁炉架上站了10分钟，手托着头，聪明的脑袋在紧张地思索。10分钟后他兴奋地说：

"行啦，米克斯先生，问题找到了答案。我马上带你到你姐姐住的地方。你用不着担心她的处境,她有的是钱花,至少目前相当宽裕。"

"你怎么知道呢?"米克斯又惊又喜,他问。听声音是非常佩服。

乔尔恩斯善于推理,有神机妙算,内心里非常得意,如果说他还有什么弱点,那就在于干这行的人不该在这方面得意。他总喜爱谈他是怎样推理的。目的是让听者惊讶,敬佩。

乔尔恩斯把找到的线索摊到桌上,说:"我用筛选法排除了斯奈德太太搬到本市某些地区的可能。你看到这枚帽针吗?它排除了住在布鲁克林区①的可能。凡女人在布鲁克林桥上车想抢到一个座位帽上非有帽针不可。现在我再告诉你为什么她不可能去了哈莱姆区②。这扇门后的墙上有两个钩,一个是斯奈德太太挂帽子的,另一个是挂披肩的。仔细看看你会发现,披肩挂久了下面的边已在墙上留下一条痕迹。现在这条痕迹线条清楚,就说明披肩的边上没有穗。你想想,在哈莱姆区上火车的有了把年纪的女人哪个的披肩不是有穗?绊着门不算,还耽误后面乘客的时间。所以我们可以把哈莱姆区排除在外。

"这一来我的结论是斯奈德太太搬得不远。这张破纸片上你看到有个'左'字,还有字母'C'和数字'12'。我刚好知道 C 马路第 12 号是栋高档公寓,远远超过你姐姐的财力——暂且我们这样假设吧。问题是我找到了这份剧院的节目单,它留下的折痕有些异样。这能说明什么呢?米克斯先生,很可能你认为什么也不说明,但在一个训练有素、已经养成了习惯观察蛛丝马迹的人却可以看出大文章来。

"你告诉过我,你姐姐是清洁工,专打扫办公室与走廊的地板。且让我们假设她在剧院找到了份这样的工作。在哪儿遗失珍贵首饰的事屡见不鲜呢,米克斯先生?当然在剧院。米克斯先生,请你看看这张节目单。细看你会发现纸上有个圆形痕迹。这是包戒指留下的,也许是只非常值钱的戒指。斯奈德太太在剧院干活时捡到了,连忙撕了一截节目单,小心翼翼包好,揣到怀里。第二天她把戒指变卖了。发了这笔意外之财后,她找了个比这儿舒适些的地方住。从这一连串的分析看,C 马路 12 号就无可怀疑了。我们找你姐姐要去那地方,米克斯先生。"

沙姆罗克·乔尔恩斯说完这段令人信服的高见就像艺术家完成了一件杰作,微微一笑。米克斯佩服得五体投地。两人一道来到 C 马路 12 号,觅到一栋老式棕石房,附近全是有钱有脸面的人家。

---

① 希鲁克林区是纽约的贫民区。
② 哈莱姆区是纽约的黑人区。

几位侦探

他们按响门铃。一问，没有斯奈德太太，而且半年时间里根本没搬进过新房客。回到马路，米克斯细看着从他姐姐原住房间带来的线索。

他把节目单放到鼻子边闻着，大声对乔尔恩斯说："我对侦查工作是外行，但我看这张纸里包的不是戒指，而是小圆薄荷饼。有字的纸片好像是张门票的座号：厅左 3 排 12 号①。"

沙姆罗克·乔尔恩斯的眼直望前方。

"你不妨去找贾金兹。"他说。

"贾金兹是什么人？"米克斯问。

乔尔恩斯答道："他是新派侦探的头面人物。这一派与我们的方法不同，但据说贾金兹解开了一些十分棘手的难题。我带你去找他吧。"

这位更加高明的贾金兹在办公室。他个子小，头发稀少，在专心看纳撒尼尔·霍桑②的一部中产阶级爱看的书。

两位不同门派的大侦探有礼貌地握过手后，乔尔恩斯介绍了米克斯。

"说说是怎么回事。"贾金兹边说话边还在看书。

等米克斯谈完了，这位更了不起的侦探合上书，问道：

"你刚才说你姐姐 52 岁，鼻子边有颗大黑痣，死了丈夫，很穷，靠擦地板混口饭吃，脸和身材都长得不怎么好，是这么一回事吧？"

"正是这么回事。"米克斯答道。贾金兹起身拿起帽子戴上。

"我过一刻钟回来，告诉你她现在的住址。"他说。

沙姆罗克·乔尔恩斯脸变白了，但勉强一笑。

贾金兹果然过一刻钟回来了，手里拿着张纸条。

他看着纸条不急不忙说道："你到奇尔顿街 162 号去找你姐姐玛丽·斯奈德吧。她住在五楼走廊边的后房。你从这儿走过 4 个街口就到。先去看看，如果我没说错再到这儿来。我相信乔尔恩斯先生会等着你。"

米克斯说走就走。20 分钟后他回来了，喜气洋洋。

"我姐姐果然好好地待在那地方。你说个价钱吧！"他大声道。

"两块钱。"贾金兹说。

米克斯放下钱走了。沙姆罗克·乔尔恩斯手拿帽子站在贾金兹面前。

他结结巴巴道："如果我不算——不算冒昧的话，如果你肯赏光，不——不

---

① 英文原文的 "3 排" 是 "row C"，前文提到了字母 C，而 c 为英文 26 个字母的第 3 个。row C 故译为 "3 排"。
② 霍桑（1804—1864 年），美国作家，其代表作《红字》在我国早有译本。

161

反对……"

贾金兹热情地说:"当然不反对。我把底细告诉你吧。斯奈德太太的特征你还记得吧?不知你认不认识一个与她的特征相符的人,画了个大蜡笔画像,却不能每周按时付钱。全国这个行当最大的一家店就在路口,我到那儿从他们的本本上抄下了她的地址。就这么回事而已。"

十月与六月

上尉满腹愁肠凝视着挂在墙上的军刀。军刀边的一个柜子里放着褪了色的军衣,是在部队里穿久了褪色的。往日战争的烽烟仿佛隔得非常非常遥远。

他深知国家用兵只在一朝,现在他愁眉不展是因为敌不过一个女人温柔的眼睛和满面春风。房间里无声无息,他手里拿着封信坐着没动,就是这封信使他愁眉不展。他把断送了他的希望的那段最重要的话重看了一遍:

> 我觉得该坦率地说,我不能答应你的要求嫁给你。我这样做的原因是我们的年龄差距太大。我非常非常喜欢你,但我们的结合不会是幸福的结合。说出这些话我非常抱歉,但我相信你会赞赏我的诚实,将真正原因告诉了你。

上尉叹口气,把头靠到手上。的确,他们年龄相差了好多。但是他身体结实,为人诚恳,有地位,有钱。难道他给予她的爱情、体贴,还有他的优点,不能使她忘记年龄的差距吗?而且,他几乎可以肯定,她对他有好感。

上尉是位想干就干的人。在部队,他的果断和精力负有盛名。他要再去见她,当面向她恳求。年龄!他与他喜爱的人之间年龄相差有什么关系?

两小时后他做好了准备,开拔去打一生中最大的仗。他登上了开往田纳西州南部的一座古城的火车,她住在古城里。

上尉走进围墙门,踏上卵石路时,西奥多娜·戴明正在一栋有门厅的漂亮的老房子前的台阶上欣赏夏日的晚霞。她看到他来并没显得尴尬,反而一笑。上尉上了台阶,站在她下方,两人的年龄差别并不显得大。他个子高,腰身笔挺,眼睛明亮,皮肤晒成了褐色。她青春年少,像朵花。

西奥多娜说:"没想到你会来,不过既然来了你就在台阶上坐坐。我的信收到了吗？"

"收到了，所以我才会来。"上尉说，"听我说，西奥，你再考虑考虑你的答复，行吗？"

西奥多娜对他嫣然一笑。上尉看起来很年轻。她的确喜爱他身体好，长相好，有男子汉气概，也许，如果……

"不行，不行，完全不可能。"她断然摇着头说，"我非常喜欢你，但结婚不行。我的年龄与你的年龄——还是别再说吧，我在信里对你说过了。"

上尉有点脸红，尽管皮肤晒黑了还是能看出来。好一会儿他没开口，望着夕阳发呆。在远处的一片树林后有一片平坦的原野，那些穿蓝制服的小弟兄曾在向海边的行军途中，在原野上宿过营。现在想来是多遥远的事啊！说实话，命运与时间老人跟他有些过不去。就因为一些时间的差异，他就得不到幸福！

西奥多娜的手慢慢放下来，让他的一只褐色皮肤的手紧紧握着。她至少是感觉到了痛苦与爱情是同一回事。

"你不要太难过，"她轻声说，"这样做最好。我前思后想过了。将来你会庆幸我没有与你结婚。结婚只会有一时的痛快。你想想吧，过不了几年，我们的所好会大不相同，一个要坐在火炉边看书报，也许夜晚还发头痛，关节痛；另一个只想去舞会，上剧院，出席夜宴。朋友，这不行。我们俩不是一个像元月，一个像5月；而是一个像10月，一个像6月初。"

"你希望我做什么我一定做什么，西奥。如果你要我……"

"不行，你办不到。现在你自以为能，而实际上并不能。请别再来求我。"

这一仗上尉输了。但他是一位刚强的斗士，起身告辞后，紧闭着嘴，昂首挺胸。

当晚他乘车北上，第二天夜里回到了自己房间，房间的墙上挂着他的军刀。他穿好衣服才进晚餐，白领带的结打得漂漂亮亮。然而也就在这时，他自言自语反省着：

"说老实话，我看西奥想得有道理。没人否认她艳如桃李，但估计至少已经28岁。"

各位须知，上尉年方19岁，他的军刀除了在查塔努加①的检阅场还从没出过鞘，那地方离他远，就像美西战争②离他远一样。

---

① 查塔努加是美国田纳西州东南部一城市。
② 1898年4月至7月美国为重新瓜分世界与西班牙进行了一场战争。西班牙战败求和，承认古巴独立，使古巴实际上变为美国的保护国。还把波多黎各、关岛、菲律宾群岛割让给美国。

幽境过客

百老汇有家旅社，避暑的人没有发现。它幽深，宽敞，凉爽，各房间装有梓木地板，温度低。这里清风徐来，树木成阴，有阿迪朗达克山①之舒适，却无阿迪朗达克山之不便。无论你是爬它的宽楼梯，还是坐电梯扶摇直上，都有穿铜纽扣制服的引路人侍候，那种宁静和快乐，爬阿尔卑斯山的人绝对享受不到。厨房里的一位大师傅给你烧的鳟鱼，你在怀特山里②吃的都赶不上，海味叫你馋涎欲滴，缅因州的鹿肉能打动执法如山、保护动物的人的心。

7月，在曼哈顿这片沙漠里却很少有人发现这块绿洲。7月里你来看吧，旅社的客人寥寥无几，在高大阴凉的餐厅里东坐一个西坐一个，相互隔着铺了雪白的台布的餐桌望着，内心暗自庆幸。

服务员在附近轻轻地、不停地走来走去，目光敏锐，无论你想要什么不等开口便送了过来。温度总低得跟4月的一样。天花板上画着水彩画，是夏日的天空飘着白云。天上的白云我们希望它不要散却总会散，而天花板上的白云却永远不散。

远处百老汇的喧嚣声，在过得舒舒服服的客人听来像林中的瀑布响，叫你心更静。一有生疏的脚步声传来，客人都要掉转头看看，就怕被人发现、打扰。有些家伙不安分，到处寻快活，连天涯海角都不放过。

所以，在天热时节，一小批真正懂行的人躲进这个旅客稀少的旅社，能得到山区和海滨的享受，尽管这些享受是人的艺术与技巧创造的。

今年7月，来了位旅客，递给服务员登记姓名的名片上写着埃洛伊兹·达西·博蒙特③夫人。

这家旅社叫芙蓉旅社，最喜爱博蒙特夫人这样的客人。她风度翩翩，具有上流人物的气质，待人热情亲切，谁都会喜欢；而旅社的雇员更是甘心给她当奴仆；守铃的听到铃声争着给她当差；如果自己是老板，几个职员准会把旅社和旅社里的一切让给她；同店旅客把她看成女性的高雅和美的最高表现，有了她，旅社的环境才至善至美。

---

① 阿迪朗达克山是美国纽约州东北部一山脉。
② 怀特山在美国加利福尼亚州和内华达州西南部，其邦德里峰高4000米。
③ 这个姓名的原文是Héloise D'Avcy Beanmont，第一个字为法文，第二个英文，第三个英法文中都有，按英文该译为"博蒙特"，法文译为"博蒙"。原文使人感到用这个名字的人是位出身高贵的人。

这位高贵的客人难得离开旅社半步。她个人的习惯与芙蓉旅社所有有头脑的旅客的习惯相符。你要在旅社享受就得将城市抛到脑后,只当还隔着上百里。夜晚到邻近几家店铺走走倒不妨,但在喧闹的白天,你得守在"芙蓉"这个世外桃源,就像鳝鱼得守在它喜爱的池塘的清水里一样。

尽管博蒙特夫人独身住在芙蓉旅社,却有女王之尊,独往独来正是身价高的表现。她10点吃早饭。这时她潇洒飘逸,微露风姿,像暮色降临时的一朵茉莉。

到吃午饭时她的风采才登峰造极。她穿件漂亮的白长衫,很薄,像遮盖山峡中飞泉的一层雾。这长衫该叫什么名目笔者不得而知。它前面镶着边,边上总不离几朵淡红玫瑰。领班服务员望而敬仰,在门口就迎候着。你看到它会想起巴黎,也许还会想起神秘的伯爵夫人,肯定还有凡尔赛等等等等。不知是风起何处,芙蓉旅社里谣传夫人神通广大,那纤纤白手竟然牵着几个国家的线,暗地里帮着俄国。由于在全球的要地跑过,难怪她有眼力,会挑中芙蓉旅社这块宝地,知道盛夏时节这里是美国最理想的休憩之所。

蒙博特夫人来后的第三天,一位年轻人也到"芙蓉"来住宿。他衣着入时(如果挑他的长处介绍的话),五官端正,从神情看是个老成练达的人。他对服务员说,他住三四天,又打听了开往欧洲的客船时间。旅客住进喜爱的旅店心满意足,这一家更是举世无双,他享受到与世隔绝的幽静,自然高高兴兴。

年轻人名叫哈罗德·法林顿(如果他登记的姓名真实性不成问题的话)。芙蓉旅社的生活本来就似平静的流水,而他进店又得法,是无声无响来的,所以一点也没惊扰别的也来休憩的人。他在"芙蓉"吃饭,不往别处,与其他幸运儿一样享受着安逸。在第一天他有了单独的桌子,贴心的服务员,但也担心那些使百老汇天天热闹的人会闯进来,毁了这近在咫尺却又隐蔽的洞天福地。

在哈罗德·法林顿来的第二天,博蒙特夫人吃过晚饭走出餐厅时不慎掉了手帕。法林顿先生捡起来还给了她,却并没有借此机会与她结识的表示。

不知是由于芙蓉旅社的客人都有眼力,无形中灵性相通呢,还是由于在百老汇一家旅社找到了避暑胜地,都运气好,便容易相互接近,反正,这两人讲了几句既彬彬有礼又不拘谨的话。似乎避暑胜地的气氛宜于人交朋结友,他们在走廊尽头的阳台上站了好一会儿,谈得投机。如果说相识是出芽,这根芽立刻生长开花结果,就像魔术师变魔术一样快。

博蒙特夫人露出一丝甜蜜的微笑,说:"老地方都看腻了。去山区去海滨有什么意思?你去那些地方是图个安静,也图个干净,但跟着你去的人正是那些不知道什么叫安静,也不知道什么叫干净的人。"

法林顿感慨地说:"就是到了远洋,那些冤家还是放不过你。现在连乘客最少的轮船都快变成渡船了。我们真算是幸运，找到芙蓉旅社这个地方消夏。离百老汇远的倒不是千岛群和麦基诺岛，而是'芙蓉'。"

夫人叹口气，一笑，说："但愿这个秘密能保住一星期。如果那些人也涌到'芙蓉'来，我真不知道有什么地方可去。像这样能舒舒服服过夏天的地方，我只听说过一个，就是乌拉尔山波林斯基伯爵的城堡。"

法林顿说："我听说巴登与坎城①今年几乎没人去。老地方的光景已一年不如一年。也许，除了我们，还有许多人在找一般人没注意到的安静角落。"

博蒙特夫人说："这种太平日子我只能再过3天。锡德里克号星期一起航。"

哈罗德·法林顿的眼里现出惋惜的神情。"我星期一也得走，但不是漂洋过海。"他说。

博蒙特夫人耸耸圆浑的肩膀，这是外国风度。

"这地方叫人留恋，但谁也不能住着不走。乡下为我做了一个多月的准备工作，就等我去。②"

"你到了那儿就得没完没了招待宾客，真是个叫人应付不暇的事！在芙蓉旅社过的这星期我永远忘不了。"

"我也忘不了，可是锡德里克号我饶不了。"法林顿压低声音说。

过了3天，已是星期日，这两人晚上又到了那阳台上，坐在一张小桌边。服务员服务周到，给他们送来冰和两小杯红葡萄酒。

博蒙特夫人穿着每天晚餐时穿的那件漂亮长衫，手边放了个贵妇人用的小包。她似乎有什么心事。吃完冰块，她打开小包，掏出张一元的钞票。

"法林顿先生，有件事我不想瞒你。"她说着又是一笑，就是这笑容使芙蓉旅社的人都对她倾倒，"明天上午吃过早饭我就走，因为我得上班去。我在凯西商场站柜台，卖袜子，明天上午8点休假到期。我花得只剩下这一张钞票，再见到钱要等星期六晚发工资，也才8元。你是个真正的正派人，对我很好，所以我才愿在离店前把底细告诉你。

"为了休这次假，我精打细算了一年，才从工资中省出钱。哪怕以后再不会有第二次，我也下了决心，过一周上流人的生活。我希望能想起床时才起床，用不着每天早上7点非爬起来不可。我想尝尝富人生活的滋味，吃得美，有人侍候，想要什么一按铃就有人送来。现在愿望已经实现，过了一段一直梦想的好光景。我得再去上班，在过道边的小房间里再住上一年。法林顿先生，我要对你说实话

---

① 巴登是德国西南部之一地区，坎城是法国东南部之一海。
② 欧洲一些国家的富贵人家在乡间有豪华住宅，且在这种住处连续数日举行宴会招待宾客。

是因为我——我看你还多少喜欢我,我呢——我是喜欢你的。可是,唉!我只能瞒着你,到现在才说出实话。我似乎是做了一场梦。所以我才谈什么欧洲,还有书上看来的国外有的事,让你以为我是位贵妇人。

"我身上这件衣服——我仅仅有这么一件像样的衣服——这件衣是在奥多德-莱温斯基服装店分期付款买的。

"一件衣花了 75 元,量好身材才做。第一次付 10 元,以后每星期付一元。法林顿先生,我对你说实话的另外一件事是,我名叫玛米·西维特,不是什么博蒙特夫人。谢谢你听我讲了这么多话。明天是我付款的时间,就付这一张钞票。现在我该回自己房里去了。"

哈罗德·法林顿在听芙蓉旅社最受人喜爱的客人说话时木无表情,等她说完后,从上衣口袋里掏出了一个小本本,很像支票簿。他用铅笔填写了一张,撕下递到对方面前,又拿起那张钞票。

"我今天上午也得上班,"他说,"也可说现在已经上班了。这是你付的一元钱的收据。我给奥多德-莱温斯基服装店当收款员已经当了 3 年。我们俩度假的想法不谋而合,真有意思,对吗?我一直想到一家豪华旅店住,但每星期只挣 20 元,精打细算省着花才实现了这桩心愿。星期六晚上坐船去科尼游乐场,夫人,你说怎样?"

冒牌货埃洛伊兹·达西·博蒙特夫人脸上露出了快乐的神情。

"那我准定会去,法林顿先生。星期六商场 12 点关门。其实呢,我们过一星期阔佬的生活在科尼岛也无妨。"

7 月的夜晚,阳台下的纽约热得难熬。芙蓉旅社里绿树成阴,凉爽宜人。眼明心细的服务员在矮窗边慢悠悠走着,只要夫人和同她坐在一起的人点点头,马上会来侍候。

两个人直到电梯口时才分手,蒙博特夫人还得最后一次上楼。他们快走近在静候的电梯时,法林顿说:"请你忘掉'哈罗德·法林顿'这个名字,行吗?我姓麦克马纳斯,全名是詹姆斯·麦克马纳斯。有人叫我吉米。"

"再见,吉米。"夫人说。

麦迪逊广场的天方夜谭

菲利普斯把晚班的邮件取回卡森·查默斯广场附近的家。除了普通信件外,另外有两个信套上盖着外国邮戳,而且完全相同。

其中一个信套里装着个女人的照片，另一个装着封长信，查默斯埋头看了很久。信是另一个女人写的，用词漂亮，含义恶毒，还有对照片上那个女人的挖苦。

查默斯把信撕得粉碎，在高级地毯上来回走着。山中的野兽关进了笼子会来回走，人满腹迟疑时在房子里也会来回走。

渐渐地他的心总算平静了下来。这方地毯并非魔毯，走16英尺便到了头，不能延伸，让他走出3000里。

菲利普斯又来了。他的到来胜似演员登场，像精怪一样，你一想他来他便准来。

"老爷，你在家吃饭还是在外吃饭？"他问。

"在家吃，再过半小时。"查默斯说。他听到元月的寒风一阵阵吹过空荡荡的大街，像大喇叭叫，心中更不是滋味。

"且慢！"他对转身要走的精怪说道，"我回家时看到广场边许多人站成好几排，另外有个人在说话，站得高些，脚下不知垫了什么。他们为什么要排成队伍站？到那儿干什么？"

菲利普斯说："那些人是群无家可归的人，老爷。站在木箱上的一个在为他们募捐，让他们有地方过夜。过路人听了他说的话会给他钱，他拿了钱再给这些人找公寓过夜，能帮多少人得看钱的数目。所以他们要排好队，按来的先后次序安排住宿。"

"到吃饭的时候你在那些人中找一个来，叫他跟我一道吃。"查默斯说。

"哪……哪……哪一个呢？"菲利普斯当差以来结结巴巴说话这还是第一次。

"随你挑哪一个。"查默斯说，"你得注意挑个头脑清醒些的，不要在乎人家干净不干净，别的没什么。"

卡森·查默斯请陌生人来吃饭是件不寻常的事。这天夜里他心情沉闷，用老办法解不了愁。要排开心头的烦恼非得放大胆用个奇方，非得有《天方夜谭》中的能人[①]。

菲利普斯执行使命分毫不误，半小时内交了差。楼下餐馆的服务员把美味佳肴送了上来。餐桌上整整齐齐摆着两人的晚餐，点着粉红色蜡烛。

接着，菲利普斯从无家可归的人中挑选出的客人战战兢兢、轻手轻脚地走了进来，似乎他不是一位要人，倒是个被逮住的贼。

这种人往往被称为破船。如果这个比喻恰当的话，那么可以说这条船是因火

---

① 《天方夜谭》是阿拉伯民间故事集。传说国王山鲁亚生性残忍，每天娶个妻子，次日早便残杀。后来宰相的女儿鲁佐德自愿嫁给国王。每夜讲个故事。讲了一千零一夜，终于感化国王，与她白头偕老。

而遇难的。甚至，这条破船还有余火未灭。

他的手脸刚刚洗过，是菲利普斯叫他别忘了规矩而洗的。烛光照着他，使他显得与房间有气派的摆设格外不协调。脸上显出病态的苍白，一脸胡须，又长又乱，颜色与爱尔兰长毛红猎狗的毛色相仿。头上戴顶破帽，长长的浅褐色头发乱糟糟的，与破帽正相称，露了出来，用梳子都没能纠正。他像条被人欺凌的无路可走的狗，眼神是又绝望，又诡诈，又充满敌意。破上衣除了那四分之一英寸高的衣领外，上上下下扣得严严实实。见到查默斯在圆桌对面站了起来，他并没有显得受宠若惊。

"有请！"主人说，"能与你一道进晚餐非常高兴。"

"我姓普卢默。如果你是我，你一定会想知道同桌吃饭的人尊姓。"从外面请来的客人不大客气地说。

查默斯赶忙答道："我姓查默斯，刚刚还没来得及说。请坐在对面吧。"

普卢默把腿微微一弯，等着菲利普斯给他把椅子送过来。看来，他以往吃饭也是有人侍候的。菲利普斯摆上了鱼和橄榄。

"很好，看来很丰盛，是吗？"普卢默大声道，"行呀，我的巴格达热心国王。这餐饭我来当你的鲁佐德吧，一直当到什么都吃完。天冷以来遇上你这种具有东方风味的国王还是第一次。真走运！我排在第 43 个。刚刚数到第 43 时，你的来使便邀我赴宴。我没希望当下一届的总统，也没希望在今天晚上找一个地方过夜。我的不幸经历你怎样听呢？是每上一道菜听一章呢，还是等到抽烟喝咖啡时听全本？"

"今天的事你看来不是第一次遇到。"查默斯笑着说。

"不瞒你说吧，是这样！"客人答道，"巴格达的跳蚤多，纽约市里的山鲁亚式的人物多。让我饱饱地吃上一顿，讲讲自己的身世，这种事我碰过二三十回！在纽约就有人愿白给！他们既行了善，又满足了好奇心。很多人给你几毛钱或者一盘杂炒，有的会请你吃牛腰上的肉，但无论是谁都会刨你的身世的老根底，看了你自传的正文不算，还要看脚注、附录，以至未出版的片段。哼，我看到来请我吃东西的人知道该怎么办。脑子一转，我就想好了话赚顿饭吃。我的老祖宗就是不得不吃开口饭的人。"

"我并不想打听你的身世。"查默斯说，"对你老实说吧，我只是一时心血来潮，想找个陌生人一道吃饭。放心吧，我不是出于好奇心才找你来刨根问底。"

"哼，废话！"客人大口喝着汤，说，"我倒不在乎。我像一本东方杂志，就是卖给人看的。其实，我们无家可归的人都有一套这样的本领。免不了有人走到你跟前,想打听你为什么落到了这种地步。要是给我一块面包或是一杯啤酒,我就会说是好酒贪杯的结果。要是请我吃腌牛肉、包心菜,喝杯咖啡,我就会说是房东太狠心,或者住了半年医院,丢了工作。要是吃嫩牛肉,又给我找个地方住,就说是命运不济,在华尔街①被弄惨了,一步步落到了这种田地。像今天这样的场面我是第一次遇见,还没有想到该说什么合适。查默斯先生,就这样吧,如果你愿听,我把实情告诉你,不辜负你的招待。说假话你可能相信,说真话你可能还不信。"

一个小时后菲利普斯端上了咖啡和烟,收拾了桌子,"天方夜谭"客心满意足,舒口气,往后一靠。

"你有没有听说过谢拉德·普卢默?"他问道,露出一丝古怪的笑。

查默斯说:"这个名字我记得。他是画家,几年以前还很有名气。"

"是五年前。"客人说,"后来我一落千丈。我就是谢拉德·普卢默!我最后一幅画像卖了两千元。从那以后我不要钱给人白画像也没人上门了。"

"为什么呢?"查默斯不禁问道。

"说来奇怪。连我自己原来也不大明白。"普卢默伤感地说,"有一段时间我非常吃香,成了一个了不起的人物,到处有人找我画像。报纸称我为受人喜爱的画家。后来出现了奇怪的事。每画完一幅像后,来看的人都悄悄议论,你瞧着我,我瞧着你,眼里现出异样的神情。"

"没多久我发现了原因在哪里。原来,在画人像时,我把人的内心世界也表现了出来。我完全出于无意,看到什么画什么,可是我知道这一来自己就算是完了。有些请我画像的人很生气,画了不肯要。有一次我为一位非常漂亮的社交界明星画像,画完以后她丈夫看了脸上现出异样的表情,第二个星期便提出了离婚。"

"我记得有次一位大银行家请我画。我把他的像摆在画室时,一位认识他的人看了问:'他果真是这个样吗?'我告诉他,我是照原样画的像。他又说:'我以前从没见过他眼里有那种神情。我该去银行把款取走另找一家。'他果然去了,但款没有取到,银行家已远走高飞。"

"这样,没过多久我已无人问津。谁也不愿把内心的丑事画像时张扬出去。人可以装出一副笑脸欺骗你,但画的像不能装。再也没有人请我画像,我只好作罢。我为报纸作过一段时间画,后来又为石版印刷商作过画,但我的作品出现了同样的问题。即使我根据照片画像,照片上你看不到的特性和表情还是让我画了

---

① 华尔街为美国主要金融中心,股票交易场所。

出来。不过呢,我猜那些东西照片上没有本人却有。客户大吵大闹,特别是女人,所以每个地方的工作我都干不长。这一来我开始借酒浇愁。很快我落得无家可归,也不得不编出一套谎话混口吃的。阁下是不是听真话觉得乏味呢?如果你只求动听,我可以编造一段华尔街遇到的厄运,不过那种事得边讲边流泪,现在美餐了一顿,恐怕我挤也挤不出一滴眼泪来了。"

"用不着,用不着!"查默斯诚恳地说,"我听得津津有味。你画的像难道一张张都揭出了人的短处吗?你的神来之笔画出的画是不是也有一些让人看得过去的呢?"

"有没有?当然有。"普卢默说,"小孩的全是,许多女人的和一些男人的也是。你也知道,并非所有的人都坏。心术正的人画的像就经得起看。我已经声明,我只是对你说明事实,并不能作什么解释。"

查默斯的书桌上放着当天收到的从国外寄来的照片。过了10分钟,他请普卢默照着照片画一张蜡笔画。画家用了1个小时,然后伸伸懒腰,打个哈欠说:"画完了。对不起,花的时间很长。我是聚精会神画的。哎哟,我累了!不瞒你说,昨夜我没地方睡。现在我该告辞了,先生!"

查默斯送他到门口,塞给了他几张钞票。

"好,我收下了。"普卢默说,"够我这落魄的人花。谢谢。还有这顿美餐。今天我可以舒舒服服睡一觉,做个美梦。但愿明天早上醒来好梦能变成现实。再见了!"

查默斯又烦躁起来。他在地毯上走来走去,但总远远地离开放着蜡笔画像的书桌。他一次又一次想走近书桌,但都没走近。他看得见金贵的和深浅不同的褐色,只是心里害怕,不敢靠近。他坐到椅上,仍静不下心。便又起身按铃,叫来菲利普斯。

"这栋房子里有位年轻画家,姓莱纳曼,你知道住在哪一间吗?"他说。

"最上一层的前房。"菲利普斯说。

"你去把他请来,就说我想有件小事找他帮忙。"

莱纳曼马上来了。查默斯作了自我介绍。

"莱纳曼先生,"他说,"那边桌上放着张小小的蜡笔画像。不知画得好不好,行家认为有什么优点,我想听听你的高见。"

年轻画家走到桌子跟前拿起画像。查默斯转过半边身子,歪靠在椅背上。

"你——你——你觉得怎样?"他慢吞吞地问。

画家说:"这张画我怎样称赞也不过分。是一位高手的作品,又富于创造性,又细腻,又真实。怎么有这样的好本领呢?这样的蜡笔画杰作好几年都没见过。"

"老弟,你说说这脸、这人怎么样?"

"这脸是天仙的脸。"莱纳曼说,"请问这人是谁?"

"我太太!"查默斯大声嚷着,朝弄得莫名其妙的画家扑去,扭着他的手,用拳头在他背上狠狠揍,"她到欧洲去了。把这幅画像拿去,小子,学学这里面的技巧把你的生活画成一幅画,值多大价我会告诉你。"

"真凶"

窗边的摇椅上坐着个没刮胡须的红头发邋遢人。他刚点着烟斗,在开心地喷着蓝烟,脚上已换了双退了色的蓝拖鞋。他看报成瘾,笨手笨脚地把晚报反折一次后如饥似渴地看着大字体标题,然后又看小字标题了解细目。

隔壁房间里一个女人在做晚饭。香喷喷的腊肉和滚开的咖啡发出的味抵挡住了烟斗发出的味。

屋外是一条城东常见的拥挤大街,天快黑时人特别多。一大群孩子在街上跳的跳,跑的跑,玩游戏的玩游戏。有的穿得破烂,有的身上干净,白衣裳上还有装饰带,有的放肆、不安分得像野马,有的长得秀气、胆小,有的满口粗痞话,有的叫着开始有些害怕,但很快习惯了,也入了伙。孩子在这里玩就是在罪恶宫的走廊里玩。这片游戏场的上空什么时候都能见到一只大鸟在飞。爱开玩笑的人说它是鹳,而克里斯迪克大街的人对鸟内行得多,说是只兀鹰。

一个12岁的女孩胆怯地走到闲坐在窗前看报的人身边,说:

"爸爸,你要是不太累就跟我下下棋好吗?"

窗边换了拖鞋没刮胡须的邋遢汉子眉头一皱,答道:

"下棋?我不想。已经劳累了一整天,回家了休息休息还不行吗?你干吗不到街上去跟别的孩子一起玩?"

在烧饭的女人出现在门口,说:

"约翰,你别叫利齐到街上玩。学坏了可没好处。她整天都是守在家里的。你现在回来了,就跟她玩玩吧。"

"她想玩就到街上去玩吧,可别来缠着我。"没刮胡须的红头发邋遢人说。

"大家来吧,"基德·马拉利说,"我出50元;你们25元,看我带不带安妮去跳舞。把钱拿出来。"

"真凶"

基德·马拉利的黑眼睛直冒火,他已经横下了一条心。他拿出一沓钞票,数了5张10元的往柜台上拍地一放。三四个愿打赌的年轻人也拿出了赌注,只是动作慢些。原来当过赌金保管员的店老板拿起钱,小心翼翼包好,用一支铅笔头写上字,放进钱箱的一个角落里。

"哼,这一来你可要大亏本!"一个参赌的人蛮有把握、得意扬扬地说。

"那你等着瞧吧。"基德不示弱,说,"迈克,你把大家的杯子倒满。"

杯杯酒满后,基德的伙伴、朋友、顾问、高参伯克把基德拉到酒店角落的擦皮鞋摊边,午夜社交会里的所有重要的公事都是在这地方议定的。等托尼这天第五次把俱乐部主席和秘书的浅褐色牛皮鞋擦过后,伯克对他的上司进行了规劝。

"基德,别跟那金头发女人来往,要不然会闹出事来。"他说,"你干吗放着自己的女人不理睬?像利齐这样对你实心眼的人,这辈子你都找不到第二个,她比安妮强万倍。"

"我又不是真喜欢安妮!"基德说着一弹香烟,烟灰落到了闪亮的鞋尖上,再一抹,又抹到了托尼的肩上,"我只是想教训教训利齐。她以为我是她独有的人,多次夸口说我不敢跟别的女人说话。利齐在好些方面都不坏,但是近来酒喝得太多。她说话也太粗鲁,不大像个姑娘家。"

"你们已经谈定了,是吗?"伯克问。

"那当然。也许明年结婚。"

"我亲眼看见第一杯啤酒还是你叫她喝的。"伯克说,"两年前吃过晚饭她老是光着脚到克里斯蒂街口跟你相会。那时候她还胆小,一开口就脸红。"

"现在她有时会发火。"基德说,"爱吃醋的人我讨厌。我要跟安妮跳舞就是这个原因,跳了她才会清醒些。"

"那你看着办吧,小心为妙。"伯克最后说,"如果利齐是我的女朋友,我又偷偷带着个叫安妮的姑娘去跳舞,那我得好好守着一身皮别叫人剥下来。"

利齐在兀鹰盘旋的地方来回走着,一双黑眼睛敏锐而悄悄地打量着过路人。她过一会儿哼两句乱七八糟的歌,不哼时便从牙缝里挤出城东一带人发明的漂亮话。

利齐穿着绿丝绸裙,上身是棕色与粉红色相间的格子衣,衣服不但合身,而且还时髦。她戴个镶了大颗假红宝石的戒指,还有根银项链,项链吊着的小像盒碰着了膝盖。鞋子的高跟已经变形,鞋面已经损坏,从来没有擦过。帽子大得放不进面粉桶。

她进了姥马咖啡馆的雅座厅,坐到一张桌边,按响电铃,那派头有如贵妇人吩咐备马车。一位服务员闻声走来,态度又恭敬又亲热,满脸堆笑,说话低声下气。利齐满意地一扭身子,把丝绸裙抹抹平。她要把架子摆足。在这里她能使唤人,得到别人的侍候。世上她能享受到的属于女人的特权就这一丁点。

"汤米,威士忌。"她大声说,而地位不如她的姐妹们这时却只能小声说:"詹姆斯,香槟。"

"是,利齐小姐,酒后要什么呢?"

"矿泉水。汤米,你说说,基德今天来过吗?"

"哟,没有,利齐小姐。我今天没看见他。"

叫利齐必称小姐,因为基德已经吩咐过,对他的未婚妻必须恭敬,不得有误。

"我在找他。"利齐咕咚咚咚喝过矿泉水后说,"听说他要带安妮·卡尔森去跳舞。让他去吧,这小兔崽子!我在找他。汤米,你是知道我的。我跟基德订婚都两年了。你看这戒指。他说花了500。让他带她去跳舞吧。你猜我会怎么着?我要他的狗命!再拿威士忌来,汤米。"

"快别这么说,利齐小姐。"服务员小声地说道,"基德·马拉利不会这样,他怎么舍得抛开小姐这么好的人呢?矿泉水还要吗?"

"都两年了。"酿酒家的技艺果然有法力,利齐的火气小了些,"我待在家里没事干,天天晚上跑到街上玩。有很长一段时间我只是坐在家门前看灯,看过路人。有天晚上基德走了过来,仔细打量着我,我当时全身像是着了迷。他第一次让我尝到了酒味,我在家里哭了一夜,这一哭还招来一顿打。汤米,我问你,至今你看没看见过安妮·卡尔森?那次多亏用了过氧化氢,要不然,氯仿早就送了她的命。哼,我到处找他。基德来了你告诉他吧。你等着瞧吧。再拿威士忌来,汤米。"

利齐走出店,步子有些不稳,但眼睛发亮,东张西望着。一栋砖房的门口坐着个鬈发孩子,手里一根搅成一团的绳弄得她直发愁。利齐的脸还在发红,对孩子歪着嘴一笑,坐到她身边。她的眼神一下恢复了正常。

"来,小家伙,我来教你翻花线。"她说,边把绿丝绸裙塞到旧鞋子下踩着。

两人坐着坐着,午夜社交会大厅的灯一盏接一盏亮了,舞会即将开始。这种舞会每两月举行一次,会员一个个兴高采烈,收拾打扮得漂漂亮亮。

9点,会长基德·马拉利挽着位姑娘步入舞厅。她像莱茵河引诱水手触礁的女妖,长着头金发。说话轻言细语,谁都爱听。刚进场有些脸红,但眼望着基德·马拉利笑得开心。

当两人站到打了蜡的地板正中后,出了件不大该有的祸事。

大厅的来宾中冲出个穿绿丝绸裙的人，大家一看便认出是利齐。一双黑眼恶狠狠射出凶光。她没有叫，也没有现出迟疑犹豫，完全不顾姑娘家的体面，骂了声粗痞话。基德自己最爱骂这句话，只是声音粗些。就在午夜社交会里乱成一团时，她干出了对服务员汤米扬言要干的事，一伸手把刀捅了出去。

接着，人表现出了自我防卫的固有本能。由于人类社会的发明创造，天赐的自我防卫本能是否还不如说是自相残杀的本能呢？

利齐跑出大厅，冲到街上，像箭一样快。

事发之后，响起一片追捕凶手的喊叫声。这种喊叫是这座大城市的最大羞耻，是它根深蒂固、仍在发烂的坏疽，是污损，是不光彩的事，是堕落，是变态，是抹不掉的污秽和洗不清的罪孽，这种卑鄙龌龊的事相传 100 多年，愈演愈烈，人们不但不谴责，反而津津乐道。这种喊叫仅见于大城市，特别是在这座大城市，由于文化最发达，最讲究公民权，而且据说是高于所有城市一等，叫喊得最凶。

人们追着，有做父亲的，做母亲的，有情人，有女佣，吼的吼，叫的叫，喊的喊，吹口哨的吹口哨，都是吵着要以血还血。让这座大城市的恶人站到门口来看看吧，让他们见着这些围追堵截的人胆战心惊，自愧不如。利齐路熟，只求一死了之，冲过熟悉的街道，最后冲上了河堤。她又喘着气跑了几步，投进了伊斯特河这位慈祥的母亲的怀抱，沉到了泥里。5 分钟后，万事大吉了。

奇怪得很，人有时会做意想不到的梦。诗人把它们称为幻境，而幻境的俗称又是梦。这个故事的续篇是我梦到的。

我到了另一个世界，我不知道是怎么去的，也许是在九马路路当中骑马或乘车时，也许吃了专利药品，也许抓了哪个不可冒犯的人的鼻子，或者做了诸如此类考虑欠周的事。反正，我到了那里，审判庭外等着一大群人，审判庭里审判正在进行①。每隔一段时间，一位仪表堂堂的天使就从门里出来，叫一个人进去。

我想着在人世犯的罪孽，准备诡称我住在新泽西，以地点不合证实自己清白。正怀疑这样做有没有用时，当警长的天使从门里出来，叫道：

"99852743 号案。"

一个穿便衣的人（这种人那地方很多）走了出来。原来是位传教士。他把我们这些幽灵扒开，就像人世上的警察扒开人群一样。他拖出一个人。你猜是谁？是利齐！

法警把她带进去，关上门。我走到那位牧师跟前，问这是宗什么案。

---

① 据西方宗教的说法，人死后要接受上帝审判。

"一件惨案！"说着他把修剪过指甲的一双手指尖靠指尖，"这姑娘太任性。我是牧师琼斯，分管人间事。这案件交给了我。姑娘杀了未婚夫后自尽。她无可辩驳。我给法庭的报告陈述了详细经过，所有事实都有可靠人证。案犯罪当处死，上帝圣明！"

法警打开门，走了出来。

分管人间事的牧师琼斯含着眼泪说："这姑娘可怜。这案件是我经手的最可悲的事之一。当然她要……"

"无罪开释！"法警说，"你听着吧，琼斯。先告诉你吧，以后你得派个好差！把你远远送到南太平洋的岛上吃苦头，怎么样？嗯？你别再乱抓人，要不然就把你调开，明白吗？本案的真凶是个没刮胡须的红头发邋遢人，放着子女不管，让他们上街玩，只图自己清闲，脱了鞋坐在窗边看报。你去抓吧。"

大家说说，这梦奇怪吗？

伯爵和婚礼的客人

一天下午，安迪·多诺万在二马路房东家吃晚饭时，斯科特太太介绍他认识了一位新客，就是年轻姑娘康韦小姐。康韦小姐个子小，胆也小。她穿一件不起眼的暗褐色衣服，低着头吃饭，其实似乎吃得并不香。她羞答答地抬起眼皮，只正视了多诺万先生一眼，小声说了一遍他的名字，又吃起羊肉来。多诺万先生彬彬有礼地一鞠躬，一笑，尽了礼数，同时也把这位穿暗褐色衣服的人忘到脑后。

两星期后，安迪坐在前门的台阶上抽烟，突然听到身后有声响，便不由自主掉转头。

原来是康韦小姐走了出来，穿着身深黑绉纱衣，黑绉纱是种黑色薄布料。帽子也是黑色的，还蒙了块黑面纱，更是薄如蛛网。她站在最上一级台阶上，戴上黑色丝手套。周身上下见不到一点白色或其他颜色。一头金发梳成一个平整漂亮的结，盘在脑后。脸谈不上漂亮，但这时两只灰色大眼睛注视着马路对面的天空，一脸哀伤，倒显得楚楚动人。

各位想想一身黑的年轻姑娘吧。对，就是穿黑色绉纱的姑娘。想想她的一身黑色，一脸哀伤，凝视远方的眼睛，蒙在黑纱下的头发（当然，你得有一头金发）。尽管你的青春事实上已经消逝，你还是只当自己尚没有跨过生活的门槛。你到公园散散步也许有好处，但得赶在个合适的时间。只要你去，瞧吧，保管你会遇上这种姑娘。不过,我太不正经了,对吗? 看到人家穿丧服还说出这种话真是不像样。

多诺万先生的心目中突然间又有了康韦小姐。他扔掉还没抽的1.25英寸长的香烟,本来这段烟足够他享受8分钟。接着站了起来。他脚上穿的是双矮帮专利皮鞋。

"康韦小姐,今晚天气晴得好。"他说。如果气象局听到了他说话的肯定语气,准会高高挂起四方形白色信号牌预报晴天。

"多诺万先生,心情好的人才会有好天气。"康韦小姐叹了口气,说。

多诺万内心讨厌好天气。天没心肝! 康韦小姐心绪不佳,天就得刮大风,下冰雹,飘雪花才对。

"是不是你的哪位亲人——你是不是有了什么不幸的事吧?"多诺万先生斗胆问道。

康韦小姐犹犹豫豫地说:"去世的是——并非亲戚,而是位——得啦,多诺万先生,我不想让你知道伤心事,使你也不痛快。"

"不痛快?"多诺万先生接着就说道,"你这是说到哪儿去啦,康韦小姐。我乐意——不,我的意思是,我会对你产生无限同情。"

康韦小姐勉强一笑。可怜,这一丝苦笑更表现出了她的哀伤。

"'笑一笑,世人跟着你笑;哭一哭,世人会笑你哭。'"她引出了句名言,"多诺万先生,我知道这道理。我在这地方没有朋友或者熟人。你一直对我好,我非常感谢。"

原来,吃饭时他给她递过两次胡椒。

"单身一人在纽约困难重重,这不用说。"多诺万先生说,"不过呢,这地方要是慷慨大方、行起好来,又好得无可比拟。康韦小姐,你到公园里散散步怎样? 你也许能散掉几分忧愁,对么? 如果你让我……"

"谢谢,多诺万先生。我现在心里正难过,只要你不嫌弃,能陪我一道去当然再好不过。"

两人进了闹市区一座围了铁栏杆的老公园,慢慢散着步,走到一个僻静的地方,在条长凳上坐了下来。以往了不起的人物也来这里呼吸过新鲜空气。

年轻人的伤心与老年人的伤心有这样一点区别: 如果有人分忧,年轻人的伤心便能减轻,而老年人无论有多少人分忧,他仍然同样伤心。

过了一小时,康韦小姐说出了真情: "去世的人是我未婚夫。我们本来打算明年春天结婚。多诺万先生,也许你只当我在说大话,他是位名副其实的伯爵。他在意大利有地产和城堡,大号是费尔南多·马齐尼伯爵。论风度我没见过谁比他强。当然爸爸不同意。我们私奔过,爸爸追了来,又把我们带回来。我以为爸爸准会与费尔南多决斗。我爸爸在波基普西开马行①。

"后来爸爸回心转意,同意我们明年春天结婚。费尔南多给他看了爵号和财产的证明,然后回意大利,准备在城堡安家。爸爸非常满意,但是当费尔南多要给我好几千元买嫁妆时,爸爸狠狠骂了他。连戒指和别的礼物他都不许我接受。费尔南多坐船走后,我来到纽约,在一家糖果店当出纳员。

"三天前我收到封波基普西转来的信,说费尔南多坐小船时发生意外事故死亡。

"我这才穿了一身丧服,多诺万先生,我的心跟着他一起永远埋进了坟墓。也许你跟我在一道太没意思,多诺万先生,可是我心目中唯独只想着一个人。你应该有快乐,有对你笑陪你玩的朋友,我不想多连累你。现在我们该回去了,好吗?"

姑娘们,请各位记住,如果你们看到哪个年轻人找镐和铲,就对他说你的心埋进了某某人的坟墓里。年轻人生性好盗墓。你们可以随便问问哪个失去了丈夫的人。穿黑绉纱衣的天使哭泣是因为心埋进了坟墓,要找回失去的心当然得采取些办法。可以肯定,从各方面看倒霉的是死者。

"那真是太可惜。"多诺万先生轻声说,"别急,我们现在还不必回去。康韦小姐,不要认为你在这里没有朋友。我非常为你惋惜。请相信,我是你的朋友。我感到非常惋惜。"

康韦小姐拿出手帕揩了揩眼泪,说:"我的小相盒里放着他的相,以前从没给谁看过,现在我愿拿给你看,多诺万先生,因为我相信你是位真正的朋友。"

康韦小姐打开项链下的小相盒给多诺万先生看,多诺万先生聚精会神看了很久。费尔南多伯爵的脸的确值得细看,是一位年轻、有教养、聪明人的脸,甚至可以说是一位美男子的脸,同时也是一位性格开朗、能干、也许会出类拔萃的人的脸。

"我房间里还放着一张大的,用相框框着。"康韦小姐又说,"回去以后我拿给你看。这两张相是费尔南多留下的唯一纪念品。不过他永远活在我心里,这是肯定无疑的。"

多诺万先生面临着一件微妙的事,就是如何取代康韦小姐心中那位不幸的伯爵。他看上了她,决心这样办。但这件难办的事似乎并没有叫他多伤神。他

---

① 波基普西在离纽约不远处。

扮演的角色是位富有同情心和能排解忧伤的朋友。他干得非常出色，在下面的半小时里，两人边吃冰激凌边谈痛心事，然而康韦小姐的灰色大眼睛里却不见半点哀伤。

这天夜晚，在两人分手前，康韦小姐跑到楼上，把相框用一块白色丝绸头巾包着拿了下来。多诺万先生睁大眼仔细看着。

"在去意大利的前天夜晚他送给了我这张相。"康韦小姐说，

"小相盒的相是照着这一张制的。"

"是位美男子。"多诺万先生称赞道，"星期天下午我们一道去科尼岛，行吗，康韦小姐？"

过了一个月，他们对司科特太太和别的房客说，他们已经订婚。

此后又过了一星期，两人同坐在公园里的一条长凳上，月光下摇曳的树影中。但这一天多诺万一直显得闷闷不乐。到了晚上，又是一声不吭。这时，爱情的嘴再也闭不住，终于说出了她心中闷了多时的话。

"安迪，你怎么啦？今天晚上沉着脸这么不痛快，是为了什么？""没什么，玛吉。"

"别瞒着。难道我还看不出来？你从来没这样过。有什么心事呢？"

"没大不了的事，玛吉。"

"肯定有，你就说吧。我敢打赌，你在想着别的什么姑娘。这算什么？如果你想她，尽可以去找她。你别挽着我吧，我不勉强你。"

"那我就对你说吧。"安迪不再推托，说，"不过呢，你不一定理解得了。你听说过迈克·沙利文，是吗？大家说他是个了不起的人。"

"我没听说过。"玛吉说，"如果他把你弄成今天这样，我可不乐意。他是什么人？"

"他是纽约最了不起的人。"安迪的声气里带着敬意。"他想对坦慕尼协会①和政界别的什么老把戏怎么样就能怎么样。站起来他顶天立地。如果你说迈克半句坏话，两秒钟里会有100万人对你群起而攻之。哼，要是他回故国一趟，哪一路的大王都要退避三舍。"

"迈克与我是好朋友，在这地方要说名气我什么也不是，但迈克不但与大人

---

① 坦慕尼协会是美国民主党在纽约市一个有势力的政治组织，成立于1789年。

物交朋友，而且与小人物、与穷人都交朋友。今天我在包厄里街①遇见了他，你猜他见了我怎样？走过来与我握手，说：'安迪，我一直在关心你。你混得很不错，我听了非常高兴。你想喝点什么呢？'他抽了根烟，我喝了烈性酒。我告诉他，过两星期我要结婚。他听了说：'安迪，你得邀我去。这事我记在心里，我来参加你的婚礼。'迈克亲口对我这样说，他是说话算话的。

"玛吉，你理解不了，如果迈克·沙利文来参加我们的婚礼，我砍下一只手作为代价也值得。他的光临是我一辈子最大的荣幸。有了他参加婚礼，新婚夫妇就可以白头到老。你总算知道了我今天晚上的心事了吧。"

"既然你这么希望他来，为什么不请他来呢？"玛吉不以为然地问道。

"我不请当然有不请的原因，他来不了也有来不了的原因。"安迪难过地说，"请你别追问，我不能告诉你。"

"你不肯说，我还不想听。"玛吉道，"无非是政治上的事。可是你对我没有副笑脸不应该。"

过了一会儿安迪才说："玛吉，你对我的感情有没有对——对费尔南多伯爵的深？"

他等了很久，玛吉没有回答。后来，她突然靠到他肩上哭起来，泣不成声，紧抓着他的手，眼泪流湿了黑绉纱布衣裳。

"得啦，得啦，得啦！"安迪抛开自己的烦恼，安慰道，"有什么大不了的事呢？"

玛吉抽噎着说："安迪，我对你说了谎，你是不会愿意与我结婚，不会再爱我了。不过我觉得应该把实情告诉你。安迪，伯爵这个人根本就没有过。我从来没有过情人。但是别的姑娘都有，而且爱挂在嘴边说，她们越说越叫人不好受。你知道，安迪，我穿黑衣服显得漂亮。所以我到一家卖照片的商店买了那一张，还翻拍了一张小的放进我项链的相盒里，编造了遇上伯爵，后来他又死了的一套谎话，要不然我不能穿上这身黑衣服。说谎的人没谁爱，你会不要我，安迪，我也没脸见人。我没喜欢过别的人，只喜欢你。就是这么回事。"

然而，安迪没有松开手臂，反而把她搂得更紧了。她一看，只见他脸上没有了愁容，却笑了。

"安迪，你能……你能原谅我吗？"

"当然能。这事算什么！"安迪说，"把伯爵的事忘了吧。玛吉，你把事实

---

① 包厄里街多廉价旅馆和酒店，是没钱人去的地方。

真相全告诉了我。原来我也只是希望你别拖到婚礼后说。宝贝！"

玛吉知道她已经得到了原谅，红着脸一笑说："安迪，原来你相信真有那么个伯爵吗？"

"不太相信。"安迪伸手摸出烟盒，"因为你那相盒里的照片是名人迈克·沙利文。"

无　缘

高峰时节，人流如潮，从诺姆来的那人站在街拐角处却一动不动，稳如磐石。北极的风和阳光使他的皮肤变成了深棕色，他的眼睛带有冰川的天青色光。

他机警得像狐狸，肉粗得像驯鹿的肉片，能干得无所不会。此刻，他仿佛站到了尼加拉大瀑布边，耳朵里就听到轰轰响，有高架铁路火车的轰鸣声、汽车的喇叭声、没橡胶的车轮的叽嘎声、马车夫与汽车夫的对骂声。他已把金粉换成了10万巨额现钞，吃了一星期的纽约的糕点与麦酒又吃得嘴发苦，他一心只想再回太平世界去，那里没有大马路的噪声，也没有中看不中吃的苹果馅饼。

六马路上回家的人脚步匆匆，熙熙攘攘，人流中间有一位刚走出西伯尔－梅森百货公司的年轻姑娘。从诺姆来的人望见了，一眼就看出来，她是他理想中的大美人。第二个印象是她走路像雪地里拉雪橇的狗一样，步子稳，姿态优雅。第三个想法是要使她成为他的人。诺姆来的人都一样，决心下得快。而且，他不久要回北方去，非得马上采取行动不可。

从西伯尔－梅森百货公司走出来的姑娘有上千个，叫三年里只见到印第安黑炭婆子的男人看得眼红。但诺姆来的人就恋着正好中他心意的那一个，毅然决然进了美人堆，跟着她。

她快步走进二十三大街，直往前赶，目不斜视。这位女神并不风骚。她的一头漂亮金发编成一条整齐的辫子，衣服干干净净，黑裙子不见一条皱纹，都具有两个特点：高雅而花钱不多。从诺姆来的着了迷的人隔她10码远。

从西伯尔－梅森百货公司走出来的姑娘叫克拉丽贝尔·科尔比，上下班都得乘船。她走进候船室，上了梯子，快跑几步，赶上了眼见要离岸的船。从诺姆来的人三步跨10码，紧接着到了甲板上。

科尔比小姐在上层仓靠船边的一个没人的地方坐了下来。天并不冷，她想避开船上人饿鬼般的目光，不愿听那些唠唠叨叨的话。另一个原因是太累，睡得太少，没有精神。昨天夜里西城区渔业批发商协理员第二联谊会举行一年一度的舞会，她曾光临，所以仅仅睡了3小时。

白天麻烦事迭起，顾客非常难打交道；她把袜子卷了下来，结果招来本柜台人的一顿臭骂；最好的朋友玛米·塔锡尔故意冷落她，反而跟那霸道家伙一起去吃午饭。

挣工资的单身女人常常会无精打采，觉得没趣，这时哪个男人如果追求她，最易得手。西伯尔-梅森百货公司的姑娘此刻的心情正不佳。她渴望有个家，被人爱，有人安慰，能躺在健壮的汉子怀抱里好好休息。不过，克拉丽贝尔·科尔比小姐的睡意也正浓。

正巧，一位健壮汉子走到她身边。这人褐色皮肤，衣服贵重却穿得不端正，帽子拿在手里。

"小姐，"从诺姆来的人彬彬有礼地说，"对不起，我想跟你谈谈，但我……我……只是在街上遇见了你，而且……而且……"

"嗯，得啦！"西伯尔-梅森百货公司的小姐抬起头冷冰冰看了一眼，说，"你们这种不正经的家伙缠着人有完没完？我想尽了办法，洋葱吃过①，帽针也用过。走开些吧，多情哥哥！"

诺姆来的人说："小姐，我不是那种人，真的，我不是。我说了，我在街上见到你，非常想与你相识，情不自禁地一直跟着你。如果不找你谈谈，在这么大一个城市恐怕以后再也见不到你，所以我这才来打扰你。"

渡船上灯光很暗。科尔比小姐没好气地又瞧了他一眼。这一瞧她有了发现，原来这人与那些骚公鸡不同，没有嬉皮笑脸。再一想他说的两句话，也不是厚着脸皮的瞎吹。他那北方人的褐色皮肤倒给人一种诚恳老实的印象。姑娘心想，听听他要说些什么倒也无妨。

她不失礼节，用手遮住嘴打了个哈欠，说："你坐吧。但你得小心点，别放肆，要不然我叫服务员。"

从诺姆来的人坐到她身边。他非常喜欢她，还不仅仅是喜欢。她的形象上是他心目中久久追求的女人的形象。她到头来会喜欢他吗？嗯，这还得走着瞧。不过他得把他的心事摊开来试试看。

"我姓布莱登，名叫亨利·布莱登。"他说。

"该不是叫琼斯吧？"姑娘有意挖苦道，还把头向他靠过去。

---

① 吃洋葱后嘴里有股难闻的气味，使听话人往往受不了。

无 缘

他一本正经又说:"我从诺姆来,那儿的金粉①我拣到很多,带到这儿来了。"

"哟,好家伙!"她露出丝笑容,来了兴致,又说着挖苦话,"那你一定是扫马路的马路天使。难怪我觉得在哪儿见过你。"

"今天在马路上我看到你时,你没看到我。"

"走在路上时我眼睛从来不看别人。"

"可是我注意到了你。我见过的女人谁都赶不上你一半漂亮。"

"换来的钱你想交给我?"

"完全可以。我把什么都愿献给你。我想,在你看来我是个粗鲁人,但是历来对我喜欢的人我都好得不得了。在那地方我辛苦得很,可是收获也不小。我在那儿采到了5000盎司金粉。"

"哎哟哟!"科尔比小姐居然还听得认真,动了心,嚷道,"那地方那么多灰,反正是脏透了顶。"

说完她闭上了眼,从诺姆来的人正因为说话一本正经,听来便索然无味。再说,扫帚扫灰有什么好谈的呢?她把头靠到墙上。

"小姐,我以往见到谁都没像见到你这样产生喜爱。"从诺姆来的人说话更一本正经,听来更索然无味,"我知道你认为我这样做不应该,但是难道你不能给我一个机会吗?难道你不能与我结识,看看我能不能叫你喜欢吗?"

西伯尔-梅森百货公司的姑娘的头慢慢地偏到一边,靠在他肩上。她睡得香,正梦见在渔业批发商协理员的舞会上玩得快活。

诺姆来的这位先生没有伸手搂她。他没想到她已睡着了,但也没糊涂,只当她这个举动是顺从的表示。他高兴得很,心里怦怦跳得厉害,但又明白头靠在肩上仅仅是个好兆头,是成功的开始,不能就此占便宜。

满意之余他还存有一丝疑虑。他是不是过分炫耀了他的财富呢?他希望姑娘能喜欢他这个人。

他说:"小姐,请你相信我吧。在克仑代克河,从朱诺到瑟克尔布,甚至在整个育空河流域,人们都知道我。在我累死累活干了三年的地方,不知多少个夜晚我躺在雪地里,想着会不会有人喜欢我。我不希望一个人独占那些金粉。我猜有一天也许会遇上一个合适的人,今天果然让我遇上了。有金钱固然是件大好事,但得到一个你喜欢的人的一颗爱心更是件大好事。小姐,如果你打算结婚,你希

---

① 原文"金粉"为 dust,但 dust 一词更常用的词义为"灰尘"。作者在这里玩了一个文字游戏,小说中的姑娘利用这个词在下文说了句挖苦话,把 dust 理解为"灰尘"。

望这个人有什么？"

"钱！"

科尔比小姐嘴里厉声喊出了这个字，可见是在做梦，梦见在西伯尔－梅森百货公司站柜台。

她的头突然落了空，往旁边一偏。她醒过来，坐直身子，揉揉眼睛。从诺姆来的人不见了。

"哟，我一定睡着了。"科尔比小姐说，"奇怪，这扫马路的人到哪儿去了？"

多情女的面包

马萨·米查姆小姐的小面包店开在路口，就是你得上三级台阶，打开门后铃会响的那一家。

马萨小姐40岁，有2000元存款，镶着两颗假牙，生来一副好心肠。偏偏有许多条件大不如马萨小姐的人倒先结了婚。

有位顾客一星期来两三次，马萨小姐对这人产生了兴趣。这人是中年人，戴副眼睛，下巴上棕色的长胡须修得溜尖。

这人说话带浓重的德国口音，衣服好几处穿破了，打了补丁，没破的地方不是皱就是鼓，但一身收拾得倒干净，而且彬彬有礼。

他每次只买两块陈面包，新鲜的要5分钱一块，而陈面包5分钱可以买两块。除了陈面包，别的东西他从不问津。

有一次，马萨小姐发现他手指上沾了一点棕红色颜料，便断定他是位画家，而且穷得很。不用说，他住的是小阁楼，在阁楼里作画，啃陈面包，马萨小姐店里好吃的东西只能空想想。

马萨小姐到吃排骨、面包卷、果酱和喝茶时，常唉声叹气，惦念着那位在小阁楼里啃硬面包的文质彬彬的画家，就可惜他不能来分享她的佳肴。前面已经说过，马萨小姐生来一副好心肠。

为了证实自己对他的身份猜得是否正确，马萨小姐把她在一次拍卖时买来的一幅画从房里取了出来，挂到柜台后的架子上。

这是一幅威尼斯风景画，画了座富丽堂皇的大理石宫殿（画上是这样标明的），建在水边。水上荡着几叶轻舟，一位女郎用手轻轻拨着水。另外还画了云、天空，大量使用了明暗对比法。如果是画家，绝不会注意不到。

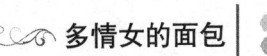

多情女的面包

两天后这位顾客又来了。

"请拿两块陈面包。"

马萨小姐包面包时,他又说话了。"小姐,你借(这)画很裱(漂)亮嘛!"

"当真?"马萨小姐说,暗自得意巧计成功,"我喜欢美术,喜欢画。"(现在说"喜欢画家"为时过早)接着她换了话题问,"你觉得这画画得好吗?"

"宫殿没画好。透戏(视)法运用得不合戏(适)。介(再)见,小姐!"顾客道。

他拿起面包,一鞠躬,匆匆走了。

没错,他准是画家。马萨小姐把画又拿回她房里。

他眼镜后的两只眼多温和、善良呵!前额长得真宽!一眼能看出透视法运用不当,却只能啃陈面包过日子!然而,往往天才在得到承认之前不得不艰苦奋斗。

如果天才有2000元银行存款,一个面包店,一个满心同情他的人来……那么艺术与透视法将会有多辉煌的成就!然而,马萨小姐,别想入非非了。

自那次以后,他常会隔着货柜跟她闲聊几句。他似乎爱听马萨小姐的热心话。

他仍然只要陈面包,从没买过一块蛋糕,一块肉馅饼,一块可口的莎伦饼。

她觉得他越来越瘦、越来越没精神了。马萨小姐过意不去,想在他买的便宜货里加点好吃的,却又鼓不起勇气动手。她不敢贸然。她理解艺术家的自尊。

马萨小姐换了件有蓝圆点的丝绸衣服站柜台。她还在后房里将榅桲和硼砂放在一起熬,其汁有神奇效用,现在仍有许多人用此来美容。

有一天,那位顾客又来了,把一个5分的镍币往柜台上一放,照旧买陈面包。就在马萨小姐伸手拿面包时,街上响起了哨声和叮叮当当的铃声,一辆消防车轰鸣而过。

遇到这种事谁都会站到门口看看,那位顾客也不例外。马萨小姐灵机一动,抓住良机。

柜台后的底层货架上放着一磅新鲜奶油,刚送来10分钟。马萨小姐拿起面包刀把两块陈面包都深深划了一刀,塞进好些奶油后紧紧捏拢。

等那位顾客再走回柜台时,她已经在包面包了。

他闲谈了几句,话显得格外动听,然后走了。马萨小姐心中暗笑,但也不是没有一点忐忑不安。

她是不是太胆大妄为?他会生气吗?当然不会。她什么也没说,况且送一点奶油也不算姑娘家有失体统的事。

这天她心上老牵挂着这件事。她想象着他发现上了个小小的当后的情形。

他会放下笔和调色板。画架上搁着他在画的一张画,当然透视法用得是无可挑剔。

他打算吃午饭了,还是干面包和开水。等他切开面包——哟!

马萨小姐脸红了。吃面包时他会惦念起在面包里打了埋伏的人吗?他会……前门的铃乱响起来,有人进来了,哇哇乱叫着。

马萨小姐连忙赶到店堂里。进来了两个人。一个是年轻人,叼着根烟斗,她以前从没见过。另一个是她关心的画家。

他的脸涨得通红,帽子罩在后脑勺上,头发像一堆乱草。他攥紧两只拳头,向着马萨小姐恶狠狠地挥。竟然向马萨小姐挥!

"Dummkop[①]!"他的叫声震得人耳发麻,然后又是,"Tausendonfer[②]!"之类的话,像是德语。

年轻人使劲拽住他。

"我不走,"他气冲冲说,"要找她算将(帐)!"

他把马萨小姐的柜台当大鼓敲。

"你把我委(毁)啦!"他大叫着,眼镜后的两只蓝眼睛直冒火,"你定脚(听着),谁叫你多官(管)闲戏(事)来脚(着)!"

马萨小姐有气无力地斜靠在货架上,一只手按在蓝圆点丝绸衣上。年轻人拽着另一个人的衣领。

"得了吧,你也说够了。"他说,把大发雷霆的人拖到门外,然后自己又走回来。

"小姐,我想还是应该告诉你为什么他大吵大闹。"他说,"这人姓布卢姆伯格,是建筑设计师。我与他在同一个办公室。"

"他辛辛苦苦干了3个月,为新市政大楼画图纸,是要参加比赛夺奖的,用墨水描线条昨天才描完。你不知道,设计师画图总是先用铅笔打草稿,定稿以后用陈面包屑擦去铅笔印,比用橡皮擦的效果好。"

"布卢姆伯格老来这儿买面包。嗯——今天,嗯,今天,你知道,小姐,那奶油,不——嗯,布卢姆伯格的图纸完全成了废纸。"

马萨小姐回到后房,脱下有蓝圆点的丝绸衣,把榅桲和硼砂熬的汁倒进了窗外的垃圾箱里。

---

① 德语,意为"蠢货"。

② 德语,此处可译为剐千刀的。